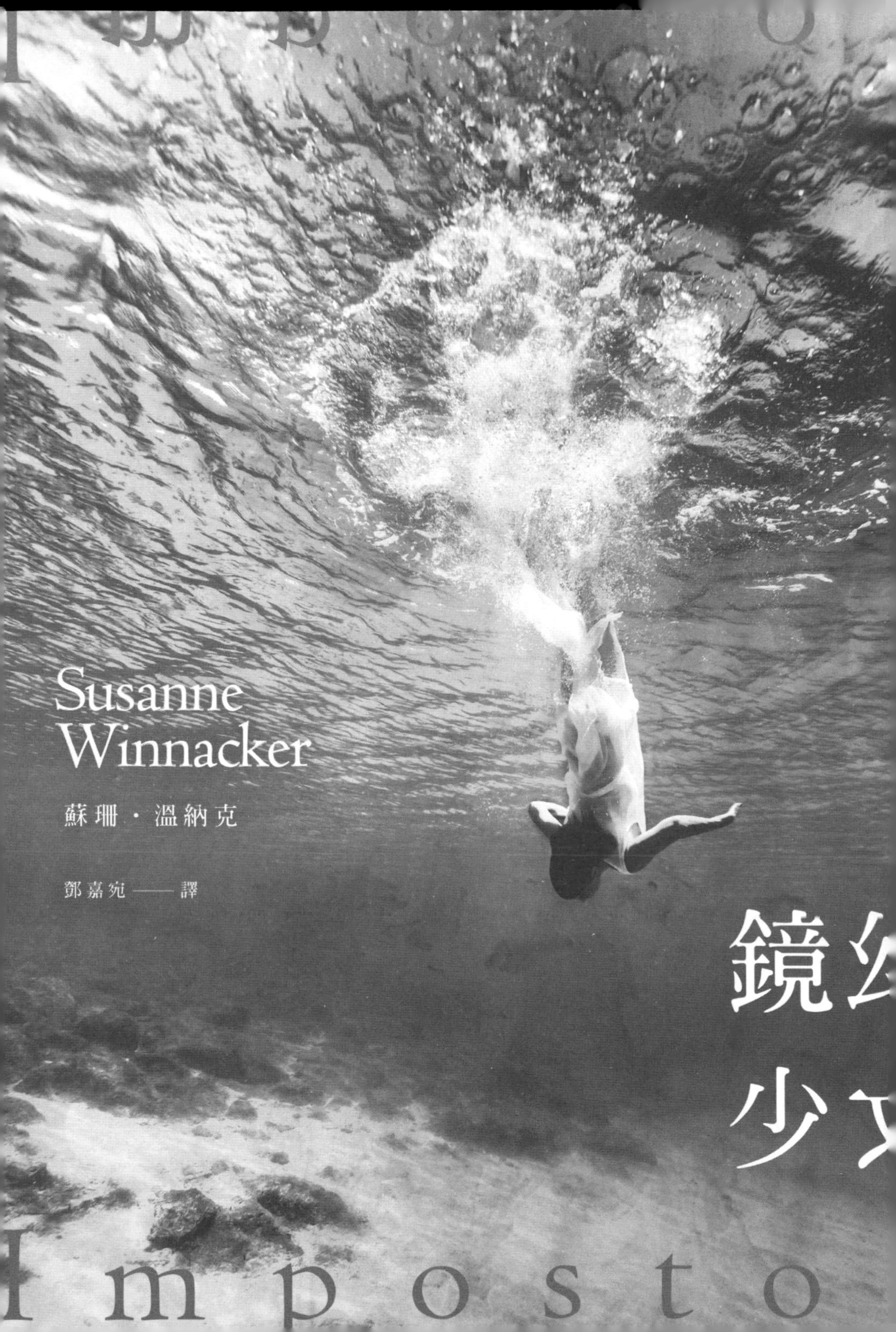
Susanne
Winnacker
蘇珊・溫納克
鄧嘉宛——譯
鏡
少
Imposto

第一章

緊身拘束衣緊緊勒著我，令我雙臂刺痛，手指發麻，衣服的重量拽著我不停往水下沉。我急喘一口氣，一股水衝進嘴裡，我嗆到了，喉嚨像吞進了一團火。水中的氯燒灼著我的眼睛，我眼看著自己離水面越來越遠，上方有模糊的影子在移動。他們正看著我。

我雙腳觸到了底，心裡登時一慌。我急需氧氣，但中間卻隔著十呎深的水。我動作再不快點就要溺水了。求生本能控制了我，我夾緊雙臂又翻又踢，要扯掉拘束衣。

這只是測驗，我提醒自己。桑莫絲擔任超能力資深教練很多年了，她知道我們有什麼本事，要是太危險，她絕不會讓我做這種測驗。

還有，艾列克不會容許我出事的。

我停止掙扎，在游泳池底沉定下來，雙膝跪在藍色的水泥地上，閉上眼睛，盡量不去管胸口越漲越高的壓力。我需要空氣。我浪費了太多時間恐慌。

集中精神。

我找出在購物中心遇見那小女孩的記憶，描繪出她纖細的身子、窄小的肩膀、細長的四肢。我想像自己住在她體內，透過她的雙眼往外看。剎時，那股熟悉的、如漣漪波動的感覺從我腳趾開始，逐步爬上小腿，當它上到我胸口時，拘束衣的壓力鬆開了，現在它大了好幾個尺碼。我扭動身子脫出束縛，睜開眼睛，雙腿一蹬離開池底。隨著一聲急喘，我破水而出，大口呼吸著空氣。我感覺自己四肢在增長，身體恢復了原來的樣子。視線一變清晰，我就看見艾列克蹲在池邊，已經準備要跳下水了。他漆黑的眉毛糾結，灰色的眼睛裡滿是擔憂。

桑莫絲、坦納和荷莉全圍過來看。坦納朝我擠擠眼，同時朝角落一疊浴巾伸出手；其中一條浴巾離位飄起，朝他伸出的手飛來。

「愛現。」我微笑著用嘴型說，並朝扶梯游過去。

我抓住艾列克伸出的手，讓他將我拉出游泳池。他用浴巾從肩膀將我整個人裹上，我依偎著那鬆軟的質料，暗暗希望它是艾列克的胸膛。我走到牆邊的長條椅坐下，背靠著牆，顫抖著吐出一口氣，連牙齒都在打顫。我可以感覺到恐慌正在緩緩消退，但是心跳仍不平穩。

荷莉伸出手臂環住我。「該死，我真不敢相信你花那麼久才浮上來。妳沒事吧？」

我聳聳肩，把頭靠到她肩上，感覺大家的眼睛都盯著我。

「泰莎，變身成小女孩這招可真炫。不過，令你心跳加速的瀕死體驗才是啥也比不上的，對不對啊？」坦納咧嘴笑道，白牙映著黑臉更顯閃閃生輝。他那頭紅色的莫霍克髮型直聳聳地抗拒著地心引力——能用意志移物的超能力給了他這樣的特權。

「這不是鬧著玩的。泰莎很可能會受傷。」艾列克叱道，握拳的雙手緊抵著牆，背上肌肉顫動，彷彿在竭力克制自己別讓拳頭破牆而入，他的超能力讓他可以輕易做到。他比普通人類更強壯，速度更快，甚至也勝過其他異能者。

「每個人都需要學會在極端情勢中使用自己的超能力。我們不能一邊嬌慣學生，一邊期望他們在任務中倖免於難。」桑莫絲說著，不耐煩地用手耙了耙她蓬亂的馬尾。我們還沒出生時，桑莫絲就已經是「超能力調查部隊」的探員，她也全權負責我們的超能力訓練。但這無法阻止艾列克不時對她提出質疑。

「別小題大作，艾列克。」她警告說，隨即腳跟一旋，離開了游泳池區。

坦納抓住艾列克的肩膀說：「她說的對。你冷靜冷靜吧。」他在長條椅上坐下，坐在荷莉跟我旁邊，身子朝後靠著牆說：「你們聽到消息了吧？」

「啥消息？」荷莉問。

「天還沒亮少校和凱特就離開總部，去了俄勒岡州某個叫做利文斯頓的小鎮。」

難怪我一整天都沒看見凱特。通常她片刻不離艾列克左右。「那地方不是發生了什麼可怕的謀殺案嗎？」我問。

坦納點點頭。「沒錯。我聽說又出事了。」

水不斷淌下我的臉，我懶得伸手去擦。「可是他們為什麼會對這事感興趣？那不過是個小鎮。抓殺人兇手也不是超能部管的事吧。」

超能部在公務上隸屬於聯邦調查局，我們除了參與大量反恐怖主義行動和偵察行動外，其他大部分案子是由聯邦調查局分派來的。但是，除了總部入口大門上鐫刻著「忠誠、勇敢、正直」這句聯邦調查局的座右銘外，我們超能部可說是完全自主自治。只在犯罪案件明顯有異能者涉入時，才會派超能部的探員去調查。否則，只要我們的存在不惹人注目，聯邦調查局根本不過問我們的事。少校對此再滿意不過了。

坦納聳聳肩說：「誰曉得少校腦子裡在想什麼啊。也許這案子有什麼我們不知道的古怪。」

「也許聯邦調查局懷疑有異能者涉案。」荷莉補充說。

「如果超能部參與這件事，我很好奇，他們會挑誰去執行任務。」我說。我們很快就會知道了。

內部通話系統發出嘶嘶響。

荷莉呻吟一聲坐起來，淡金色的頭髮落下來遮住了臉。「去他的，他們這下又要幹嘛？」

我沒動。早晨游泳池的測驗跟緊接著的午後練跑，已經把我累慘了，我打算在跟荷莉一起上彈道學訓練之前，先享受幾分鐘幸福的休息時光。

「泰莎，盡快到我辦公室來。」桑切斯少校咆哮的聲音被老舊的通話器扭曲了。還有人以為超能部買得起最新的硬體設備呢。

少校說的**盡快**，意思是：「就是現在，否則出去跑三圈。」我兩條腿還因為每天例行的跑步痠痛不堪，可不想耽擱招災。

荷莉咧嘴笑說：「祝好運。」

我從床上一躍而起，七手八腳奔出房間。話說，少校和凱特是幾時從利文斯頓回來的啊？

映入眼簾的是桑切斯少校辦公室緊閉的門，門上粗黑的「請勿打擾」四字嘲弄著我。我敲敲門，不等裡面說請進——反正等不到——就小心翼翼地開了門。少校站在桌子後頭，交抱著粗壯的雙臂，深黑的眼睛怒瞪著我，不過我早就已經被瞪習慣了，一點也不怕。他一頭黑髮梳得油光水滑，上面的髮油足以潤滑整座建築物裡的鉸鏈。

「快去坐下，泰莎。」

我蹣跚走到空著的椅子上一屁股坐下。這些烏黑鋥亮的硬木椅就像選購它們的人，堅硬不屈，毫無瑕疵，讓人一坐下就巴不得馬上起身離開。不過大部分人只要跟少校相處幾分鐘，不需要這種椅子也能獲得同樣的效果。

艾列克和凱特已經在座，兩人牽著手，或者該這麼說，凱特死抓著艾列克的手，生怕他會跑掉的樣子。他穿著凱特買給他的直排釦白襯衫，頭髮因為跑步後淋浴，還濕著。我注意到凱特瞇著的眼睛：琥珀色染著一種古怪的紫銅色，倘若我松石綠的眼睛很罕見，那麼她是徹底令人感到不安。

我猛轉開頭，將注意力轉回少校身上。如果讓凱特直接望進我眼裡，她會用超能力將我的心思看得一清二楚，那可就尷尬了。

少校沒坐下；他站在辦公桌的椅子後面，雙手緊抓著椅背，用力到指關節都發白了。他曬得那麼黑，要看見皮膚泛白可不容易。

我如坐針氈，視線不覺被少校背後的軟木塞釘板拉了過去。我有一陣子沒來少校的辦公室了，板子已經不是我上次看到的樣子，之前沒有那些嚇人的照片。

第一張照片上是個手腳張開趴在地上的女人，脖子上緊勒著一條鐵絲。想到自己被扼死前對這世界的最後一瞥是凶手殘酷的臉，是瞪著謀殺者的雙眼拼命掙扎著想吸到氣，我的呼吸就忍不住急促起來。我看向第二張照片，是另一個女人——從那膨脹泛綠的身軀很難看出年紀。所有的屍體裡，浮屍是最可怕的一種。到目前為止，我沒親眼見過浮屍，也沒見過任何一種屍體。不過在基礎法醫病理學課程裡，我看過許多照片，那已經夠嚇人了。

「利文斯頓的連環殺人案又有了新的發展。」

我一下坐直，被這話題驚呆了。少校從來沒有跟我直接談過這案子——或任何其他案子。凱特和艾列克一致點頭。

通。

少校繼續說：「他的第四個受害者。」

「第四個？第三個是誰？」我只聽說兩個。超能部的小道消息顯然沒我期望的那麼靈通。

「是利文斯頓高中的工友陳先生。」少校說。

「是個男人？」

少校嘆口氣，說：「這給我們的心理剖繪小組帶來很大的麻煩。在此之前，他們的分析都認為凶手有厭女情結。」

四起謀殺案。這對利文斯頓那麼小的一個鎮一定打擊很大。「為什麼我們會認為是個連環殺手？有什麼看起來相關的地方嗎？」

少校鬆開他緊抓著椅子的手。「有兩名受害者是被鐵絲勒死。有兩名是在湖邊或靠近湖邊的地方被找到——我們無法判斷他們的死因。不過，他們全有一個共同點：凶手用刀在他們胸口劃了個A字。我們還不知道原因何在。」

「他是殺了他們之後才劃上去的？」我問，各種可怕的影像在我腦海中洶湧翻騰。

「對。不過這不是我把你叫來辦公室的原因；你很快就會熟知這個案子。」

這想法立刻使我心跳加速。

「凶手昨天再度試圖犯案。」少校說。

「試圖？」

少校的怒視讓我趕緊補了句「長官」，但這一點也沒改變他的神情。

「對，試圖。他扼死一個女孩然後把她拋進湖裡，但她被沖上了岸，被一個慢跑的人發現，打電話叫了救護車。那女孩的大腦嚴重受損，目前重度昏迷靠人工呼吸。這讓事情有了點意思。」

有意思？我瞥了艾列克和凱特一眼，我的胃揪成一團，但他們只是面無表情地聽著。

「醫生最多能讓她再多活幾天。等她一死，泰莎，妳就取代她。」

第二章

我十指抓緊了光滑的木椅扶手，感覺彷彿地面突然裂開一個大洞，威脅著要把我吞沒。「你不是說真的吧。」他要我冒充一個死掉的女孩，去追捕連環殺手？

少校聞言一下挺直了腰，瞇起雙眼。

我深吸口氣，儘管盡力想表現得堅強，我開口時聲音還是發顫：「我要取代她？」我知道自己該感恩有機會出任務，但這實在超過了一般探員的入門任務，像是偵察、觀測，或背景調查。這是讓我上最前線啊。

「對，我的意思就是，她一死，妳就偽裝成她。」

他說得若無其事，好像偽裝成一個謀殺案的受害人是件完全正常的事。

「可是大家都會知道她死了，對吧？我沒法偽裝成屍體啊。」

「不，他們不會知道。大家會以為發生了奇蹟，她康復了。」

「可是，她父母怎麼辦？」我問。

少校伸出一隻手指撫過牆上的照片。「他們也不會知道。他們會以為妳就是她。」

「要是我的行為舉止無法跟他們的女兒完全相似，你不覺得他們會起疑嗎？他們比誰都瞭解她。不管我多努力，都不可能變得跟她一模一樣啊。」

「對，但是，**動動腦筋**，泰莎。他們幹嘛懷疑？對他們來說，除了女兒奇蹟般康復，沒有別的解釋了。任何她言行舉止上的小變化，都可歸因於受了創傷的緣故。他們不可能想到這世界上有異能者。普通人的想像力沒那麼厲害。」

普通人——只有少校能把這詞說得像在侮辱人。他看著我，好像我很寶貴，是他最珍視的財產。他的異能者獎盃。

艾列克從椅子上一躍而起，開始在房間裡踱步，先大步橫過少校擺著錫兵和獎牌的玻璃櫃，再經過檔案櫃，最後停在落地窗前。

「你不覺得這項任務太危險了嗎？凶手一定會試著除掉唯一能指認他的人。泰莎會是他的主要目標。」

一股強烈的不安開始在我胃裡糾結，我盡量不去理它。萬一讓它佔了上風，我會瓦解成一灘焦慮的爛泥。

少校咧嘴一笑，彷彿艾列克說了個笑話。「艾列克，等泰莎的訓練結束後，她將面對更糟的情況。你們全都會面對更糟的情況。」

我們的訓練，最終朝向一個目標：讓我們準備好面對未來世界各地的重要任務。坦納的哥哥泰伊最近訓練結業，立刻被派到海外進行臥底任務。我們不知道他在哪裡，謠傳說是在伊朗或中國。目前只有十分之一的探員駐紮在總部，其餘的人都在外出勤。

「這項任務跟將來要面對的相比，只是小菜一碟。你以為扮演恐怖組織首腦或某個混亂失控國家的總統，是件安全的事？未來等著泰莎的就是這種事情，因為只有她能執行這樣的任務。不用我說，你想必知道國防部和中情局裡，有些人對泰莎垂涎欲滴，全想要把她的才能收歸己用。她會是完美的間諜——一項終極武器。到目前為止，我還成功地把他們擋在門外，但我們是該準備好面對未來。以這項任務做為首發測試，可說再完美不過。」

終極武器。這詞在我腦海裡不停迴盪。我用手臂壓緊了肚子。就算我有變身成他人的超能力，我仍然只是個女孩，不是什麼特異非凡的間諜。艾列克跟我對望了一眼，猛地咬緊了下顎。

「關於這項任務，我們正是希望泰莎吸引凶手的注意力。他已經殺了三個人，第四個也跟死人差不多了。我們必須在他再次動手前找到他。」

艾列克濃黑的眉毛擰成了一個V字。「所以泰莎是個誘餌？」他的聲音聽起來像山洪要爆發前平靜的河水。

「她也要試著發掘更多有關那女孩的朋友、學校，以及每一個利文斯頓鎮民的訊息。」

少校嘆了口氣，在椅子上坐下。

「我不喜歡這件事。泰莎不是誘餌。」艾列克說著，大步繞過桌子面對少校。

凱特噘著嘴起身，先狠狠瞪了我一眼，才上前伸手搭住艾列克的肩膀。「艾列克，親愛的，少校知道自己在做什麼。泰莎不需要你保護的。」

這項任務大概讓凱特內心竊喜不已。要是能照她的意思，她會把我跟凶手鎖在一個房間裡，再把鑰匙扔了。

艾列克雙手往桌上一撐。「不，我不准。」

公然反抗少校，前所未聞。少校做為超能部的領頭，一切主張跟意見都是他說了算，就連中情局和國會領袖都尊重他。但艾列克想保護我。這念頭帶來一股暖流湧向我全身。

「我不需要你批准。你搞清楚你的位置。」少校喝斥道。

凱特的手指掐緊了艾列克的上臂。「別吵了。這事比你重要。這關乎整個超能部，不是你個人擔不擔心的問題。」

艾列克的雙手猛摳進木桌裡，力氣大到桌面都裂了。我一個箭步上前，伸手按住他的手說：「沒關係。我會沒事的。」

他繃緊的神情放鬆了。凱特猛抽回手，一聲不響回到自己的座位砰地坐下，誇張地挪動椅子刮擦過地板。

艾列克直起腰，我的手從他手上滑落。我實在很想再握住他的手。他朝牆一靠，遠離少校。少校帶著一種我從未見過的、悶不吭聲的惱火狠狠瞪視他。

房間裡迴盪著時鐘的滴答聲。

滴。答。

我偷偷坐回椅子上，橡膠鞋底踩在磁磚地板上發出唧唧響。硬木頭的椅背死頂著我的背脊。

滴。答。

少校雙手交疊在桌上，清了清喉嚨說：「只要最後一名受害者還活著，我們就不能展開任務。」

我們竟然在等一個人死掉。這感覺實在太不應該了。

「可是，長官，我必須在她死前看看她。」我在說到「死」字時聲音卡了一下。畢竟，要變身成某個人之前，我必須先觸摸過對方。

少校點頭。「這都安排好了。今天下午我會陪你和凱特到醫院去。」

凱特臉一沉。她有什麼權利不高興？她又不需要假裝成某個死掉的女孩，不必對某人的父母說謊。她只需要悄悄搜索別人的大腦，就能把他們摸得一清二楚。

少校靠向椅背，一臉公事公辦的神氣。「妳可以跟受害者獨處幾分鐘，讓妳的身體收集有關她的資訊。」

他把事情說得既冷靜又簡單，但事情不是這樣的。

他轉向凱特。「而妳，凱特，要試著從這個家庭和醫院的員工那裡獲取更多的資訊。很不幸，大部分醫生都是男的。」

我嫉妒男孩跟男人，面對凱特的能力，他們安全無虞。我想永遠避開她的凝視，可是辦法不多。超能部的科學家一直想找出凱特這種有選擇性的天賦是怎麼回事，但始終沒找到答案。按理說，異能者違抗了自然律，不同於正常人，要分析我們的天賦不是那麼容易的事。

「還有，艾列克，我需要你加快泰莎的訓練。這項任務可能非常危險。我希望我們不會馬上需要她，但遲早會的。你是我們最好的戰鬥人員，把她預備好。」少校跟艾列克彼此互望的神情，讓我覺得艾列克在這案子裡不只是教我自我防衛那麼簡單。

「長官，我知道怎麼開槍射擊，而且，自從我來到這裡就一直有練空手道。」我說。

「學了兩年空手道和知道怎麼射擊固定靶是不夠的。接下來這幾天艾列克會教妳怎麼為保命而戰。」少校把眼睛轉向艾列克，「教她如何在戰鬥中像個贏家一樣安然脫身。」

艾列克眼中的火焰像電流一樣令我渾身一震。

「凱特，泰莎，準備一下。我們三十分鐘後出發。」

艾列克從旁經過時給了我一個鼓勵的笑容。我想回他一笑，臉上的肌肉卻不聽使喚。

我要執行我第一個真正的任務了。做個誘餌。

我沿著土黃色的走廊朝房間衝去。沉鬱黯淡的黃讓我想起舊家房裡的地毯。

兩年了。

我有時候都忘了自己在這機構裡住了多久。最後一次看見我媽，是她讓艾列克和少校把我帶走時，我回頭瞥見的背影，她甚至沒轉身跟我說再見。而今我卻要去假裝成別人家的女兒，一個正常家庭的一份子，這將是我最裝不來的一件事。就連我來到超能部之前，都沒有過正常的家庭生活。我對父親毫無記憶，我還在襁褓中他就帶著我哥離開了。

我跨進房間，一陣轟響撲面而來。荷莉四仰八岔躺在床上，邊讀書邊隨音樂擺動她兩條腿。我把喇叭關掉，房間瞬時安靜下來。荷莉翻身坐起，說：「少校要幹嘛？」

我朝門上一靠，試著給打顫的雙腿減輕一點負擔。落地窗外，森林上方的天空中烏雲密布，顯示另一場暴風雪即將來臨。已經三月了，但在這麼接近加拿大邊界的蒙大拿州，冬天漫長而無情。我從這裡可以辨認出遠方冰河國家公園的群山，山頂上還覆蓋著皚皚白雪。

「他要談利文斯頓的連環謀殺案。又多了另一個受害者——第四個了。她還活著，不過快不行了，而——」我頓了頓，才繼續往下說：「我要在她死後取代她。」

荷莉的眼睛瞪得老大。「妳要去執行真正的任務了？」她控制不了聲音裡滿滿的羨嫉。荷莉跟我同時進入機構，我們通常一同展開訓練。我確信，如果她能控制她的隱身能力，國防部和中情局的頭頭也會對她垂涎欲滴。

「任務得等那女孩死了以後才會開始。」也許她還沒吸收我第一次告訴她時的細節。

荷莉看起來仍舊熱衷不已。「哇喔，我真不敢相信，他們竟讓妳調查一件真正的謀殺案。我一直想要假扮成別的什麼人。妳一定很興奮。」

我狠狠瞪了她一眼。我最好是興奮得起來。

我拿起外套，將一些必要的東西放進包包裡，荷莉黏在我背後嘰嘰喳喳道：「啊，等一下，妳現在就要走了嗎？你已經要出勤去了？」

我聳聳肩。「今天只是預備而已。真正的行動還要再等幾天吧。」從這裡飛到醫院至少要兩小時，這時間足夠我嚇得整個瘋掉。

「祝妳好運！」我離開房間時荷莉吼道。

我需要的不只是好運。

聖伊莉莎白醫院的灰色樓面聳立在我面前，大樓後方的天空中閃電連連。要不是有凱特和少校在，我會躲回那輛從機場把我們送到這裡來的滑亮黑色賓士轎車上。

自動門無聲打開，直通潔白無菌的接待大廳。消毒水的味道刺激著我的鼻子。我們無需詢問方向，往前逕行。少校知道路，也沒人攔他；那些在我們經過時交頭接耳的護士或點頭致意的醫生，都沒攔我們。超能部絕對在任何事上都暢行無阻。

走廊像一條沒有盡頭的隧道，兩旁的牆壁威脅著要朝我倒下來。一扇接一扇完全相同的門，隱藏著沒完沒了的一長列病患。

最後，少校在一扇門前停下來，門外有個穿黑西裝的男人負責看守。毫無疑問，這人是超能部的成員。他窄長的臉上有個讓我想到老鷹的鷹勾鼻。他大概是眾多散布在全國各地的外部探員之一。這些不幸的探員，他們的超能力不夠強到足以擔負更重大的偵察或反恐任務，有些地方探員的工作甚至被人認為無聊透頂，但眼前我情願馬上跟他互換位置。

「他們在哪兒？」少校又用那種紆尊降貴的口氣說話，每次對外圍人員——就是那些不在總部工作和生活的人說話時，他都這樣。鷹臉男立正挺胸，雖然他比少校高將近一個頭，他還是設法讓自己縮小。「在餐廳，長官。他們六點之前不會回來。」

這給了我們二十分鐘時間。我不知道他們為什麼去餐廳，也不知道鷹臉為什麼曉得他們幾時會回來，總之，超能部的探員有各種擾亂他人心智的辦法。

在我們的世界裡，心智方面的超能力是最有價值的。少校正式公開的超能力是「夜視力」，但是很多人相信，他是少數具有「雙重超能力」的人，他們的第二種超能力是心智方面的，那始終是個祕密。很明顯的一件事是，絕大部分的雙重超能力者都會將更具威力的心智超能力隱藏在可見的生理性超能力背後。

「凱特，妳知道該做什麼。」少校說。

她點點頭，朝餐廳走去。錢伯斯太太的大腦很快就會被讀個通透。

鷹臉男往旁一讓，少校開門示意我進去。我一跨進病房，立刻就想轉身衝出去。但少校就在我背後，擋住了我唯一可以逃跑的路。

我的雙眼一望見裹在綠色病患服裡，寂然靜止的玫迪森・錢伯斯，就再挪不開了。她的皮膚簡直跟環繞她的四壁一樣蒼白，手臂上藍色的血管清晰可見，簡直像畫上去的藤蔓。我想嚥口口水，喉嚨卻乾得要命。

玫迪森黯淡的金髮鋪散在枕上，像一圈褪色的光環圍繞著她的頭顱。她的脖子上纏著紗布，那就是鐵絲勒進她肌膚的地方嗎？她是如此脆弱，在一堆嗡嗡作響的機器和導管中間顯得如此細緻易碎。我往後退，一下撞在少校肌肉虬結的身子上。

「哪裡有問題嗎？」

這問句有太多答案。有哪裡是沒問題的？少校如此亦步亦趨聳立在背後，我只得一吋吋往床邊挪，接近那個一嚥氣就會被我取代的女孩。少校的手按住我肩膀，卻絲毫不帶安慰性質。

「這是妳證明自己的機會，泰莎。」

我擺動肩膀脫離他的掌握，把顫抖的手伸向玫迪森。

「我很抱歉。」我低聲說，手指輕觸她的手臂。那股冰冷出乎我的意料之外。我知道她的身體還活者，但少校說這只是一具空殼子，他大概說對了。有什麼東西不見了。通常我觸摸一個人的時候，會感覺到某種特定的活力，一種獨特的存在感。但是我從玫迪森身上得不到任何感覺。不過，在這一堆嗡嗡作響的機器環伺下，我還是感覺到自己的身體開始吸收她的「資料」。

超能部的科學家推測，我的DNA混合了外來的遺傳指令，編成它自身獨特的基因序列，就像休眠的DNA在必要時會活躍起來一樣。我的腳趾開始產生一股熟悉的刺痛感，就像每次我的大腦開始記憶某個人外表的所有細節，我的身體也躍躍欲試想要變化時一樣。我壓制住這感覺，不打算在這時候變成她。我要等到自己別無選擇時才變。事實上，我很快就能夠變得跟她一模一樣，但對她一無所知，不瞭解她的憂慮、恐懼和夢想。只不過是這個曾經活著的女孩的空殼而已。

片刻之後我收回手，可是仍舊無法把眼睛從這女孩身上挪開，她永遠不會走出這間病房了。雖然她活下來會毀了這項任務，但我仍希望她能證明大家都錯了，她會奇蹟般康復，回到她的家人和朋友身邊。

「離開病房前先把妳的眼淚擦乾淨。」少校說。

我抬起頭來，他已經轉身朝門口的鷹臉男走去。我抹掉臉頰上的淚水，俯身靠近玫迪森的臉說：「妳必須活下去，聽見沒有？求求妳，求求妳活下去。」但我內心知道，這具空洞的軀殼已經聽不見我的任何哀求了。

幾個小時後，我在自己的床上輾轉反側，無法入眠。玫迪森的樣子已經烙進了我的腦海。平板電腦像在我大腿上燒了個洞一樣，我一直不舒服地動來動去。我看了一部又一部的電影，通常看電影會對我有催眠效果，可是今晚沒用。

一陣敲門聲傳來，我拉下耳機關了螢幕。荷莉背對著我睡得很熟，呼吸均勻。她總在夜裡十一點入睡，準時到妳可以在她身上設個定時器。

門。

我躡手躡腳走到門邊，光腳踩在磁磚地上，陣陣傳來的寒氣令我打顫。我悄悄開了門。

艾列克站在走廊上，手裡拿著一張DVD光碟，封面是一張被斧頭遮住一半的蒙面疤臉。「想看最新的恐怖片嗎？」他問。我瞥了眼時鐘，將近午夜了。「我們好幾個禮拜沒一起看午夜場了。」他加了一句。

是啊，應該說**好幾個月**才對。

「那可不是我的錯。」我說，一股沉重的寂靜籠罩了我們。凱特毀了我們的觀影夜——這是打從我來到超能部之後，就一直跟艾列克保持著的慣例。

他垂下手中的影碟。「這是拒絕嗎？」

我一把奪過他手中的DVD，從他身邊掠過，走到走廊上。「你準備零食，其餘的我來。」

艾列克兩大步就追上了我。我從眼角瞥見他在笑。他的手拂過我的手臂，我得克制自己不去抓住它。

幾分鐘後，我們在公共客廳裡超舒服的沙發上安頓下來。除了遠處角落販賣機傳來的嗡嗡聲，整個客廳裡一片寂靜。

艾列克將一碗小熊軟糖放在我們中間，然後把腳翹在茶几上。他穿著黑色牛仔褲，上身是印著鬼娃恰吉的黑T恤。這衣服是我搬進超能部不久後送給他的。他常穿，一直到凱特出現。她喜歡他穿無聊的排釦襯衫。

艾列克不時瞥我一眼。「妳還好嗎？」

「我很好。」

「妳知道，要是妳還沒準備好出任務，我相信少校會理解的。」

我笑了。「我們講的是同一個人嗎？」

艾列克的神情一下變得很兇猛。「他不能逼妳去做妳還沒準備好的事。我會跟他談的。」

「別。」我按住他手臂，「沒事的。我能做得來。」

他不像被我說服的樣子。

我開始播放電影，斧頭殺手砍了他第一個受害人時，一聲尖叫劃破了寂靜。我邊看螢幕，邊把小熊軟糖分類，挑出綠的和白的堆在我腿上，其餘的留給艾列克。

「妳每次都這樣，妳知道吧。」艾列克說。

我吞下一顆軟糖，「怎樣？」

「先一口咬掉它們的頭。」

我聳聳肩。「這是做好事。假使你要被活活吃掉，你會寧願爽快點一口斷頭斃命，還是選擇被從腳吃起？」

「哦，要是能選，我絕不選被吃掉。」他臉上慢慢綻放出一個大大的笑容。我好久沒看見他這樣笑了。自從幾個月前他和凱特一同被派去出任務——回來時兩人已經成了情侶，艾列克整個人就變了。近來他總是一臉嚴肅，心情幾乎跟少校一樣差。我每天都覺得他離我越來越遠，我們的友誼在我眼前崩塌。我不知道在從前和現在之間發生了什麼事，他和凱特都絕口不提任務的事——這是少校的命令。

「妳很怪耶，妳知道吧？」他說。

我戳戳他胸口，手指觸及的肌肉堅硬如鋼鐵。他一把抓住我的手，拇指和食指扣住我的手腕，另一隻手突然伸過來開始搔我癢。我控制不住又笑又叫，掙扎著想擺脫他的掌握。但是他力氣太大，我怎麼掙扎都是徒勞。我把雙腿縮到胸前，試圖用兩隻腳來推開他。突然間，他朝我俯過身來，他的臉就在我上方，離我只有幾吋。我停止了笑，有那麼片刻，甚至連呼吸都停了。他那麼近，我只要稍微抬抬頭，我們的唇就會碰在一起。他的呼吸吹在我臉上，他的目光射向我雙唇，但是，接著他往後一仰倒回靠墊裡，盡量離我越遠越好。我的雙頰滾燙如火燒，只能趕緊把注意力轉回螢幕，正好看到有人被斧頭砍掉了腦袋。**角色扮演**。那正是我的感覺。

有好一會兒，一切感覺就像從前一樣——就像凱特還沒變成艾列克的女朋友時一樣。但那段時光如今已不復存在了。

第三章

第二天早上，我執行「成為玫迪森．錢伯斯」任務的準備工作開始。一個十八歲女孩的一生，如此簡單總結在整齊打字的十八頁報告裡，真叫人難過。冷漠的白紙黑字，告訴我所有融入玫迪森的親友圈中所需要知道的事。或者說，少校認為我需要知道的事。

凱特順利獲取了玫迪森母親及朋友腦海中的訊息。但是檔案中仍缺少玫迪森的情感、想法與內在生命的點點滴滴。這就像叫人只看著樂譜來享受美妙的音樂一樣。

玫迪森出生時重七磅二盎司。她七歲開始學鋼琴。她有一隻叫毛球的貓，是九歲生日的禮物。她還有個異卵雙胞胎哥哥戴文。她喜歡花生餅乾，但是對鮪魚和刺山柑過敏。她還進過啦啦隊，遇襲前不久才退出。

一堆照片從檔案裡掉出來，在我腳旁散了一地。我蹲下去撿，開始邊撿邊看。有一張是小女孩玫迪森穿著兔子裝。再一張是玫迪森跟一群笑嘻嘻的女孩，嘴裡的牙套閃亮。玫迪森擁抱她父親和哥哥。

我甚至不願意去想超能部是怎麼弄到這些照片的。

照片中的玫迪森是如此充滿了生命力；盡是閃亮的金髮，燦爛的藍眸和快樂的笑容。但有個人從她身上奪走了這一切光芒。

我猛闔上檔案，淚水刺痛了我的眼角。我不想認識玫迪森，不想知道她有什麼怪癖或興趣，因為那會讓她變得栩栩如生。我們這麼做不對。

「泰莎。」

艾列克。

我趕緊伸手抹臉——暗暗感謝這睫毛膏防水——並整理了下我綁的馬尾。「請進。」門嘎一響打開。

高大健壯的艾列克幾乎堵住了整個門口。他從沒進過我房間，看來短時間內這不會有什麼改變。有時候我不免猜測他不願進來的理由，我常猜他是不信任自己跟我獨處，可我又知道這大概是我一廂情願的想法。

「妳還好嗎？」

我覺得自己臉紅了。「啊，我沒事。你要找什麼嗎？」

有那麼片刻，他極其熱烈的雙眼似乎直接洞穿了我。他還記得昨晚那一刻嗎？一股熱流朝我的胃聚攏，但他這時清了清喉嚨，說：「少校要我們今天開始訓練。」

「噢，對，當然。」通常週末我們都沒課，可是我們出任務前的時間不多了。艾列克的目光在我身上停駐片刻，接著轉身從我眼前消失。「十分鐘後道場見。別遲到。」

他剛才看我的眼神是我想像出來的嗎？我甩了甩頭，把那想法逐出腦海。

我從抽屜裡抓了條灰色運動褲和白T恤，正要換上，荷莉開門蹦了進來。她的頭髮因為晨泳還濕著，一種淡棕色的光輝在髮際線上閃耀，很好看，這是她天生的髮色。「妳已經要走了？」

「嗯，艾列克要我去道場，」我瞥了一眼牆上的鐘，「還剩九分鐘。」

她搶過我手裡的衣服扔在地上。「妳別穿這些。」

「荷莉，我現在沒時間聽妳做時尚指導。」我還同樣沒耐心。打扮可愛並不能幫我活著完成任務。

「別蠢了。妳要跟艾列克一對一上課。讓我幫妳打開天窗說亮話：這是妳的機會，跟艾列克獨處。」

她要是見過我們昨晚的樣子，就會知道這根本毫無希望。

「妳知道在訓練時艾列克有多專心。我就算一絲不掛走進道場，他都不會發現。」

「咱走著瞧。」

我一屁股坐在床上，看荷莉在她抽屜裡大肆翻找。當她決心要幹一件事，那絕對是股不可忽視的力量，艾列克和我正排在她待辦事項的首位。

她朝我扔了一團衣服過來，正打在我臉上，我鼻子裡立刻充滿了一股甜桃和香草的味道。我把衣服從臉上抓下來，是件白T恤，我二話不說套上。

「這件衣服哪裡好？要妳這麼費勁。」

荷莉指著我的胸前。

「荷莉！」

「很好玩吧。」

我胸前橫著一排紅色大字：「請看著我的臉說話，我的胸部聽不見」。我呻吟一聲，「我不要穿這件。」

「噢，妳當然要穿。還有，穿這條運動褲。這條沒妳的那麼鬆垮。」

我沒力氣跟她爭辯，起碼在看了玫迪森的資料後，滿腦混亂的情況下沒力氣爭。我扭著把腿塞進荷莉的運動褲。至少褲子是黑色的，而且上面沒印任何標語。

我瞥了時鐘一眼。「好極了，現在我遲到了。」我邊說邊急忙衝出房間。

「妳的腿看起來棒極了。」荷莉在我背後喊道。

「別在走廊裡奔跑！」少校的秘書芬尼根太太吼道。我從沒見過她在走廊上奔跑，不過她的體型大到只能勉強穿過門框，所以對她來說奔跑什麼的就算了吧。我跌跌撞撞奔下樓梯，全力奔往一樓。

我在一分鐘內奔下四層樓抵達道場，喘得差點斷氣。我瞥了眼地板上的綠墊子，從地板到天花板的鏡子，以及懸掛著的拳擊沙包。艾列克正對著一只沙包練高踢。我在門口猛地停下來。他上身赤裸，只穿著黑色練習褲，身上的肌肉隨著每次發力踢出而繃緊，人工鹵素燈照在他身上，使他的皮膚看上去是金黃色的。一條大黑龍刺青盤踞在他右肩上，遮掩了他兒時受傷留下的疤痕。他父母在聖誕節的前一天將他拋棄在擁擠的購物中心，他從三樓的樓梯欄杆上摔下來，要不是他的超能力救他一命，他早摔死了。艾列克總說他的超能力幫他騙過死神，是超能力幫他活了下來。

他沒轉頭看我，只說：「妳遲到兩分鐘。」他再踢了一腳，這才轉過身來。

他兩眼立刻落在我胸前的句子上。一股熱潮爬上我脖子，我暗暗告訴自己，待會兒一定要好好謝謝荷莉。

他將視線扯離我胸前，看著我的臉，一點也沒不好意思。「衣服不錯。」他冷冷說道：「噢，既然遲到，罰二十個伏地挺身。」

我的笑容褪去。我朝他走去，對他展露的胸肌盡量不公然露出讚賞的神情。「拜託，艾列克。別跩成這樣，你又不是少校。」

他的灰眸盯住我，神情變得冷硬，開口的聲音頗不友善，「三十個伏地挺身，泰絲。」

每次他叫我小名，我都想把鼻子埋進他頸窩，讓他抱緊我。很多年前，在我媽還關心我，甚至還愛我的時候，她也這樣叫我。

我膝蓋著地擺好姿勢，雙臂撐住體重，開始伏地挺身，頭幾個沒什麼問題，接下來幾個也還可以，可是等到做完二十個，我的雙臂已經開始發抖。

「妳該更常練習才對。妳的手臂幾乎沒有肌肉。」

見鬼了。他是在說笑嗎？我的手臂才沒那麼糟。不是每個人都能像艾列克那麼強壯，肌肉虬結。事實上，沒有人能像他那樣。

「閉嘴。」我反駁說。

我再次撐起雙臂。只要再十個就完了。我身下的墊子跟醫院裡玫迪森穿的病袍一樣慘綠，她那脆弱的身體清晰生動地從我眼前閃過，我雙臂一軟整個臉撞在墊子上。一股腳臭跟汗酸味爬進我鼻腔。

「泰絲？」艾列克溫暖的手搭上我肩膀，聲音裡染上了擔憂。

艾列克在我身邊坐下，寂靜包圍了我們。「妳想談談嗎？」我突然很想跟他說話，告訴他所有的事——不光是我對玫迪森的想法，還有其他。我撐起身子，「不，我們開始練習吧。」

「妳確定？我可以告訴荷莉和坦納，把訓練延後。」

我一躍而起說：「我沒事。」

之後艾列克對我很溫和，毫不強求。我知道我的高踢糟透了，一點力道都沒有。我的準頭很差，而且沒兩分鐘就喘得上氣不接下氣。每次我想鼓起力氣，有關玫迪森的種種就來糾纏我。玫迪森，這個年紀才比我大一點點，以後想當獸醫，想在高中畢業後到海外生活一年的女孩，正在瀕死邊緣。她的願望再也無法達成了。

「我們來看看妳擺脫攻擊者的本事怎麼樣。」

我點點頭，很高興能分心注意別的。

艾列克用雙臂環住我的腰，試圖將我拖走。我無法真心狠踩他的腳或踢他的脛骨，他赤裸的胸膛緊貼著我的背，我一點也不想死命擺脫。

「妳沒認真試，泰絲。」他說話時嘴唇擦過我耳朵，登時一陣戰慄竄過我全身。我緊繃的肌肉全鬆掉了，防衛自己的抵抗意志消散無蹤。他緊貼著我的感覺很對、很棒。我把頭往後靠在他胸膛上。他嗅起來像春天早晨的森林，像綠薄荷跟某種香料。我內心深處知道自己不該如此渴望貼近他。我完全不該想要他。他不是我的，我不能要。

我們四目相對，他僵住了。

我仍記得第一次見到他時的情景。他和少校穿著一本正經的西裝站在我家那家具破爛、空啤酒瓶到處亂扔的老舊客廳裡。儘管我又害怕又難堪，他那雙灰眸卻令我安下心來，他的笑容向我保證跟他在一起會很安全。

現在，我盯著他雙唇完全挪不開眼睛。他緩緩向我靠過來。

「艾列克？」

凱特的聲音像鍾擊球般猛擊中我。艾列克鬆手往後退開。凱特站在門口，紫銅色的眼睛瞇成一條線。我不知道她看多久了，儘管什麼也沒發生，但她火冒三丈的樣子很明顯。艾列克跟凱特是一對，一小部分的我對於渴望他的感覺有點過意不去，我不該喜歡一個有女朋友的人，可是我沒辦法。從他帶我離開家那天，我就喜歡上他了，那時凱特還沒影子呢。有時候我覺得自己永遠不可能不想要他。

凱特笑了。「衣服真不錯。只可惜你根本沒有胸部可言。」

我交抱雙臂橫在胸前，避開她的凝視。我絕不會順她的意讓她得知我的心思。

「夠了，凱特。」艾列克的聲音裡含著一絲警告。

他望向我，滿含歉意地笑了笑。我才不要他的同情，尤其是在凱特說了剛才那種話以後。

「我以為我們要去看電影。還記得吧？」

每次她達不到目的時就會用這種發牢騷的口吻說話，我特別討厭她這樣。我希望艾列克不會上當，希望他不會跟她去看任何電影。電影之夜應該是屬於我們的。

他抓過毛巾抹了把臉。「我不能去。泰莎和我為了任務在做訓練。荷莉和坦納隨後會加入我們。」他加上最後一句，像是要安撫凱特，而凱特的臉臭得像是剛吃了大便。隨後，她兩條手臂纏上他脖子，把他拉近，接著嘴唇像吸盤一樣吸住他的嘴。我想要艾列克推開她。我想要他像親吻凱特一樣親吻我。

我轉身不看他們，去飲水機喝了幾口水，努力把腦海中凱特和艾列克熱吻的畫面驅散。荷莉高音的咯咯笑聲伴著坦納男中音的哈哈大笑，令我放鬆下來，我終於敢再次面對這間教室。艾列克朝我走過來；感謝老天，凱特已經走了。

坦納臉上戴著桑莫絲禁止他在訓練或出任務時戴的鼻環。雖然坦納分明瘦得像根竹竿，但我每次看見他，腦海中就浮現一頭公牛衝向紅布的畫面。對於能夠參與預備訓練，荷莉看起來很高興，即使她不能親自執行這項任務。

他們倆站在門口不遠看著艾列克跟我，一直到我覺得尷尬會把我壓垮。艾列克清清喉嚨說：「坦納和荷莉，謝謝你們來加入我們。少校認為我們應該為所有的突發事件做準備，包括泰莎可能會面對異能者。」

我後退一步。我始終知道那個殺手有可能是變種人，卻不知怎地從來沒好好想過這件事，從來沒考慮過我要對付的很可能是個跟我一樣的人。這開啟了許多嚇人的可能性，我連想都不願意去想，更不想真正去面對。那個殺手也許能操縱我，讓我乖乖順從他，也可能伸手一碰我我就中毒或暈倒了，或讓我毫無理智地信任他，這些還只是瞬間在我腦海中冒出來的念頭，其他可能狀況還有無數種。我將盲目撞進一場戰鬥裡，不知道對手是否配備著獨特的武器，不知道他的武器有多危險。我如何能夠期待自己安全無虞？

艾列克又搭住我肩膀，這次我沒有退開。我抬眼望進他眼裡，知道他清楚看見我整張臉寫滿了害怕與驚恐。他收緊了手指，一股張力漫向他全身。「我們不確定有沒有異能者涉及此事。只要我認為有一點點可能——」他頓了頓，才下結論，「我絕不容許妳出任何事。」

我模糊意識到荷莉和坦納站在我們旁邊，但這一刻只有艾列克跟我存在。是這一刻，我醒悟到真相。我將完完全全一個人，被困在玫迪森的家，被困在她的身體裡，她的人生裡。我會遇到我不認識的人，這些人會對我隱瞞玫迪森的過去，隱瞞他們的忠誠。我將成為殺手的主要目標，對方的優勢遠勝過我，不但熟知利文斯頓的環境，還可能也是個異能者。

「所以我們到底要幹嘛？」坦納輕快地問。

那股張力突然離開了艾列克。「我要你用你的超能力攻擊泰莎。荷莉，你要出其不意攻擊她。」荷莉熱切地點點頭。

艾列克看我一臉焦慮，便說：「隱形人攻擊你的情況不太可能發生。這只是要加強妳的感官反應，幫妳專心。別靠妳的眼睛，要運用妳的耳朵。坦納會一直要妳分心。現在，閉上妳的眼睛，給荷莉機會消失一下。」

我照他的要求閉上眼睛，努力去聽荷莉的腳步聲，但是不曉得是她沒動，還是她比我所知的更悄無聲息，總之沒動靜。艾列克低聲說了什麼，我聽不出內容也不知道他是在對誰說話。

片刻之後，他喊：「開始！」

我一睜開眼睛，就見一顆球朝著我的臉飛來。我在球砸中我前一秒低頭避過，同時掃視全室看坦納在哪裡，他是那個我仍能看見的攻擊者。他站在我旁邊幾呎遠的地方，雙臂交抱在胸前。當然，坦納不用動一根指頭就能把東西朝我甩來，他只要動念就夠了。隨著一陣撕裂聲，道場盡頭牆上的跳繩鬆脫，像套馬索一樣旋轉著劃破空氣飛射而來，高度及膝。背後響起膠底鞋的窸窣聲，我猛轉過身，預期來自荷莉的攻擊，但迎面撲來的只有空氣。有個東西掃中我小腿，疼痛竄過我雙腿。我雙臂往前一伸拼命保持平衡，一隻腳卻憑空冒出踢中我胸口。肺中的空氣隨著一聲驚喘全擠了出來，我整個人往後仰跌在地上。一股火熱的疼痛從尾椎往上竄，布滿我全身，令我感到自己會活活灼痛而死。

我緊閉雙眼，極力想喘過氣來。如果這是真正的生死之戰，我早沒命了。我被一條繩子和一個隱形的女孩給打敗了。

「妳還好嗎？對不起，我不是故意用力踢妳的。」荷莉溫暖的手搭住我的肩膀，將我從悲慘中喚醒。她、坦納和艾列克全站在我身邊，皺眉俯瞰著我。

「沒事。是我自己不好。繩子令我分心，我的注意力又轉換得不夠快。我只是一下應付不了這整個情況而已。」

艾列克點頭，好像這正如他所預期的。老天爺，我想，感謝你贊同。「在執行任務初期，妳會有同樣的感受。有太多事實、太多訊息，妳必須同時處理。我想這個練習會幫妳從不太重要的事裡辨別出重要的事。」

我讓他把我拉起來，拍拍身上，雖然墊子上根本沒灰塵可以弄髒我的衣服。

「妳為什麼沒用你的超能力？」他問。

「我——我不知道。」我甚至連想都沒想過。我的超能力可以幫我隱藏自己，但我從來沒想過這天賦可以用來戰鬥。

「如果妳想擊敗對手，尤其對方是個超能力者，妳就需要使用你的超能力。它能給妳優勢，讓妳能出其不意，也讓妳具有威脅性。」

艾列克說的對。現在不是猶豫不決的時候。

「好，我們再試一次。」我說，聲音比自己預期的更沉著。

荷莉再次隱身不見。我試圖透過她移動的聲音來追蹤她，但是一點用也沒有。坦納朝我走來，雙手緊握成拳，臉上收了笑容。我朝後退了一步。他突然停步，同時一顆實心球朝我飛來。我倒抽口氣跪下身，那顆球只差幾吋就打中我的頭。我不可置信地抬頭看他。

「也許你該用打中泰莎也不會要了她的命的東西。」艾列克怒目說道。

我一躍而起，朝坦納進攻。笑容掠過他的臉，但在我一拳打中他肚子時迅速消失。他擋開了我接下去兩拳，我收手思考新戰術。我感覺到背後有動靜，馬上往旁躍開。「荷莉？」

她沒出聲暴露形跡。坦納朝我手臂抓來但我閃過了他。他踢我的腿想絆倒我，另一顆實心球朝我肚子飛來。打中了肯定痛死。我一個箭步閃開，但那顆愚蠢的球繼續跟著我。

運用妳的超能力，我跟自己說。一陣漣漪竄過我的身體，我邊蹣跚朝坦納奔去，整個人邊縮小。當坦納看見我——現在的身形是我在購物中心所見頂多五歲的小女孩——他臉上的神情動搖了。實心球慢了下來。我一個箭步朝他衝去，跪倒撞向他的小腿，咬了一口。他慘叫一聲後退，一屁股跌在地上。我笑著變回原貌。有人猛撞上我後背，我撲跌在坦納身邊，翻過身，看見荷莉開始慢慢顯形。

我呻吟一聲。又被打敗了。

「這次好多了。」艾列克說：「坦納對攻擊小女孩感到不安。這是運用你超能力的好方法。如果妳能引發對手對妳的同情而在攻擊上分心，妳就取得了勝過他的優勢——妳要施展全力才行。」

我忍住笑。

坦納揉著小腿，那上面留著我小小的牙印。「如果她咬的是你，你就不會這麼說了。」

「但是妳再次讓自己分心了，泰絲。妳忙著沾沾自喜，完全忘了荷莉。」艾列克說。

我雙頰漲得通紅，但是沒為自己辯駁。我爬起來說：「我想再來一次。」

隨後數日，艾列克和我每天碰面進行兩次訓練——一次在早晨跑步運動之前，一次在下午。我獲准不用去上日常課程，以便全心專注在任務上——荷莉對此很失望。法醫課、DNA分析和刑事犯罪學在某些案子裡或許很重要，但對我這次出勤卻沒太大幫助。

等到這禮拜過完，我已是渾身又青又紫，卻仍進展不大。至少我這麼覺得。荷莉像往常一樣感覺到了我的擔憂。我們穿過走廊時她攬住我。

我小聲說：「荷莉，我好害怕。」

她捏了捏我肩膀。

我從眼角瞥見艾列克進了凱特的房間。這是我最不想看見的。我希望他能把這時間拿來陪我，讓我分神不要憂慮。

荷莉順著我的注視望去，說：「我真不懂他為什麼會喜歡她。」

我們進到自己的房間，我砰地面朝下趴倒在自己床上，呼吸著枕頭散發出的清新氣息。

床墊一沉，荷莉在我旁邊躺下。「妳這情緒是因為任務還是因為艾列克？」

我太常跟荷莉哀號艾列克的事了，也難怪她以為艾列克是我爆發的原因。雖然有一小部分原因的確是他，但這項任務已經開始佔據我清醒時的所有思緒。我想要享受我還待在總部的這一小段時間，但是擔憂和懼怕卻緊跟著我不放。「萬一我失敗了怎麼辦？萬一我回不來了死了怎麼辦？」我低聲說道。

荷莉倒抽一口氣說：「不准講這種話。要是少校認為妳有送命的可能，就算只有一點點，他也不會派妳去的。」她這話聽來頗令我感到安慰，但我仍聽出她聲音中的不確定。

「可是出任務總是有危險的。」我反駁說：「少校對任何人都不會破例。他哪能確定殺手不會逮到我？他自己也說了，一旦我變成玫迪森，我就是個誘餌。」

荷莉好一會兒不出聲，眼睛瞪得大大的，嚇壞了。

「對不起，」我說：「我不是故意要讓妳擔心的。」

「別傻了，妳可以跟我說任何事。」她抱住我，我貼著她放鬆下來。

「妳知道最悲慘的是什麼嗎？」我說，想要讓氣氛輕鬆一點，「我要是死了，連個男生都沒吻過呢。很慘對吧？成了詩人歌頌的老處女泰莎。」

荷莉抬起頭來，眼神一閃又恢復了本色。她抬手抹了下鼻子說：「嗯哼，接吻的事我們可以想辦法。我是說，妳一輩子都沒接過吻太可憐了，這點是可以補救的。」她的嘴角往上翹，我只好勉強回她一笑。

「哎呀，謝啦！妳幾時成了接吻專家了？」

「打從我吻了坦納開始。」

「嗯，那是四個月前，而且你們兩個喝咳嗽糖漿喝暈了頭，那哪能算數。」

「隨便啦。」荷莉坐起來，「我們現在談的不是我，是你該怎麼獻出妳的初吻。」

「哇噢，這讓我聽起來好沒行情啊。」像我們平常一樣開玩笑的感覺真好，就算只是暫時的也好。

荷莉沒理我，繼續說：「要是我們夠誠實，那就只有一個人有資格擔任初吻賊的工作。」我瑟縮了一下，完全知道她指的是誰。「艾列克。如果不是他，那就沒人了。我是說，看吧，就是因為他，妳才會連初吻經驗都沒有。」她聳聳肩說：「除此之外，我們身邊缺少同年齡的男孩也是個原因。」

我咬著嘴唇，這是事實。因為艾列克，我才沒吻過任何人。自從我們相遇那天起，我就希望他是第一個吻我的人。「我不知道。」我猶豫地說。

「妳確實想吻他對吧？」

我雙手高舉，「我超想吻他的。」我用手掩著臉悄聲說。

「也許我們可以做點什麼。」

我垂下手，說：「做什麼？把他綁起來然後強吻他？」

荷莉翻了翻白眼，說：「不是。不過這聽起來滿火辣的。」

我用腳趾頭戳她。

「用低調一點的辦法如何？」她提議道：「我們可以運用妳的能力。幹嘛擺著不用？太浪費了。」

「不浪費。」我腦中浮現了不想看到的玫迪森的臉，我禁錮了半天的恐懼火力全開地反撲回來。「妳有什麼計畫？」

「妳可以變成凱特的樣子。」

「噢才不要，別又出餿主意。」

她伸手蒙住我的嘴巴。「別打斷我說話。」

我瞪她一眼。

「一旦妳變成凱特，妳去找艾列克，跟他玩你親我我親你的遊戲。除非妳想讓他知道妳是誰，否則他不會知道的。說不定妳的吻功太強，能讓他把真的凱特給甩了。」

我張開嘴，她也把手放開。

「最好是啦。我從來沒吻過任何人，技巧應該爛得可以。」

她俯下身來，臉就懸在我上方。單單為這原因她就恢復了原本快活的性情，這讓我願意考慮她的瘋狂計畫。「所以，妳說呢？」

「妳瘋了，荷莉。我們之前就談過，不能變成別人的樣子去親她們的男朋友。」

荷莉嗤之以鼻，「少荒謬了。我們不是在說別人，我們是在說凱特。她對我們那麼不屑。」

只可惜你根本沒有胸部可言。我第一堂訓練課時她說的話，開始在我腦海裡轉個不停。沒錯：凱特一點也不在乎傷害我。事實上，她很樂於這麼做，就像她很樂於當著我的面炫耀她跟艾列克有多恩愛。

「還是一樣。不能不顧到艾列克對吧？這對他也很不公平。」

「沒有人會受傷。他們根本不會發現，而妳又獲得了自己一直想要的：跟艾列克的初吻。」

「但這是騙來的。」

「妳幾時變得這麼麻煩？我已經聽妳滔滔不絕說了兩年。是輪到我們採取行動，讓妳被吻的時候了。再說，他說不定接吻技術很爛，妳一吻之後從此再也不迷戀他了。」

「是啊，妳說得真對。」

「噢，拜託。」荷莉的哀叫令我畏縮。

「凱特要是發現了，一定會親手宰了我。」

「她不會發現的。妳比她聰明，她絕不可能逮到妳的。」

「對，除非妳不小心跟她四目相望被她看穿。」我想打趣，卻說得完全不對味。

「所以，妳幹不幹？」

事實是，我比之前更渴望把初吻獻給艾列克，並且同時更想瞞住凱特這祕密。我想要在她每次對我冷嘲熱諷時，因為知道一件她不知道的事而在心裡偷笑。

我想著幾年前給自己立下的規定，還有這機構強加給我的新規定。我們不准用自己的超能力對付彼此。但是想要親近艾列克，想要僅此一次被他擁抱、親吻他的念頭，實在太誘惑人了。

這難道還能出差錯不成？

第四章

門突然打開，一股風吹了進來，隨即很快關上。在「正常人」看來，就是門開了又關，彷彿無人進入。一聲咯咯笑洩露了荷莉在房間裡。她再次成功地悄悄摸到了我身邊。

緩緩地，她身體的輪廓模糊出現，開始成形，色彩流淌勾勒出朦朧的形體，直到幾秒鐘後荷莉站在我面前，胸前抱著幾件衣服，雙頰因為興奮而發紅。荷莉已經學會讓拿著的東西跟她一起隱形，桑莫絲認為她也有能力讓生物跟著她隱形。到目前為止，用蚯蚓來做練習的情況還不是很順利；有些蚯蚓就此永遠消失了。

「成功了，而且我沒失去專注力！」她拿出從凱特房裡偷來的衣服，放到她的椅子上。「我看見她離開房間去游泳池了。通常她會游上一小時。」見我還不從床上爬起來，她伸出雙手舞動，「快點啊！」

「我不認為這是個好主意。」

「拜託，別掃興了。這是你的大好機會。」

有人敲門。荷莉一把將衣服塞到我枕頭底下，我過去開門。芬尼根太太拿著一封信站在走廊上，臉上那緊抿的嘴角永遠往下垂。我接過信封，她一語不發轉身離去。

信封上粗筆紅色大字瞪著我：「查無此人」。

「妳寄給妳媽的信？」荷莉問。

「對。」我低聲說：「她搬家了。她甚至懶得告訴我。」

「也許她還抽不出時間來說？我相信她很快就會寄信給妳的。」

會才怪。

我很欣賞荷莉的一點是，無論對方是什麼人，她總努力去看積極正向的一面。但是她沒見過我媽和我媽那些可疑的交往對象。她不會懂的。荷莉有關心她的父母，儘管她具有超能力，她四個弟弟妹妹還是很愛她。雖然他們不是有錢人家，但每年聖誕節父母都會來帶她回家，平時會寄信和小禮物給她。她爸沒有拋棄她，她媽也沒把她當作麻煩的寵物甩掉。她父母沒有因為她是異能者而厭惡她。

我還記得自己第一次變身，那時我五歲。媽媽和我，還有一個每天晚上又吼又叫，白天在沙發上昏睡的男人，一起住在紐約一個陰暗潮濕、一房一廳的小公寓裡。公寓樓對面有個遊樂場，白天我媽經常只顧著頭痛歇息，我於是冒險自己跑出去玩。沒有人注意我。我沒去找其他的孩子玩，而是看著一些媽媽和她們的孩子互動，研究她們擁抱孩子，牽著孩子的手的方式。我沒意識到自己在做什麼，就變身成一個我撞到的女孩的模樣，並且朝她媽媽走過去，她媽媽正和其他幾個女人說著話。我問她我們能不能回家，她遲疑了一會兒之後，同意了——完全沒注意到她真正的女兒還在遊樂場的另一頭玩耍。

牽著她的手走回家的感覺真美好。不幸的是，我很快就變回自己，那女人也馬上發現自己弄錯了。她大概覺得自己昏了頭弄錯人，所以始終沒問任何問題。等她在遊樂場上重新找到她真正的女兒，我們也碰到了我媽，她出來找我，並且目睹了整個過程。我還記得事後我媽的憤怒和驚恐，她大聲罵我怎麼可以跑出去，又命令我說明我做的事。我媽匆忙收拾行李，兩個小時後我們離開了那間公寓，甚至沒告知她男朋友。我們再也沒回去過。那不是我們最後一次搬家。每次我變身，我媽總是怕有人看見，就再次逃離我們的家。我都數不清這究竟發生了多少次。

「她八成又跟新男朋友跑了。」我把信揉成一團，扔進垃圾桶裡。「隨便，不重要。」

我轉身不看荷莉同情的臉，專注於變身。漣漪蕩漾的感覺沖刷過我全身，令我打了個顫。荷莉緊盯著我整個變身的過程，一臉癡迷。她經常看我變身，我很驚訝她到現在還沒習慣過來。

「我真希望我有妳的能力。實在太酷了。」

「一個會隱形的女孩竟然說這種話。」

這話讓她一笑，但接著搖了搖頭，說：「妳現在的模樣，要讓人對妳好實在很難。」

鏡子裡凱特的臉正瞪著我。我的松石綠眼睛、紅褐色頭髮和惱人的雀斑鼻都不見了。取而代之的是金色直髮、奇怪的紫銅色眼睛和長長的腿。她的胸部比我豐滿，把我的T恤繃得緊緊的，我的牛仔褲在她身上顯得太短了。我實在不需要這些差別來提醒我她的外表比我強。她有大胸部可以展示。她還跟荷莉一樣，有個疼愛她的家庭——具有超能力的父母為超能部工作，正在世界上某個地方出任務。她幸運得令人喪氣——她有同樣身懷超能力的父母，完全理解何謂與眾不同。通常超能力是隔代遺傳，但是，就連這條規則都理所當然地不適用於凱特身上。

「嘿，別笑了。凱特從來沒有那種神情。」

我試著模仿她臉上經常掛著的，一種略顯無聊的神情。

「這樣好一點嗎？」我問，臉上帶著完美模仿凱特標誌性的假笑。

荷莉打個冷顫。「好多了。我想要打妳一拳。」

我稍微點頭鞠個躬，但內心開始忐忑不安起來。荷莉遞給我凱特的衣服，我換上。緊身牛仔褲，半筒靴，絲質米色上衣。

「現在去吧。我會去游泳，把凱特盯著。妳吻艾列克的時候可不希望她闖進去，對吧？」她領我出了房間，把門當著我的面關上。

我瞪著木頭門好一會兒，才急急忙忙朝走廊盡頭艾列克的房間走去。越接近艾列克，那股吸引我的力量就越強，但我也對自己要做的事越感到不安。我知道超能部立那些規則是有原因的，為的是增強探員之間的信任與和平相處。在可以窺探他人腦中隱私、變身易容、眨眼隱形的一群人之間，這類堅定的信任是必要的。而我正打算冒險越過界線。

我在艾列克的門前停下腳步。門後傳來輕柔的音樂聲。

我抬起手來正想敲門，白色的門在我眼前模糊起來。真正的凱特會敲門還是會直接闖進去？我向來不留意她在艾列克身邊時的舉止，因為看到他倆在一起讓我很不舒服。

真不公平；她甚至不喜歡艾列克真實的樣子。她不喜歡艾列克看的電影，不喜歡他的穿著，不明白艾列克和我這種沒有父母疼的孩子，成長過程是什麼樣的。

門突然打開，艾列克站在門口，臉上一下子充滿了驚訝。我後退一步，差點因為腿太長而摔倒。「我就想我聽見門外有人。」我瞪著他，沒法移動，雖然身上每一個細胞都在尖叫著要我快逃。「現在不是妳該去游泳的時間嗎？」

「游泳？」

艾列克皺起眉頭，「妳沒事吧？」

我點點頭。「沒事，對不起。我今天有點恍神。」

他的眼神令我緊張。他能看穿我嗎？

但他後退一步，讓我可以進去。

我經過他走進房裡，兩腿忍不住打顫。我從來沒進過他房間，因為他比較年長，來到機構的時間比較久，所以他沒有室友。沒有人會打擾我們。我看到了他的床，登時一股熱流湧過全身。

「凱特？」艾列克的手按住我肩膀，我跳了起來。他轉過我身子面對他，我的雙眼立刻落在他的嘴唇上，他的頭髮亂糟糟的，看來像用手耙過。

「我……我，」我沒了聲音，不知道要說什麼。我得離開這裡，這感覺完全不對。若我沒接過吻就命喪黃泉，那也是命該如此。

「妳還在生我的氣嗎？」

生氣？他們吵架了嗎？

我遲疑得太久，我不該這樣的。他變得一臉困惑。

我自己露出破綻了。要是我假扮玫迪森時這麼糊塗，一定會毀了整個任務。如果我連熟識的凱特都假扮不來，我要如何去扮演一個我從來沒實際互動過的女孩子？

「妳確定妳沒事？妳似乎有點奇怪。」

我又後退一步，逃跑的衝動前所未有地強烈，伴著一陣戰慄竄過我全身。我慌了，想要壓制住那股開始擴散的波動，但它反而變得更強烈。

艾列克僵住了，眼睛瞪得極大。「泰絲？」他的震驚轉變成憤怒。「妳他媽的來這裡幹什麼？」

我伸手抓起一撮頭髮來看，紅褐色的。我死定了。如果艾列克沒掐死我，少校也會要了我的命。他往後退開，彷彿跟我這麼靠近會燙傷。我從來沒見他這麼生氣過。

「泰莎，回答我！」

「我……我能解釋。」

我能嗎？

他兩手橫抱在胸前，「我急著想聽。」

他憤怒的注視令我畏縮，我張開嘴，希望能說出正確的話。解釋——我需要一個解釋。

跟他說真話。

「是——，」我掃視著房間，看見白牆上貼著電影《異形》的海報，那是我們一口氣看完《異形》系列電影後，在Ebay上買的，他桌上擺著去年聖誕節我送給他的弗萊迪．克魯格公仔，因為我們喜歡一起看《半夜鬼上床》那部電影。告訴他妳愛上他了。我感覺到這話已經到了嘴邊，但是，我的雙眼接著落到了床邊小桌上擺著的相框，裡面是他和凱特的合照。我脫口說道：「是——是為了練習。」

「練習？」少校一定會大聲咆哮，但艾列克的聲音變得非常平靜。如果不是因為他眼裡的神情，我一定會認為他很冷靜。他的雙眼中充滿了情緒，我太害怕，以致於不敢去辨認。

我抓住桌子邊緣，搖搖欲墜的我總算感覺到有個穩定、結實可靠的東西。「對。我覺得，在我假扮玫迪森之前，我最好先試試假扮成別人。」

他臉上閃過懷疑的神色。他的立場鬆動了。「就這樣？」

我點點頭，瞥了一眼他牆壁上的《異形》海報。

「那為什麼要扮成凱特？」

「我……我不知道。」我的眼睛一陣熱。我受不了他臉上那種失望的神情。「我認識她，假扮她似乎是個好的開始。」

他的憤怒消失了，變成某種比較柔和的情緒，但這柔和很快不見，他轉過身背對我，喃喃低語道：「妳為什麼要把事情弄得這麼難？」我不確定這話是不是對我說的，因為我幾乎聽不見他在說什麼。

「你說什麼？」

「沒什麼。」他搖搖頭。沉默橫亙在我們中間，我聽著心跳，直到我再也受不了。

「對不起，艾列克。」我朝他走了幾步，伸出手。我不知道為什麼我想要拉近我們之間的距離，為什麼我迫切想要觸摸他。但是，當艾列克擔憂時，我就是**想要**——想要讓事情變好，想要照顧他，想要親近他。

他走到房間另一頭，我垂下了手。「使用妳的超能力來欺騙我，就算是練習，也不可原諒。這違反了我們互信的基本前提。妳必須跟我保證，妳絕不會再這麼做。」

「我保證。」我囁嚅著說：「所以妳不會告訴少校吧？」

他搖搖頭說：「不，我不會告訴他。但是我覺得妳現在該走了。我需要好好想想。」

我沒再說話就離開了，感覺自己像被趕走。就為了一個愚蠢的吻，我背叛了艾列克對我的信任。

第五章

我坐在床上，荷莉咬著唇坐在我身邊，說：「也許沒妳想的那麼糟。」

「我的超能力失控了。沒有什麼比這更糟糕的了。我擔心這是個壞預兆。這表示我還不夠好，不夠格執行這項任務。」

「別這麼說。妳的超能力幾乎已經達到完美的地步了，向來如此。我從來沒告訴過妳，妳知道嗎，有時候我真的很嫉妒妳。」

我哈地一笑，毫無信心。「我是最不該有人嫉妒的。我人生中唯一穩定的就是我的超能力，可是現在呢？我一樣可靠的東西都沒有了。」我搖搖頭，「天啊，我在說什麼。這整件事根本就是我的錯，我還在自憐自艾。我根本就不該變成凱特。假如艾列克告訴少校，他一定會禁止我出任務。」我說得好像事情很糟糕，但心裡卻有點暗暗希望他會這麼做。起碼，這樣一來我就不用去面對一個神經病殺手。

「艾列克太喜歡妳了，他才不會讓這事礙著妳的路。我敢保證，他會徹底忘記這件事的。」

「他才不會。」

我破壞了艾列克對我的信任。我知道他不會輕易忘記這種事。如果不是我，換成別人他大概早就報告給少校了。

「妳沒看見艾列克發現是我時的表情。」我的聲音啞了。我試圖咳兩聲掩飾，可一點用也沒有。荷莉的眼神變溫柔了，她伸出雙臂抱住我說：「事情會好的。艾列克會原諒妳，妳的任務會旗開得勝。」她蹭蹭我說：「好了好了，我們去吃晚飯，假裝什麼事都沒發生過。我們要把剛才那兩小時從妳腦海裡抹掉。」

我嘆口氣說：「我真希望妳能辦到。」

雖然我無比想要埋頭自憐，卻忙得沒有時間。一大疊玫迪森的年鑑，她寫的舊報告，利文斯頓的地圖，以及一堆雜七雜八的紀錄，在我桌上堆成一座小山。我抱起這一堆東西離開房間，用下巴頂著以免翻覆。

這座小山的重量讓我的手臂有點發抖。我決定這次不走樓梯下樓，改搭電梯到地下一樓，圖書館和廚房都設在那裡。我從安靜的圖書館門前經過，朝著大樓後方傳來的鍋碗瓢盆的叮噹響與歌聲走去。我頂開雙向門跨進去，就見瑪莎正隨著水槽上方那台老收音機播放的音樂搖擺著，她背對著我，灰白的頭髮用髮網紮攏在腦後。她是個壯碩的女人，渾身柔軟充滿曲線。她頭都沒轉就喝斥道：「食物在樓上。不准到我廚房裡來偷偷摸摸的！」

她的奧地利口音讓這話顯得更不留情面，這口音是她在維也納度過童年時染上的，那是二次世界大戰期間的事了。她父親是個異能者，曾經跟當時新成立的超能部合作，以期推翻納粹。但他在戰爭結束前落網被殺了。超能部將瑪莎和她母親帶到美國，雇用了她們。儘管瑪莎像大部分異能者的子女，本身並無超能力，不過坦納老開玩笑說，她超凡脫俗的烹飪本領，一定來自某種祕密的美食超能力，這本事毫無疑問是超乎常人的。

她看見我時，怒容消失了。「泰莎，我的小姑娘。」她總是這樣叫我。

我把手裡的東西放在廚房中央的餐檯上。

她搖了搖食指，「噢噢，妳這些紙頭會給沾得油膩膩的，東尼會不高興的！」東尼是安東尼歐的簡稱，瑪莎是唯一一個敢這麼直呼少校名字的人。大部分人連稱呼他的姓都不敢，何況小名。至於沾上油膩什麼的，機會趨近於零。瑪莎的廚房是總部大樓裡最乾淨的地方。

「他不會知道的，對吧？」我爬上一張高腳椅，將玫迪森的年鑑和和那些報告攤開在面前。瑪莎倚著水槽看著我。

「跟妳男朋友鬧彆扭了？」

「妳從哪看出來的？」我說，沒試圖否認。

「我認得這種神情。一整個害相思病的模樣。我也年輕過呢，我的小姑娘。」

瑪莎是我聽過唯一會在日常對話裡說「害相思病」這種詞的人。雖然我很努力，我還是沒法想像她少女時的模樣，一個沒有雙下巴，沒有鬆垮皮膚和皺紋的瑪莎。

她將滿是皺紋的手覆在我手上，她的手因為烘焙食物和刷洗碗盤而粗糙不堪。「法國土司可以讓一切變得更美妙。妳說呢？」

我笑了。她捏了捏我的手，開始去調配材料，做她那遠近馳名、抹了新鮮覆盆子的布里歐法國土司。

我翻開年鑑，迅速瀏覽每一頁，直到看見玫迪森的照片才停下來。她看起來很快樂。在她旁邊的照片是她最好的朋友安娜。安娜有一張鵝蛋臉，大眼睛，像日本漫畫裡的女孩。我一定能一眼認出她。我繼續往下瀏覽，掃視那些參加舞會的、運動會的、學校比賽的面孔，就在看到一個叫菲爾・福克納的男生時，我停下來。他的眼睛讓我停下來。那是一雙近乎透明的水藍色眼睛，原本的顏色像是被洗掉了似的。許多超能力者有顏色奇怪的眼睛，凱特和我就是。如果菲爾是個超能力者，那就解釋了為什麼少校會對這個案子感興趣。但是奇怪的眼睛不會馬上讓他變成我們的一份子。不過，我跟自己說，反正留心這傢伙也沒壞處，以防萬一吧。

瑪莎在我面前放下一盤美食，我嗅到香草、糖和檸檬的味道。「謝了。」我說，已經叉了一口送進嘴裡。一串「嗯嗯嗯。」對瑪莎就已經是足夠的讚美了。她拍拍我的臉頰，轉身回去刷洗她的流理台。

我繼續瀏覽年鑑，小心不把食物掉在上面。年鑑上有太多名字、太多面孔，每張面孔後面有太多我無法一一記住的歷史。翻到最後一頁，我發現上面是大家選出來的，榮獲最佳頭銜的人物，譬如最佳藝術家或夢幻情侶什麼的。

當我細細察看那些照片時，一口法國土司把我嗆到了，而且嗆出了眼淚。瑪莎從流理台那兒望過來，對我的咳嗽毀了一口她完美的法國土司露出不以為然的神情。我把土司吞下去，雙眼瞪著一張玫迪森和萊恩的照片。「夢幻情侶」。該死的。為什麼沒有人告訴我這件事？

所以玫迪森有個男朋友，叫作萊恩．伍德。在她遭到攻擊之前他們一直是情侶？

隨著我仔細察看那些照片，照片中人的身體語言露出了不為人知的一面。萊恩看起來就是幸福快樂到不行，但是玫迪森的笑容有點太亮了，她的表情有點太過真摯，她的每一點都太過……就是太過了。我真希望自己能看穿她那一刻在想什麼，然而這就連凱特也辦不到。

事實上，我只能按老辦法去查證。我碰一聲闔上年鑑。瑪莎嘖了一聲，但是沒說什麼。

接下來我翻看玫迪森的學校作業。裡頭有些關於托爾斯泰、卡夫卡的讀書報告，甚至還有一篇是寫納博科夫的《羅莉塔》，這篇報告她得了滿分。我希望沒有人會期待我寫文學報告，我真的一點也不擅長。

我把利文斯頓的地圖攤開在餐檯上。利文斯頓的隔壁是曼羅鎮。兩鎮之間隔著一座湖，就是發現玫迪森和另一名受害者的湖。地圖上散布著大片大片的濃綠，代表許多的森林。利文斯頓只有兩條主要街道，大部分商店就在這兩條街上。我算了一下，兩座加油站，兩個墳場，一個汽車電影院。真沒什麼值得看的。玫迪森和她父母住在一個新開發的小社區裡，就在森林邊上。我收起地圖，遲疑了片刻之後，還是翻開了那份謀殺案的檔案。

第一個受害者是三十五歲的小兒科醫生韓森，她在曼羅鎮上的聖伊莉莎白醫院工作，但住在利文斯頓，她家靠近湖邊。韓森醫生是被勒死的，屍體在她家後院被發現，胸口被刻劃了個A字。不久之後，十七歲的高中生克莉絲汀．辛其被發現溺斃在湖裡，身上有不尋常的痕跡，看起來像是有條蛇纏過她的喉嚨。她全身浮腫，皮膚呈藍色，但凶手同樣在她身上留下紅色的記號，一清二楚。包括工友陳先生在內的另外兩個受害者，身上也有同樣鮮明的標誌。我遲疑著伸手摸了下胸口那個可能會被刻字的地方，立刻感到一陣反胃。要專業。現在我是個真正的探員了。

我跳下高腳椅，決定今晚到此為止。「晚安，瑪莎，謝謝妳的土司。」

她朝我揮揮手，微微笑了笑。

我一回到四樓，就聽見吵架的聲音。雙方都壓低了聲音說話，以致於我過了一會兒才聽出來是誰：艾列克和凱特。我悄悄走近一點，從轉角偷看出去。他們面對面站在艾列克房間門口。

「我沒辦法看見你的想法，但別以為我就不知道你在想什麼！」凱特嘶聲道。

「我不明白妳幹嘛這麼生氣。」艾列克說。儘管他看起來比凱特冷靜，但他說這話的聲音卻有一絲尖銳。

「別裝傻。大家都看得出來你在她旁邊時是什麼樣子。真是可笑。」

「這場對話才可笑。」艾列克說完轉身要進房間，但凱特一把抓住他手臂。

「我知道你們倆上禮拜有天晚上一起看電影。你甚至沒告訴我。」

「凱特，我不需要做每件小事都徵求妳同意。」

「我們是一夥的。你還記得少校的交代吧。」她降低了聲音，以致於我聽不見她底下說了什麼，但艾列克的臉色變得很難看。他忿忿地進了房間，凱特緊跟著他，房門隨即關上。

少校交代了什麼？

不管是什麼，有一點很清楚：他們是為了我吵架。我不知道自己是該得意還是擔心。凱特是股不可輕忽的力量。

隔天早上前往道場的路上，我真心考慮要不要摔斷一條腿，好讓自己不用去面對艾列克。不過想想之後我還是忍住了，因為少校可能會堅持我繼續訓練兩條手臂。

我提早幾分鐘到，打算先做點心理預備。可是艾列克已經在裡面了，他坐在長條椅上，低頭盯著自己的腳，黑髮有幾縷垂落在臉上。有那麼一刻，我確定他是在哭。我在半途愣住，不知所措。我從沒看過艾列克哭，他是自我克制的典範啊。我一步一步朝他走過去，他整個身體一下繃緊，但沒抬起頭。我按住他肩膀，問：「怎麼了？發生了什麼事嗎？」

我的手指感覺到他肌肉的挪動，他似乎想振作起來回答我，又似抗拒著不想答。「少校找我談過話——說了他對我的期望。他希望我擔負起更多的責任，還有——」他半途打住。一股憤怒在我體內湧起。少校為什麼要給艾列克施壓？我有時候忍不住會想，他是把艾列克當作接班人來看，不斷挑戰艾列克，要看他是否有能力勝任這份工作。

「告訴他你還沒準備好。」我說。

他抬起頭來，眼中神情痛苦，但沒有眼淚。「事情沒那麼容易。」

我輕輕揉捏他的肩膀，壓制著想要擁抱他的衝動。「如果你需要我，你知道我一直都在這裡，你可以跟我說任何你想說的事。」

有那麼一會兒，他看似想說了，彷彿我終於扯落了他責任的面具，但接著他搖了搖頭，說：「不，我希望我能講，但我不能跟妳談這件事。」

我盡量藏起這句話帶給我的傷害。「那就跟凱特說吧，或許她能幫幫你。」說這句話令我嘴裡發苦，但我寧可有凱特照顧艾列克，也不願他獨自一人受苦。

「凱特不會明白的。她肯定會同意少校的看法。她永遠把超能部擺在第一位，這事永遠不會改變。我必須自己處理這件事。」

他怎麼能夠跟一個不會把他擺在第一位的人交往？

「我不該跟妳談這個。」他說著站起來，使我的手從他肩上滑落，並且走開幾步拉開我們之間的距離。

「我想我們該談談昨天的事。」他說。

這是我最不想談的，尤其在他情緒如此奇怪的時候。「沒什麼好談的。」我說，開始用繃帶纏在手掌上，預備今天的訓練，我纏了一層又一層。

「我們必須談，眼前有任務要辦，不能讓這事成為阻礙。我們不能讓這件事——或任何事——使我們心亂。少校擔心它會妨礙任務。」

我放下繃帶。「這事跟少校有什麼關係？你把昨天的事告訴他了？」

「當然沒有。他知道有件事……正在發生。大家都知道。」他掃視我的臉，我竭力控制著不露分毫。「聽著，不管我們之間有什麼，都必須停止。我對妳而言太老了，這是不對的。」

「你才比我大三歲而已。」我幹嘛跟他爭辯？他顯然已經下了決心，不管我說什麼，他都不會改變決定。

「而且我跟凱特在交往。」

這點我無法反駁。雖然他們昨天吵架，雖然他們在一起的原因我不瞭解，但他們就是一對。我瞪著他左肩後方落地鏡上的一個點，那裡有個小小的裂痕一直往下延伸，扭曲了鏡子裡的我，把我的臉精準地切割成兩半。我任謊言脫口而出：「別擔心。任務是唯一要緊的事。」

我開始伸展雙腿雙臂，不去理會胸口那股憋悶的感覺。

艾列克來到我背後，臉上擔憂的神情未褪。「好吧。我我認為妳進步許多。不知道妳有超能力的人，要打敗妳也不容易了。」

這大概是我頭一次不想聽到他的稱讚。

「準備好了嗎？」他問。

「噢，好了。」

艾列克展臂抱住我。

水波蕩漾的感覺沖刷過我全身。縮小、變化、成形。

艾列克雖然不能預測我的動向，但他先鬆了手。變成小孩的我滑脫他的掌握，疾往後奔，接著變回原來的我，瞄準他的頭抬腳高踢。他側身挪步避開我的攻擊，將我推回，幾乎沒碰到我身體。

他憑什麼在跟我保持幾個月的距離之後，突然出現在我門口來個電影之夜，然後又表現得若無其事？為什麼他可以在那天差點吻了我，卻在幾天之後表現得好像什麼事都是我引起的？

「別再有所保留！」我吼道，朝他衝過去。他只是閃開我的拳擊和腿踢，似乎他想盡量不要碰到我。這念頭讓我氣炸了。我的肌膚開始波動，我感覺到自己長大，皮膚延展，骨骼撕扯開來重新架構。

他的眼睛瞪大了。

我變成了他。我從來沒這麼做過。

我一拳打中他腹肌時，指關節咯咯作響。我真希望自己變身時能將他的超能力也一起變過來，但我這時就跟個普通男人一樣，沒有更強壯或更迅速。艾列克的眼神變了，就像有個開關被打開——戰士甦醒了。

我瞄準他的頭踢去，他出手迅疾，抓住我腳踝一扭。我在空中轉了幾圈，碰一聲摔落地面。我的手腕扭成一個不自然的角度，變回原形時忍不住慘叫。

艾列克跪在我旁邊，我躺在墊子上不動。

「該死，泰絲。說話。」

我撐著坐起身，急急忙忙站起來，一隻手捧住扭到的手。他朝我伸出手來，我連忙後退。我才不要在他因為別的原因受不了我靠近之後，因為可憐我而觸摸我。

「我不想再跟你練習了。告訴少校我已經準備好了。」

「泰絲——」

「去說就是了！我不想接近你，艾列克。」

我跟艾列克之間的這……事，影響了我的超能力。這毀了我努力獲得的所有成就。

我沒等他回應就離開了。

內部通話機唧唧一響，少校召我到他辦公室去。我拖著身子走出房間，很高興荷莉在忙犯罪學，沒在這兒給我說上一串加油打氣的話。

我敲了敲少校開著的門，走了進去。他坐在桌子後頭，面前擺著一杯冒煙的茶，因為憂慮而皺著眉頭。我進門時他抬起眼來，臉上換上空白的神情。

我在門口猶豫著，把手插進口袋裡。如果他要臭罵我濫用我的超能力，我比較想待在一個我能以最快速度逃跑的位置。他銳利無比的注視令我侷促不安，那感覺就像他可以直接看穿我一樣。要是他真的可以呢？要是那就是他傳聞中的祕密超能力呢？

他的凝視毫不動搖。「請坐。」

我的皮膚開始刺痛，讓我好想去抓。我在椅子邊緣坐下，雙手交疊在膝上。少校桌上閃亮的名牌看起來像是才打磨擦亮過的。它旁邊桌上有個小裂痕，是我上次在這裡時艾列克弄出來的。名牌跟這裂痕擺在一起，感覺好怪。

「我猜想妳知道我叫妳來的原因。」

「是。」

第六章

少校點頭，說：「很好。這件事很重要，我們承受不起妳的失敗。」

這話聽起來不像要教訓我濫用我的力量。

「長官？」

「很遺憾凱特的超能力太有限了。我覺得玫迪森的哥哥和父親也參與她生活的很多層面。」他開始敲著辦公桌光滑的木頭桌面。他的指甲短而乾淨，我從來沒見過他身上有一點灰塵。他的眼睛始終盯著我看。

「我們跟幾個負責的醫生談過，並且說服了他們，玫迪森從眼前的深度昏迷中醒來後，很可能會受到失憶之苦。」

「有人對他們做了心靈控制？」我脫口而出，然後才意識到自己說了什麼。

少校站起來，聳立俯瞰著我，說：「我們不做心靈控制，泰莎。」

我垂眼望著膝蓋，「當然不，長官。」

「這項任務是去拯救人命。妳明白這點，對吧？」

「是的，長官。」

「很好。這裡有幾頁跟深度昏迷的典型後遺症——特別是跟玫迪森的狀況有關的報告。」他把一疊紙推到我前面。更多事實實例要讀要記、要內化，不留任何一點空間讓我分心。

「會有很多重要的人物看著妳。這項任務可以作為妳的突破表現。」

一陣敲門聲響，艾列克走了進來。**好極了。**

我手裡的一疊報告滑落，紙張散得滿地都是。我跪在硬木地板上開始撿，整個內心揪成一團。一雙強壯的手過來幫忙，我沒抬頭，小心翼翼地從他手上接過那些紙張，然後坐回椅子上。

我從眼角瞥見艾列克在我身旁的椅子坐下。他沒看我，他也不必看，少校的仔細觀察已經令我坐立不安。

話說，艾列克來這裡幹嘛？我們的訓練應該已經結束了。

「艾列克跟我談過了，他會參與妳的任務。」

「他……什麼？」我衝口而出。

艾列克朝我轉過臉來，眉頭皺成一團。我避開他的眼睛，轉而專心看著少校。少校已經變得一臉嚴峻。

「長官，」我補充道：「為什麼？」我痛恨自己內心有個角落開始興高采烈。

「艾列克認為，如果他就在妳附近，妳可能會比較安全。我同意。艾列克可以在進行他在該地的偵察任務時，連帶保護妳。」

所以這事是他自己提的。難道這是他扭曲的報復方式？或許他能保護我安全，不讓凶手接近，但是，該死的，誰來保護我不受自己對他的感覺所侵擾？

「但是，長官，艾列克要怎麼融入啊？」

艾列克的臉繃得死緊，說：「**艾列克**會扮演一個新來的，高年級的學生。還有，他現在正跟妳在同一個辦公室裡。」

我怒瞪了他一眼。

「高年級？」我竭盡所能諷刺道：「但他連國中都沒上過，高中就更不必談了。」

「妳也沒有。」艾列克怒斥。

「我上過國中。」

坐在椅子裡的少校傾身向前，手臂擱在桌上。「夠了，你們兩個。」他漆黑的眼裡閃過某種被逗樂了的神色。

「可是，長官，要是他假裝成學生，他就不能一個人住。大家會懷疑的。」

「他不會一個人住。桑莫絲會扮演他母親。」

艾列克往後一靠，兩條腿朝前伸直擱在木地板上。但是，在他一派輕鬆的面具背後，潛藏著某種情緒。如果我沒弄錯，那情緒甚至不是衝著我來的。

「桑莫絲探員？」

少校點點頭。

桑莫絲。我必須承認，少校這決定做得高明。要保證利文斯頓的居民不懷疑我和艾列克，再沒有比讓桑莫絲參與更好的辦法了。桑莫絲那轉移人注意力的超能力，遲早會有用的。當然，從現實觀點來看，她的模樣一點也不像艾列克的媽，她身上根本連一點母親的特徵都沒有。她那突出的下頷和寬闊的肩膀，讓她看起來像喜歡混跡陰暗小酒吧，為錢跟惡棍打架的人。而艾列克……我容許自己往旁瞥了一眼。艾列克就是艾列克。高大健美，曬成棕色的皮膚，黑髮，灰眸，輪廓分明的下巴……。

「他們看起來沒什麼親屬關係。」

「不是所有的小孩都長得像父母。譬如，妳就長得一點也不像妳媽。」

我聳聳肩說：「也許我長得像我爸。」我的語調聽起滿含怒氣，這通常不是我用來跟少校說話的語調。但我的家庭是個禁忌。絕對不可以談論他們。永遠不可以。大家都知道這件事。

艾列克在座位上直起身子，身上肌肉緊繃。

少校考慮了我的觀點。「也許吧。但那不重要。現在唯一重要的是，在這項任務裡妳不會孤單一人。艾列克會在妳旁邊。桑莫絲的主要工作是轉移警察的注意力。我們不想讓警察窺探到太多東西。他們不知道自己在做什麼，這件案子是超能部的事，尤其這裡面可能有異能者涉案。」

「長官，有異能者涉案這件事已經確定了嗎？」我冒險問道。

「沒有，但我傾向採取所有必要的預防措施。有兩個受害者的脖子上有極不尋常的壓迫痕跡。到目前為止這是我們唯一的線索。」少校仔細盯著我的臉，然後是艾列克的。他在看什麼？「我希望這項安排能保證我們的任務迅速獲得成功。」

少校開始踱步，雙手背在背後。「讓我們再來複習一次可能的嫌疑犯。」

「我以為在凶手連男人都殺之後，我們對他已經沒有任何可以確切斷言的事了。」

「幾乎可以這麼說。妳大概知道，我們的剖繪專家還在盡量縮減嫌犯的名單。他們告訴我，幾乎可以確定凶手是男人，並且四個受害者他可能都認識。」

這沒什麼幫助。利文斯頓是個很小的鎮，幾乎每個人都互相認識。

「凱特對錢伯斯太太的探查顯示，她與此案無關，玫迪森的伯母西西莉雅，還有玫迪森最好的朋友安娜，也都是清白的。至於她其餘的朋友和家人，除非有其他證據，否則都是嫌疑犯——尤其是男性。」

「為什麼只有男性？我以為那些女性並未……」艾列克古怪地看了我一眼，「遭到性侵害。」

「她們是沒有。我們不是在對付一個性犯罪者。」

「所以，為什麼只有男性嫌疑犯？」

「要勒死一個人需要相當的力氣，而連環殺人案的凶手通常都是男性。我的意思不是說，你不需要注意玫迪森生活中的女性，但我不要你浪費精力在不可能有嫌疑的人身上。凶手可能跟玫迪森一起上學，或在某種程度上與學校有關連。畢竟，受害者有一個在高中工作，另一個是學校的高年級生。」

陳先生和克莉絲汀・辛其。

「那第五個受害者呢？她跟那所高中有任何關係嗎？」艾列克問。

「沒有。她是聖伊莉莎白醫院的小兒科醫師。唯一可能的關係是，她大概給利文斯頓大部分的學生看過病，而且是從他們小時候開始。」我說。

我們在暗中抓瞎的情況真可怕。任何人都可能是凶手。到目前為止，唯一的關連是刻在受害者身上的A字。「玫迪森身上有其他受害者身上的那個記號嗎？」

「有，就在胸腔的上方，跟其他人一樣。」少校清了清喉嚨，在他的椅子後面停下來，兩手抓住椅背。「泰莎，我想妳該密切注意玫迪森的男朋友。他也許是唯一一個知道她人生最後幾個月究竟是怎麼回事的人。」

「男朋友？」艾列克難以置信地問：「你不能要求泰莎去繼續別人的戀情。」

我看了他一眼。難道他在吃醋？

「她不必。據我們所知，玫迪森在遭到攻擊之前數週，就已經跟他分手了。這使得他高踞在我們嫌疑人名單的前幾名。」

「但是他有什麼動機謀害其他人？」

「這點我們還不確定。也許他殺他們沒什麼理由，當玫迪森跟他分手後，他就選了她做下一個受害者。」

「但是為什麼要刻上A字？」我問。

「這得靠妳去查。任務在兩小時後開始。妳要預備好。」

我的眼睛瞬時跟少校四目相對，「這麼快？」

「玫迪森在半小時前去世。那些醫生和機器會繼續讓錢伯斯夫婦相信她還活著。我們在死亡的徵兆顯露出來之前，只有這麼點時間了。」

我木木地點了點頭。為什麼我沒有感覺？她死的時候我不是應該知道嗎？畢竟，現在我擁有她部分的DNA。這就是她僅存的部分了。

「泰莎，去把報告讀了，在一小時內準備好。」少校跟我說完，轉過去面對艾列克，說：「我有話要跟你說。」

有什麼是他們得避開我談的？

我兩隻腳帶著我離開辦公室，但整個身體感覺像包裹在一個泡泡裡，幾乎聽不見外界的聲音，聽不見公共休息室傳出的笑聲，聽不見底下大廳某處傳來的音樂轟響。

我走進房間時，荷莉一下僵住了。

「我得走了。」我設法說出口。從聽到玫迪森死亡的那一刻起，我的腿，我的整個身體，都麻木了，就像我也失去了生命一樣。

「妳會去多久？」

「我不知道。需要多久就多久吧。」

荷莉上前抱住我，頭一次一個字也沒說。

我把臉貼在車窗上，想起兩年多前，我坐在同樣的位置，一路前往總部。從那時候開始，好多事都不一樣了。

身上皮膚一陣刺，我察覺到少校正看著我。

車子滑行著停下來。我伸手要開門，少校的話讓我停了手。「我知道妳跟艾列克之間有事。我已經跟他談過了。別讓你們的事危害了任務。」

「根本沒事……。」我住了口。這是說謊，而有人說少校可以嗅出謊言。這只是大家杜撰有關少校的荒唐故事之一，因為他們都不知道他真正的本事是什麼。

我們跨出車子。我兩條腿軟得像果凍，吃力地走進醫院裡。隨著越走越接近玫迪森的病房，我的胸口也揪得越緊。走廊盡頭傳來幾個聲音，我開始忍不住顫抖。

我絆了一下，少校一把抓住我的手臂。「舉止自然一點。」他壓低聲音說：「他們現在應該已經走了。」

穿過走廊，我們接近了玫迪森的父母，但表現得像有充分的理由出現在此，跟掩蓋他們女兒的死亡無關。

我忙著打量磁磚地板的花紋，但是我們經過玫迪森的房間時，我看到了她父母：隆納德和琳達‧錢伯斯。琳達比我在照片上看到的還老——更疲累、更蒼白，她的金髮胡亂紮成一把馬尾。隆納德比照片上瘦，一頭暗金色的頭髮，額角已見許多灰白。他們聆聽著醫生滔滔不絕的陳述時緊抓著彼此，不知道那是謊言。我聽不見他們的話，但知道無論他們被告知了什麼，內容都離真相很遠。

最糟糕的是，那些醫生的話讓他們臉上燃起了希望。錢伯斯夫婦以為他們的女兒會好起來，他們得回了這個孩子。他們不知道就在幾個鐘頭前，他們已經永遠失去了她。

突然間，我內心充滿了一股堅定。我要找到那個奪走他們女兒的怪物。雖然我不能把琳達和隆納德‧錢伯斯的女兒還給他們，但我至少可以盡力為他們伸張正義。我們轉過另一個轉角，看不見他們了。

前面離我們幾步遠的地方，鷹臉靠著牆，看見我們他立刻挺直了身子。少校放開我的手臂。我甚至沒感覺到是他拉著我走了這段路。

「他們為什麼還在這裡？」少校的怒斥讓那個大個子嚇得往後退。

「抱歉，長官。他們馬上就會走了。」

「最好是這樣。」

少校開始踱步，而我開始忙著數他的步子。他的腿並不長，但他的步伐讓他看起來很高大。鷹臉站在轉角往外瞄，然後轉過來看我們，迅速點了下頭。

我們走回玫迪森的病房，我的口裡乾得像吃了一嘴木屑。鷹臉大步走在前面，打開病房的門。少校示意我進去。從此，再沒有回頭路了。

第七章

寂靜無聲的機器令我一震。

沒有嗶嗶聲。

沒有吸氣聲。

我真希望我有把iPod帶來，任何能打破這一室寂靜的聲音都行。病房裡什麼都沒變，玫迪森還是躺在床上——只是少了心跳，她的胸口靜止不動了。

「可以給我幾分鐘時間嗎？」我問，聲音含糊不清，像是隔著一層棉花。少校遲疑了一下。難道我做什麼他都要質疑嗎？

我咬緊牙關繼續把注意力放在玫迪森身上，等他離開。當他終於走了，我才走到玫迪森床邊。她閉著眼睛彷彿睡著了。我總認為死亡醜陋、可怕、令人生畏。沒想到死亡竟以平靜和安寧來粉飾自己。

我伸出手，手指在離她手邊吋許之處頓了頓，然後才往前搭住她冰冷的肌膚。我坐倒在她床邊，把額頭貼在她身體旁冰冷的毯子上。一片無聲的死寂。

當初我一明白這項任務的危險性後，內心糾聚的那一小團不安，此刻轉成潛藏在我肌膚底下脈動的恐懼。我看著玫迪森靜止的身軀，被迫面對現實：有個殺手會緊追著我；那人會像藝術家在自己的作品上簽名一樣，在他的受害者身上割出一個A字。

就在那時，病房門毫無預警一下打開。我猛跳起來，伸手抹掉眼眶中飽含著快要滴落的淚水。我想對少校怒吼，他竟只給我這麼少的時間。

但進來的不是少校。

艾列克溫和地把門在背後關上。我轉過身，在床沿坐下，手指尖搭在玫迪森手上。他在這裡幹嘛？他不是應該要去跟凱特道別嗎？

他走上前來。「妳還好嗎？感覺怎麼樣？」

「你想我會有什麼感覺？」他看著我，滿眼溫和與理解，我必須緊閉著唇保持自我控制。我不想在這時候、在他面前，冒險讓自己崩潰。

「我知道這對妳很難。」

我蹣跚起身。「你怎麼知道？你準備好要欺騙一個家庭了嗎？你準備從頭到尾假扮他們的女兒，跟他們一起開懷歡笑了嗎？你需要看著他們的臉，看見他們和女兒團圓是多麼喜悅，但始終心知肚明這不過是個騙局嗎？」有更多話威脅著要傾巢而出——關於我事實上有多害怕，多擔心自己這個菜鳥犯錯的結果將是一命嗚呼。但是我把這些話全吞了回去。要是艾列克知道我有多害怕，他惱人的保護欲只會更加高漲。

艾列克伸手把我拉進懷裡，但我伸手抵住他胸口，不肯就範。我不想要他的同情與安慰。他不肯鬆手。他握著我手臂的手是如此溫暖又安撫人心，終於擊垮了我的抗拒。我讓他抱住我，讓他那森林般的氣息包圍充滿我的感官，帶走一些痛苦。在他的撫摸下我感覺自己的脈搏放緩了，這麼多天以來，我頭一次感覺到身上的肌肉放鬆了。

「泰絲，沒有人期待妳表現完美，期待妳像機器一樣完成這項任務。妳可以生氣，可以沮喪。妳也可以犯幾個錯。」

這正是我不容許自己做的事。只要說溜嘴一次，只要我的超能力失靈一次，任務就結束了——或者我的小命就隨著一條勒住喉嚨的鐵絲結束了。

他的手指輕撫過我的脖頸，我整個人軟化貼靠在他身上。

「妳知道吧，妳也是在為玫迪森的父母做這件事。妳在設法揪出那個殺了他們女兒的凶手。妳不認為這是有意義的嗎？那怪物在大街上呼嘯而過，找尋他的下一個受害者，而妳是找到並逮住他的關鍵。妳這樣想好了，妳有能力去挽救生命。」他將我一縷頭髮撥到腦後，「事情會水到渠成的。我會做妳的後盾。」

他怎麼總是能找到正確的話來打動我？或許打動我的是他溫柔的撫觸。也許兩者都有。

「少校在等著呢。」他終於說道。

我抵著他胸口點點頭。艾列克給了我一點時間讓我整理好自己的情緒，這才打開門叫大家進來。

我避開少校的眼睛，但沒錯過他和艾列克交換的眼神。兩個看起來像超能部成員的男人走到床邊，從身上的黑西裝黑領帶看來，也可能是葬儀社的人。他們搬走了玫迪森的屍體，留下一張空床。

我看著床墊上玫迪森的身體留下的印痕，說：「我是不是要──？」

「我們會換床單。」少校說。一名護士匆匆走進來，到病床前扯下床單，迅速換上新的，並且從頭到尾沒看我們任何人一眼。床單換好之後，她一句話也沒說就走了。現在，房間裡只有我、少校和艾列克。

「妳該把這個換上。」

我從少校手裡拿過醫院的病袍，那料子摸起來又冷又脆。

「可以迴避一下嗎？」我看著長袍，又瞥了門一眼。少校率先走出去，艾列克對我鼓勵地一笑，緊跟著走了出病房。

我顫抖著手將袍子放在床上，開始脫掉身上的衣服。這是工作，我提醒自己，無關乎我舒服與否。我脫下最後一件衣服，把袍子從頭上套下。身體接觸到冰冷的布料，一股寒顫竄過我背脊。

一陣敲門聲傳來。「妳好了嗎？」少校問道。他不是一個有耐心的人。

我爬上床，拉過毯子蓋好自己。門輕輕打開，少校走了進來。艾列克遲疑了一下，當他看見我在床上躺好了，他已經看不見我的身子，便跟著走進來。

門上傳來另一陣敲響。玫迪森的父母嗎？我還沒準備好啊。

少校朝門走過去，艾列克在床旁的椅子上坐下。「只是醫生。」

「但是他會看見我不是玫迪森啊。」

艾列克點點頭，說：「沒問題。少校決定讓他知道。他不會告訴任何人的。」

「你怎麼能確定？」

「少校很確定。」

一個高大的禿頭男人走進病房。

「這是方歇卡醫生。他會把妳準備好，讓妳可以見玫迪森的父母。」少校一副就事論事的口吻。我沒來得及問「準備」是什麼意思，醫生和少校就已經來到我床邊。

方歇卡醫生抬起頭來跟我對望了一眼，立刻轉去看玫迪森的病例，把我跟他的距離拉得更開一些。他的額頭上布滿一層薄汗，衣領已經被汗濕透了。我不需要讀心術都知道他也快嚇死了。

「泰莎，是時候了，妳該變成玫迪森的樣子了。」少校說。

在方歇卡醫生面前變身？那男人緊捏著手裡的原子筆，緊到指節都發白了。

「妳在等什麼，泰莎？」少校喝叱道。

方歇卡醫生緊盯著病例。

我讓自己放鬆，開始變形。皮膚鬆弛，重新塑形，骨頭拉長。我的專注被一聲衝口而出的驚喘打斷。我閉上眼睛，強迫身體完成最後的變化。當那股蕩漾的感覺漸漸退去，泰莎已經消失了，取而代之的是玫迪森．錢伯斯。

我睜開眼睛，眼前的景象令我忍不住嘴裡發苦。方歇卡醫生緊貼在最遠一端的牆上，把手裡的病例表當做盾牌在胸前揮舞。艾列克狠狠地瞪著少校。過去從來沒有人懼怕過我。但方歇卡醫生眼中的神情我絕不會看錯。住在超能部裡讓我忘了我真正的本質：一個怪物，一個與眾不同的變種人，而不是少校向來要我相信的，這是一種神奇的天賦。

「醫生？」少校的聲音像利刃一樣劃破寂靜。

方歇卡艱難地把目光從我身上轉開，望向少校，或者應該說，少校頭頂上方某個點。

少校咆哮的臉讓我想到羅威納犬。「醫生，做你該做的事。」方歇卡醫生顯然忘了他的備忘錄——對少校的命令要毫不遲疑地遵守。眨眼之間，艾列克已經衝到病房角落，站在醫生身邊。「你有什麼毛病？」他斥道。方歇卡的眼睛在我和艾列克之間迅速來回，顯然還沒嚇到不能思考，仍在判斷不要靠近我。艾列克拉過金屬的椅子，啪一聲把椅腿折成兩半。「她才是不危險的那個人。」

我很好奇少校為什麼讓艾列克這麼做，除了展現超能部的探員有多大本事，讓他感覺很爽之外，這麼做沒別的意義。

方歇卡醫生跌跌撞撞地奔到我床邊。他抖著手把一些電極安放在我的手臂和胸口上。

當他要把打點滴的針頭插進我手臂時，我縮回手。那針在他手裡抖個不停，弄得我很緊張。

他肯定會把我戳個大洞，而不是安安穩穩的把針插進我手臂。

「我為什麼需要這個？」我被自己嘴裡發出的陌生聲音嚇了一大跳。它比我自己的聲音高昂。而我的手臂——玫迪森的手臂——是如此蒼白纖細。在她昏迷的這幾個禮拜裡，她的肌肉一定萎縮了。幸好，我沒有覺得自己比之前衰弱，只是感覺不同。

「因為玫迪森需要藥物治療。妳應該高興，我們已經說服其他醫生你能夠自主呼吸了。」少校說。

我伸出手臂。方歐卡醫生深吸一口氣，他的手穩定下來。針頭插進我手臂時我忍不住畏縮了一下。

「那裡面是什麼？」我朝點滴袋裡的透明液體點了下頭。

「不用擔心。」少校聽起來像全世界沒有一件事讓他擔心似的，不過，他眼睛四周那些深深的紋路暗示著他沒有表面所裝的那麼放鬆。這是個重要的任務，今天是重要的一天，而這一切甚至都不在少校的掌握中。要執行任務的人是我。

我的心跳連上儀器，它開始發出嗶嗶的吵雜聲。艾列克走近我。「一切都會沒事的。」他仔細看著我的臉，在玫迪森的五官上流連得有點久，彷彿想要熟悉適應它們的樣子。

我強迫我——或者該說玫迪森——臉上的肌肉放鬆。我的手指撫摸過咽喉上的疤痕，是凶手用鐵絲勒死她時留下來的。疤痕幾乎繞了我脖子一整圈。我慢慢地讓自己的手往下撫摸，直到感覺到凶手在我胸口留下的簽名。我忍不住一陣戰慄，抽回了手。

方歇卡醫生輕咳了一聲，說：「我該做的都做完了。」

「很好。」少校把手機舉到耳邊，醫院裡不准使用手機的規定顯然對他暫時無效。「我們再過幾分鐘就走。」我不知道電話另一端是誰，也不知道他們說了什麼，不過少校掛斷電話時臉上神情顯得很滿意。

「玫迪森的父母在哪裡？」我問。

「其他的醫生還在跟他們談玫迪森的狀況大有進展，很可能妳很快就會醒來了。」

「妳」這個字一下擊中了我。假扮玫迪森顯然需要一段時間來適應。她的個子比我稍微高一點，但是她比我瘦，而且她的胸部甚至比我的還小。我抓起一股她暗金色的頭髮，感覺起來比我自己的滑順，並且能平順地擺在我胸口。

「妳的頭髮看起來不太對。」艾列克說。

他把雙手伸進我頭髮裡。一股麻刺的感覺竄過我的背脊，我放鬆靠臥在他掌中。我們四目相對時，他僵住了。我不知道他那雙眼睛的後面隱藏了什麼。他轉開眼，開始弄亂我的頭髮。他好溫柔。

「這樣好多了。」他抽回雙手，可是我立刻想要他的碰觸回到我身上。

少校的手機開始震動。「我們該走了。」他打開門，但沒走出去。「隆納德和琳達・錢伯斯隨時會回來。記住妳所讀的有關玫迪森的一切。直到我們找到凶手之前，妳都是玫迪森。泰莎已經死了。」

泰莎已經死了。

有某種東西從內揪住我，狠狠一扭。如果我可以投票決定誰該死誰該活——玫迪森或是我——結果無庸置疑。玫迪森有父母、哥哥、親戚，甚至還有個愛她的前男友。而我，什麼都沒有。

我在想什麼啊？

「妳聽到我說的話嗎？」

我點了下頭，不敢放任自己開口。突然間，一股陌生、充滿侵略性的冷靜壓倒了我，我可以感覺到自己的身體在這股突如其來的情緒下繃直了。這不是我的感覺。我的目光射向少校，他的身影還逗留在門口。難道他剛才設法操縱了我的感覺？

艾列克遲疑著，彷彿還想說什麼。我無法阻止自己，一直看著他的眼睛。他眼裡除了憂慮，還有某種東西——某種我無法明確捉摸的柔和。他很快瞥了少校一眼，對我鼓勵地一笑，然後他們就走了。

方歇卡醫生留在病房裡。他再次檢查了儀器和點滴。針頭在我手臂裡頭移動時我忍不住畏縮，他小聲道了歉。他沒多說，甚至也沒再跟我對視一眼。

有件事是肯定的：少校說得對，大家都懼怕我們的力量，害怕我們能做的事。那是我和荷莉到達超能部總部時，他教我們的第一件事。我從來沒有一刻像現在這般清楚明白他話中的真理。

門外傳來的聲音抓住了我的注意力。我趕緊躺好並閉上眼睛，一邊試著把呼吸平穩下來，一邊把眼睛睜開一條縫望向門口。門開始打開。來了。一切都掌握在我手中，不能搞砸。

我不能搞砸。我不會搞砸。

從這一刻起，泰莎已經死了。

第八章

我透過反覆的呼吸練習，試著讓狂跳的心鎮定下來。

吸入，呼出。

吸入，呼出。

透過眼皮微睜的一條縫，我看見琳達．錢伯斯悄悄進入病房，她看見方歐卡醫生時腳步蹣跚了一下。隆納德．錢伯斯在她背後站住，雙手扶住她肩膀。他的雙眼專注在我身上，我決定閉上眼睛比較安全。

「她……，」她清了清喉嚨，問：「她怎麼樣？梅爾斯醫生和歐提斯醫生告訴我們，她今天有可能會醒過來。」

「她的情況大有改善。現在她能自主呼吸了，剛才還動了一下。」方歐卡醫生說。

「她動了？」錢伯斯太太聲音裡那滿滿的希望，讓我覺得自己是世界上最該死的騙子。她這時該痛悼失去了女兒，結果人人跟她保證發生了奇蹟。

「就算她醒過來，也不要對她抱以太高的期望。在經歷過這些事情以後，她很可能有很多事得從頭學起。有可能需要相當長一段時間之後，她才能像過去一樣正常走路跟說話。她很可能什麼都不記得了，甚至可能連你們都不記得了。」他頓了頓，然後又加了一句：「別強迫她去回憶過去，這點很重要。」方歐卡醫生的謊言如此熟練流暢，我聽著不免好奇，他騙起人來竟連聲音都不抖一下。

「我們不會強迫她。我們會盡一切所能幫助她好起來的。」玫迪森的父親說。

我讓我的手抽動了一下，眼皮也跟著顫動。

「我想她快醒了。」錢伯斯太太說。

一串腳步聲走近。

我知道他們會注視著我的一舉一動。我把頭稍微側向一旁，沙啞地咳了一聲，但眼睛仍然閉著。

床墊沉了沉。「玫迪？親愛的，醒來吧。」

「小甜兒，媽媽和爸爸都在這兒。」隆納德的聲音好輕柔，充滿了愛，溫柔無比。我實在忍不住去想，我自己的爸爸會這樣跟我說話嗎？我的出生讓他快樂嗎？他有沒有想過我呢？

我讓顫動的雙眼睜開了片刻，足以看清他們俯瞰著我的憂慮的臉，然後再把眼睛閉上。一隻手摸了摸我的臉頰，柔軟又纖小，不可能是男人的手。「親愛的？」我從來沒想過一個詞能承載著這麼多的愛。她的手掌感覺雖然陌生，卻好溫暖好舒服。我感覺自己放鬆了。

最後，我睜開眼睛。我從來沒見過有人像隆納德和琳達這樣看著我——彷彿我是他們生命中最珍貴的寶貝。

「噢，玫迪。」

琳達開始哭泣。我想加入她。哭泣在這時再適合不過了，但她是鬆了口氣的喜極而泣。她完全哭錯了原因。她不知道就在幾分鐘前，就在醫生們對他們聲稱女兒奇蹟康復的同時，她死去的女兒被放在擔架上送走了。他們不曉得他們的小女兒正躺在太平間的冰櫃裡，等待著我任務完成的那一天，等待著他們終將發現真相的那一天。

隨著隆納德俯身親吻我的額頭，低低說了幾句安慰的話，一股熱氣逼向我雙眼。我突然再也忍不住，淚水滑下了臉頰，聚積在我唇邊。

琳達擁抱我，她的動作輕得像棉花，彷彿怕傷到我一樣。隆納德把我臉上的頭髮撥開，張開手臂擁抱住琳達跟我。有好一會兒，我容許自己想像他們的愛是真的對我而發的。

終於，他們收回了手。

我注意到方歇卡醫生已經離開病房了。也許他是知道隱藏的醜陋真相之後，不忍旁觀這場歡樂的團聚。

隆納德拉把椅子到床邊坐下。琳達直接坐在床沿，緊緊抓著我的手。「妳知道我們是誰嗎？小甜兒。」隆納德那雙藍眼睛裡燃燒著希望，但唇邊仍帶著某種緊繃。

我再次咳嗽，因為那些醫學報告說，在我被裝了那麼久的呼吸器之後，開始說話時會有困難。技術上而言，我應該要有好幾天沒法說話，但是外面還有個凶手等我去抓呢。琳達的神情憂慮起來。「妳需要喝點水嗎？」

我點頭。

隆納德用塑膠杯倒了杯水過來，我正打算伸手去接。

動作慢一點。妳才剛從昏迷中醒來。我跟自己說著，同時把手垂落。

琳達從她丈夫手裡接過杯子。他扶我坐起來，托著我的背，她把杯子端到我唇邊，微微傾斜，好讓我可以喝水。冷水舒緩了我乾渴的喉嚨。

「好一點了嗎？」她問。

我點了一下頭。隆納德拿起枕頭豎在我背後，讓我可以坐著。

「妳知道我們是誰嗎？」琳達問。

隆納德警告地看了他太太一眼。

「知道。」我勉強說出。看見他們那麼快樂，我的喉嚨不禁哽住了。他們沒指望我說話，更沒指望我記得。少校認為如果我不用假裝凡事都要從頭學起，我們就能加快任務的速度。他要我回到他們家，盡快開始對那所高中展開調查。

「妳還記得什麼？」琳達問。

「我……。」我又咳起來。「我不確定。」我強迫自己顯得一臉茫然。「我記得安娜，還有戴文。我記得毛球。」我的聲音減弱。

「很好。」隆納德頓了頓，說：「妳記得發生了什麼事嗎？」

他眼中籠罩著一股陰影，兩隻手也在身側緊握成拳。琳達試著想保持臉上輕鬆的神情，但她握著我的手開始顫抖。

「不，我……我不知道自己怎麼會在這裡。」我遲疑著，一堆話堵在我的喉嚨裡。

「發生了什麼事？」我低聲問道。

琳達從床邊起身，靜靜地走到窗前。我希望我能看見她的臉，但是從她肩膀顫動的模樣，我想我最好還是別看。隆納德兩手緊抓著膝蓋。「說來話長。也許我們該等妳好一點之後，再來談這件事。」我點點頭。之後他們兩人都沒再說話。我從半張著的眼睛底下看著他們倆，但琳達始終面對著窗戶。最後，隆納德起身走到她旁邊，伸手環住她的肩膀。

病房門輕輕一震，隨即打開，一個青少年偷偷溜了進來。我認出他是照片上玫迪森的雙胞胎哥哥。我半閉著眼睛，假裝又睡著了，這樣可以讓我在被迫加入談話之前，先觀看他們的互動。我還沒準備好面對我的假哥哥。

戴文像摔角選手一樣結實，但沒有艾列克高。他短短的金髮剪得參差不齊，又用定型髮膠抓得一團亂，讓他看起來一副剛剛起床的樣子。我得豎起耳朵才聽得見他說話。「她怎麼樣了？」

琳達的臉發紅，有些淚痕。「她剛醒來。」戴文瞪大了眼睛，同時讓媽媽伸手擁抱他。「她跟我們說了話，她記得我們。」

「噢，媽媽，這真是太棒了。」他脫開母親的懷抱，兩眼朝我直望過來。「她記得任何一點受到攻擊的事嗎？」

隆納德搖了搖頭，說：「不，她似乎不記得那天所有的事了。」

「所以她完全不知道誰對她這做了這事。」戴文說。

「我想我們最好不要在她面前談這件事。」琳達說。她走到床邊來，伸手開始整理我的頭髮。

「對不起，媽。」他的球鞋在磁磚地板上發出唧唧響。

再次醒轉對我大概太快了點，但裝睡說起來容易做起來可難了。我好想扭來扭去。

我動了一下，咳了一聲，一雙驚人的藍眼睛立刻趨前致意。那些照片一點也沒把戴文照好。他的笑容燦爛如陽光，他雙眼熾熱的程度媲美艾列克。

「嗨，愛睏蟲。」他的聲調充滿戲謔，洋溢著溫暖。

「戴文。」我低聲說。

他歪嘴一笑，但雙眼迅速望向我的咽喉，臉色立刻一沉。我竭力控制著自己不去摸那道疤。

少校把戴文和隆納德都列為嫌疑犯，此外幾乎所有利文斯頓鎮上的男性也都在名單上。但是，他若看到他們對玫迪森康復的反應，他大概會改變看法。事實很明顯，他們倆都很愛玫迪森，哪可能會傷害她？

「自從妳住進醫院以後，毛球就一直睡在妳床上。」戴文說，聲音有點激動。「他還曾經把一隻死老鼠藏在妳的床罩底下。」我裝出一臉噁心，這讓他們哈哈大笑起來。他們的笑聲給我帶來了意想不到的快樂。

病房裡充滿了快樂，充滿了愛，還有一個不該屬於這裡的冒名頂替者。他們怎麼沒看穿這張面具呢？

第九章

接下來幾天，琳達和隆納德不離我的左右。我到哪裡——每一項檢查，每一次照X光——他們都緊跟著。他們也輪流在病床邊陪我過夜。有人這樣照顧我，讓我很不習慣。

就連戴文都在每天放學後來看我。他總是跟我講一些我們——這樣想真的好怪——小時候的趣事。有時候我忍不住猜想，如果我跟自己的哥哥一起長大，他會不會就像戴文一樣。我甚至不記得他長什麼樣子。我媽燒掉了所有他跟我爸的照片。這是我痛恨她的一長串原因之一。

我伸了伸腿，腳踢到了床架。

「方歇卡醫生隨時會到。妳等不及要回家了，對吧？」琳達的臉高興得發亮。

這話也太輕描淡寫了。被關在醫院病房三天，耐著性子接受一連串無用的醫學檢測——全都是方歇卡醫生的工作——之後，我已經覺得快要爆炸了。我不在乎要去哪裡。我的鼻子再也受不了在這充滿無菌消毒劑味道的地方多待一天。這味道已經永遠烙進我腦子裡。

「我們好高興妳恢復得這麼快，連醫生都說要好幾個禮拜的時間，可是妳證明他們都錯了。」隆納德說。他和琳達分享一個他們之間祕密的微笑。當他們這麼看著彼此時，我總感覺自己是個闖入者。他們擁有的是一種我從未見過的東西，一種我渴望至極的東西。

看見他們如此快樂又充滿希望，我的感覺像肚子狠狠挨了一拳。我無法不去想，所有建立在謊言上的事，最後一定會崩塌。我知道為了逮住凶手，我們這麼做是必須的，但我還是希望有別的方式。

隨著敲門聲響，方歇卡醫生開門走進病房。他手裡邊翻著病例表，邊來到我床邊。他先問候了我的家人，再轉來面對我。他眼睛周圍的肌肉緊繃，彷彿看著我要耗費他很大的力氣。「妳今天覺得怎麼樣？」他問。當然，他早就知道答案了。

「我感覺好極了。」我說：「覺得已經準備好可以回家了。」

方歇卡醫生瀏覽著病例，雖然上面的記載他已經全都一清二楚。少校已經命令他今天放我出院，所以，我必然會出院。

「都沒問題吧？」琳達從椅子上起身走到隆納德旁邊，他伸手攬住她。

方歇卡醫生從病例上抬起頭來，笑得有點僵。「沒有，驗血報告結果很好，她很健康。但是她不該過度勞累。」他把注意力轉向我，「要多休息。在學校不許上體育課，課外運動也不行。除此之外，我看不出來還有什麼理由把妳留在這裡。」事實是，他巴不得趕快把我踢出醫院。我知道對一個科學家來說，碰到我這種怪胎一定讓他的日子難過至極，我會讓他質疑過去所知的一切。

「真不可思議。」琳達說，絲毫沒注意到方歇卡醫生整個人都繃緊了。「她康復得太快了。真是奇蹟。」

「是奇蹟。」方歇卡跟著複述。這話從他嘴裡說出來，簡直像個詛咒。「妳說得對。我從沒碰過這種事。」唯獨我注意到他聲音中的焦慮，聽出他特別強調「這種事」中的「事」字，彷彿我不是人類一樣。如果可以，他一定很想在我身上做各種測試。雖然超能部在事前就對他們下了各種命令，他還是偷偷藏了一份我的血液樣本。少校發現之後氣壞了。我真希望自己能親眼看到這段插曲，而不是從一個假扮護士的探員口中獲得二手的消息。

方歇卡的眼睛停在我頭頂上方某處，從沒對上我的目光。「現在妳可以出院回家了。」他終於下了結論。

琳達馬上把行李袋的拉鍊拉上。她早在一個小時前就收拾好了。我們像一家人一樣離開醫院。隆納德把手輕放在我背上引導著我，好像怕我會突然癱倒還是消失一樣。

開車回家的路上我一路保持沉默，試著記下沿途的每個細節。地圖沒騙人；利文斯頓是個小得不能再小的小鎮。我們經過一排又一排蓋得一樣的房子，都有卡其色的雙車庫，院子裡都有花圃點綴著。每隔一戶人家門口就停有可看見裡面擺著兒童座椅的旅行房車，我還不時會瞥見一些後院有鞦韆，但卻見不到街上有小孩在玩耍。難道是因為外面有個尚未落網的凶手，孩子的父母都禁止他們外出？

幾分鐘後，我們拐進一條路邊都是兩層樓洋房的街道，全鎮都是這種房子，只不過這些顯得比較新一點。隆納德在車道上停下，我們開門下車。我可以感覺到他們的眼睛都盯在我身上，等著看我的反應，等我表示認得。

我在照片上見過這房子，但是照片無法讓我像玫迪森一樣對這棟房子有家的感覺。沿著前方走道成排花圃上的紅色花朵都枯萎了，而前院草坪上的草，看起來也已經好幾個禮拜沒澆過水了。

「妳還記得嗎？」琳達問道，聲音有些遲疑。隆納德玩著手中的鑰匙，四處張望著，就是不看我。

我慢慢點頭，「整個感覺有點模糊，可是漸漸想起來了。」

這不是他們想聽到的話。我知道這不會是我最後一次說出令他們出乎意料的話。鄰居家的前門打開，一個大肚子中年男人拎著一袋垃圾走出來。看就知道是那種「我得出來丟垃圾但其實是要看八卦」的把戲。

他朝他家的垃圾桶走過去，然後看到我們時停下腳步，很拙劣地顯出一臉驚訝。我必須克制自己想翻白眼的衝動。他先丟了垃圾，再不慌不忙地朝我們走來。他看著我，滿臉無法掩飾的好奇。

「妳好嗎？我不知道妳今天回家。」他說。我看見其他幾戶人家的窗簾都在動。

「她很好，不過很累。」隆納德簡短地說。他捏了捏我肩膀，意味深長地看了琳達一眼。她對那位鄰居勉強一笑，牽起我的手拉著我朝前門走。

「看來你的草坪需要好好整理一下，吾友。」這是隆納德跨進屋裡關上門前，我聽見那鄰居說的最後一句話。

屋子裡，光線從巨大的拱型窗戶照進來，處處散發著愛和舒適。所有的東西都是溫暖的米色調和黃色調，家庭照片幾乎掛滿了所有的牆面。有著厚軟墊的沙發也是米色的，看起來舒服得可以在上面睡覺。

「妳想上樓到房間去嗎？」隆納德說。

他們大概希望我知道玫迪森的房間在哪裡。少校說我不該把失憶症演過頭，要不然那會阻礙我的調查，可是怎樣才叫過頭？我努力回想凱特在翻遍了琳達的記憶之後，畫給我看的這棟房的平面圖。但是看著紙上的圖是一回事，真正站在這屋子裡又是另一回事。

我試探性地爬上樓梯。柔軟的地毯使我的腳步聲變輕了，我內心暗喜，這會讓我溜出去會見桑莫絲和艾列克變得容易些。在醫院裡琳達和隆納德寸步不離看著我，使我毫無機會跟他們聯絡。

上到樓梯頂端，我面對著一條長廊，兩邊各有三扇門。我只記得玫迪森的房間在右邊，戴文的在她隔壁，但到底是哪扇門呢？我轉頭望了一眼緊跟在背後的隆納德和琳達，他們像盯著正要開始學步的小嬰兒一樣盯著我。他們始終如一的監護讓我很感動，但也敞開了無數讓我把事情搞砸的可能性。

謝天謝地，隆納德在這時候選擇可憐我——也許他只是受不了繼續等下去——上前一步打開了中間的房門。這房間比我從前跟我媽一起住過的任何房間都還要大，而且一塵不染，充滿了新鮮空氣與花香味。

一大瓶的白玫瑰靜待在床邊的書桌上；床上的毯子和床頭兩邊所掛的巨幅照片，同樣都裝飾著白玫瑰圖案。這一定是玫迪森最喜歡的花。一隻黑白二色的大胖貓蜷臥在枕頭上——毛球。他睜開眼睛懶散不耐地看著我。我朝他走過去，但就在我走近到可以摸到他時，他跳起來對我哈氣，全身的毛都豎了起來，接著迅速竄出房間，彷彿後面有鬼在追他。

我的腳趾開始泛起一陣刺痛，並開始往上升到了腳踝。我併緊雙腿，同時轉身，希望他們沒看到我臉上的驚慌。刺痛來得突然，消失得也快。

隆納德和琳達徘徊在門邊，焦急又擔憂地看著我。毛球的反應會讓他們起疑嗎？琳達緊張一笑，說：「自從妳離開之後，他就變了個樣。我敢打賭，今天晚上妳給他開罐頭以後，妳又會變回他最喜歡的人了。」

「他是聞到妳身上醫院的味道。他很快就會回來的。」隆納德補充說。

我撫摸著柔軟的玫瑰花瓣，感覺像天鵝絨一樣。「這些花真美，謝謝你們。」我低聲說。這話讓他們倆都露出了笑容，彷彿我對他們的感謝，就是送給他們的最美的禮物。

「我們晚餐吃焗烤雞肉。」琳達說。我可以感覺到她跟隆納德的眼睛都望著我，等我反應。他們在期待什麼？難道焗烤雞肉暗示著某件很重要的事？他們的臉垮下來。

「是妳最喜歡吃的，記得嗎？」琳達問。

「對不起，我想起來了。我就是累了。」這話甚至不是謊言。一週七天、一天二十四小時假扮成某個人，著實比我所預期的更累。琳達走上前來親了親我的臉頰。「休息一下吧。如果妳需要什麼，我們都在樓下。」他們看了最後一眼，便關上了房門。

發抖的雙腿迫使我咚一聲倒在床上。床墊比我在超能部睡慣了的那個更柔軟，而且聞起來像玫瑰。也許琳達為了玫迪森——為了**我**——專門買了玫瑰香味的柔軟精。我渴望變回自己的身體，渴望脫離肩上的壓力，但我知道我沒得選擇。

我的視線落向床另一邊牆上掛著的一大幅照片拼貼。我起身走近細看。好些照片是玫迪森和家人在海邊，戴文在游泳。有幾張照片是玫迪森和另一個女孩——她最好的朋友安娜。

我拖著身子走到書桌前，一屁股跌坐進椅子裡。玫迪森的筆記型電腦看起來是全新的，幾乎立刻就開機完成。我登入超能部的首頁後，點開檔案進入我的信箱。有三封新的信。一封來自荷莉，一張大大的笑臉，主旨一欄打了許多驚嘆號；一封來自少校，標題寫著「重要」；最後一封來自艾列克，完全沒有主旨或標題。

我首先打開艾列克的信。

泰絲——保持警覺。凶手可能是任何人。明天見。記住——我們彼此不認識。艾列克

老天，他就不能說幾句親切的話？真是典型的公事公辦。

我點開少校的信，這封甚至更短。

明晚十一點整在桑莫絲家碰面。報告最新情況。

少校從來懶得客套。他說的最新情況是指什麼？難道他認為我已經找到線索了？儘管我已經確定戴文和隆納德跟謀殺案絕對無關，但我還沒開始調查——還沒真正開始。

荷莉的信我最後打開，內容長達好幾頁，我只是瀏覽一下。

我好想妳……。情況怎麼樣？……沒有了妳總部好無聊……。每個人都有事在忙，只有我除外！……路易斯幫桑莫絲代課，但跟他上超能力訓練課比跟桑莫絲上更無聊……。凱特更討人厭了……。保重！注意安全！

我連信一起關了信箱視窗，登出，蓋上電腦。我等晚點再來讀她信中的細節。眼前，我需要蒐集資訊。

也許玫迪森有寫日記的習慣。那就能讓我知道一些她和萊恩分手的原因，以及她可能注意到任何怪事的蛛絲馬跡。我往後一推椅子，拉開這張桌子唯一的抽屜。翻遍整個抽屜，只發現兩本舊的口袋記事本，一些空白便條紙，還有一些褪色的電影票根。除非隆納德和琳達在我回家之前清理過，否則玫迪森就是個非常整齊乾淨的人。書桌上除了那瓶玫

瑰之外，只有筆記型電腦和一堆教科書。

要是我有一本日記，我會把它放在哪裡？我跪到地上趴下來窺探床底下，但是除了一隻被遺忘的襪子，和一個看起來像給毛球玩的玩具老鼠之外，床底下什麼也沒有。我很懷疑毛球會回來找他的玩具。從他剛才的模樣來看，他也許再也不會踏進這房間了。

我跪坐著，環顧整個房間，試著壓下越來越強的罪惡感。玫迪森已經死了，而我在這裡，徹底侵入她的隱私空間。

敞開的衣櫥裡堆著幾個鞋盒。我爬過去，打開最上面一個。盒裡迎接我的是更多玫迪森和朋友的照片，尤其是跟安娜的合照。有一張是玫迪森和其他啦啦隊成員的合照，我認出當中一個人是克莉絲汀．辛其，兇手的第二個受害者。她跟玫迪森是朋友嗎？

我把盒子放在地上，打開下一個，發現裡面擺滿了舊圖畫書。我的手指撫過《好餓好餓的毛毛蟲》的封面，書的內頁都翻皺了。琳達和隆納德一定在玫迪森小時候常唸這本書給她聽。我猶豫了好一會兒，才把這本書放下。

我翻看了每個盒子，每個角落，每個縫隙，但沒有任何蛛絲馬跡讓我可以得知玫迪森為什麼和萊恩分手，或她跟任何其他受害者的關係。我覺得有些挫敗，可是我期待什麼呢？

＊

那天晚上我吃了有生以來第一頓全家晚餐。跟琳達、隆納德和戴文吃晚飯，是我前所未有的經驗。大家分享他們這一天的大小事，等彼此吃完，對彼此講的笑話哈哈大笑。我真不敢相信自己是當中一份子。

隆納德是個獸醫，他講他工作時碰到的事，我甚至不需要假裝有興趣，因為那些故事真的太令人捧腹了。他喝了一大口沙士，說：「今天我被一隻貓尿了一身。」琳達頓住，眉毛揚得高高的，叉子還擱在嘴上。一塊雞肉哽住了我的喉嚨，我必須喝一大口水把它沖下去。「發生了什麼事？」

「事情是，來了一隻巨大的波斯貓，叫海克力斯。」他對著杯子哼哼，說：「他不是我常看的病患。他的主人在曼羅租了個度假小屋。」他又喝了一口沙士，整個人放鬆靠進椅子裡。「總之，那隻貓全身的毛都打結了，因為他不喜歡梳毛，可是很不幸他又拉肚子拉得很厲害。然後那一身打結的長毛會怎樣？」隆納德咯咯笑起來。我放下叉子，忍住不笑，否則我大概會被雞肉噎死。

「我猜這是個爛差事。」戴文嚴肅地嘲弄道，然後塞了另一大口焗烤雞肉進嘴裡。我很好奇他怎麼能邊嚼著食物又邊能把嘴咧得大大地笑著。

「你說對了。所以，莎菈一如既往幫著抓住貓，事情進展也挺順利，直到我開始剃他的毛。海克力斯不喜歡電動剃毛刀的聲音，一點也不喜歡，於是他開始抓狂。我努力制止他，結果被他噴了一身屎。」又一大口焗烤雞肉消失在戴文口中。琳達瞇起眼睛推開盤子，但她的抽動的嘴角暴露出她竭力忍住的笑。

「接著，他開始把尿噴得到處都是！從那隻貓噴在我身上的尿量來看，你們會認為他肚子裡除了尿沒有別的。」

我又是笑又是咳。

「你就不能等到我們都吃完了才說這故事是吧？」琳達搖著頭說，但她自己分明也被逗笑了。

隆納德握住她擺在桌上的手，說：「對不起，下次一定。」

琳達嘆了口氣，彷彿這話已經聽過不知幾遍了。她起身，開始收拾桌上的碗盤。我也站起來幫忙，但她搖搖頭說：「今天我來就好。」

戴文癱倒在椅子上，兩條手臂交抱著肚子。雖然有一半的焗烤雞肉進了他肚子，藏在他衣服底下的腹肌還是同樣緊實有型。我轉開視線。

「戴文，今天學校怎麼樣？」隆納德問著，擔憂地朝我瞥了一眼。我剛才還在猜這問題幾時會浮上檯面。我曉得上校期望我蒐集越多的地方小道消息越好，但是這頓晚餐太棒了，不該用這種實際問題來破壞。

戴文伸了個懶腰，身上那股輕鬆勁兒消失了。「還可以。不過大家都在說個不停。」

隆納德點點頭，彷彿這正是他所預期的。

「這個小鎮很八卦。」

「說我復原的事？」我問，兩手在桌子底下抓緊了膝蓋。

「是啊，他們都在談妳的奇蹟康復。妳也知道他們的嘴臉。他們需要八卦。全校都知道你明天會去上學。」好極了，我會成為**大家**注目的焦點。我還真是需要。

「親愛的，如果妳不想去，妳知道妳可以不去。反正，我覺得未免太早了。」琳達說著，回到餐桌前來。面對琳達慈愛的笑容，我心裡有部分傾向於聽從她的話，繼續在家多待幾日。但我要是不趕快進入狀況，少校大概會把我的頭拔下來。他要結果，而根據我目前一無所獲的情況，繼續坐在玫迪森的房間裡顯然不是辦法。

「不，我準備好回學校去了。」我說：「我真的很想再見到安娜。」

「她每天打電話來問妳的情況。她今天甚至打電話說想來看妳，但我告訴她妳需要時間來適應。」隆納德說。

我微笑說：「謝謝你，爸爸。」這詞從我嘴裡說出來，聽著仍感覺很怪。我以前從來沒有叫過任何人「爸爸」。

戴文傾身向前。「今天萊恩也問起妳。」隆納德聞言皺起了眉頭，琳達則僵在當場。

「他——他想要幹嘛？」我問。

戴文的臉變得像石頭般冷硬。「他只是想知道妳要回學校的事是不是真的，想知道妳記不記得所有那些亂七八糟的事。我告訴他操他——」

琳達咳了一聲打斷戴文的話。

「——離妳遠一點。」戴文把話說完。

「你為什麼這麼說?」我問。

他們交換了個眼神。

「分手之後妳不想再跟他有任何牽扯。」戴文說。

我腦中警鈴大響。

「妳確定這麼多關注不會對妳造成太大的壓力?」琳達問。

「媽,別擔心。我會盯著她的。」戴文丟給我一個大笑臉,過去幾天來對我做出無數個這樣的笑容。他的眼睛讓我想到夏天裡萬里無雲的晴空,我好喜歡他每次微笑時臉上露出的酒窩。他真的能如此迅速地轉換情緒,還是這是裝出來的?

「你不准像一隻迷路的小狗一樣到處跟著我,知道了嗎你?」我看著他們的臉等看有什麼反應,我不確定玫迪森會不會這樣嘲弄她哥哥。即便假裝失憶,把一個角色演過頭仍是件危險的事。但他們笑了。

「要是妳覺得煩,那我更要看著。」戴文回嘴道。

或許這是玫迪森還活著時,他們慣有的互動方式。她一定非常快樂。

琳達變得一臉嚴肅,接著把一隻手機推到我面前。「我們給妳買了隻新手機。妳舊的那隻壞了……。」她的聲音消失。

「在妳發生意外時壞了。」隆納德說:「但我們救回了妳的SIM卡,所以妳的簡訊跟各種聯絡資料都還在。」

「謝謝。」這肯定有用。等我回房間，一定要好好仔細看看。不過，按照正常程序，裡面的資料恐怕警察都已經看過了。

晚餐後，我吃力地爬回樓上，累斃了。我感覺像是經歷了好幾堂跟艾列克一起上的訓練課一樣。置身在一個陌生的軀體裡，會造成這種肌肉痠痛嗎？我從來沒經歷過這種情況，可是我也從來沒這麼長時間變成另外一個人。我們沒測試過我能控制自己變成另外一個人多久，幾個星期或幾個月。從一開始，我的超能力就從來沒有不穩過，我總能想變就變。對超能部的人來說，我的超能力是完美的。但我知道其實不然。

我一進房間關上門，立刻打開手機。裡頭有過去幾天以來的幾十條簡訊和許多未接電話。從超能部給我的檔案裡，我認得大部分的名字是學校同學和家族親戚。不過有兩個名字特別突出：安娜和萊恩。安娜的簡訊可以總結成一切美好的祝福和安慰，萊恩的簡訊就是另一回事了。他也說希望玫迪森早日康復之類的話，但他也迫切地想挽回她。「我想念妳……。我無法停止想妳……。妳是我生命中最重要的人……。請再給我們一次機會……。我愛妳。」到了最後，螢幕上那些小字開始在我眼前模糊起來。窺探玫迪森的私生活固然有趣，但這仍然沒有給我任何真正的方向。

更衣準備上床睡覺時，我忍不住站在門後的鏡子前察看自己。之前在醫院裡我都沒機會好好看看這個陌生的身體。我顫抖著手撫摸胸罩下那個紅色的A字。皮膚摸起來凹凸不平，很細嫩。它不是真的痛，但很不舒服。這個疤痕永遠不會完全消退；那把刀割得太深了。

我遲疑了一會兒，還是抬起眼來察看自己。雖然過去幾天來我增加了一些體重，玫迪森的身子還是瘦得嚇人。儘管蒼白又憔悴，藍眼睛、高顴骨、一頭金色長髮的玫迪森看起來依舊很漂亮。我從頭上套下一件睡衣，然後走過去拉上窗簾，窗外突然有個動靜讓我停下來。

有個人站在對街，明顯是在偷看我的窗戶。他戴的兜帽拉低到了眼睛的位置，夜裡的霧氣遮蔽了其餘的部分。我實在無法認出他是誰。他在看見我之後立刻轉身，沿街往下跑走了。

那不是艾列克。是誰呢？凶手嗎？我懷疑他有沒有這麼大的膽子，在我出院後這麼快就出現在我家對面。但那也可能是個既好奇又愛打探，想要證實謠言的人。

我揉了揉手臂，放下窗簾，重複檢查窗戶都鎖好了，最後才爬上床睡覺。

第十章

早上太陽都還沒出來我就醒了。醒得太早，我在床上躺了一會兒，慢慢把周圍景物納入眼底，我的身體有種鈍鈍的抽痛。我保持住了玫迪森的外型一整夜。這大概是我渾身痠痛的原因。我露出微笑。要是我睡一整夜都能保持偽裝的外形，那麼，接下來幾週應該不會太難度過吧。

我想到昨晚在我窗外偷窺的人，登時起了一身雞皮疙瘩。那真是凶手嗎？還是地方報的記者想追蹤報導寫個好故事？

樓下揚起的聲音讓我猛一下坐起來，但我聽不見說話的內容。我溜下床，躡手躡腳走到走廊上，迎面一陣咖啡香對我道早安。我輕手輕腳走下樓梯，沒發出一點聲響。琳達、戴文和隆納德全在廚房裡。我把耳朵貼在牆上，凝神細聽。

「他只是做好分內的事。他們已經詢問過她的老師和朋友了，也至少等到她出了院才跟我們聯絡。這對他們來講已經很體貼了。」琳達說，聲音冷靜，但聽得出聲音背後的緊張不安。

「體貼？他們知道她什麼都記不得了。如果他們審問她，只會讓情況更壞。」戴文激動萬分地說。難以想像平常總是帶著笑容的他能這麼憤怒地說話。

一陣沉默之後，才響起隆納德那低沉的聲音：「我也不喜歡，所以我告訴那個警察，他們得再等幾天。不過我想我們得隨時給他們報告進展。如果玫迪告訴我們什麼事，就算看起來不重要，我們也得報上去。」

「如果他們做好了分內的事，現在早就抓到凶手了。可是他們連個頭緒都沒有。魯斯萊吉警長問我話時，他自己完全搞不清楚狀況。玫迪根本不知道自己發生了什麼事。她要是知道所有的細節，會嚇壞的。」戴文說。

「報紙上全都寫了，全鎮都知道。我們沒有辦法瞞著不讓她知道的。我們得在她今天上學之前告訴她，沒別的辦法了。」

琳達擤鼻子的聲音變大了。「我不想讓她知道。我不想讓她去上學，也不想讓她走出這間屋子。我只想把她關在房間裡，一直等到他們抓到那個怪物為止。」有把椅子拖過地板。我從角落裡偷看，隆納德把椅子挪到琳達旁邊，抱住她。

戴文把臉埋在雙手中，問道：「誰來告訴她？」聲音模糊不清。

隆納德撥開琳達臉上一縷頭髮，然後堅定地點一下頭，說：「我來講。」

我轉身趕緊奔上樓，內心翻騰不已。

＊

一小時後，我走進廚房，琳達開始沒完沒了地問個不停，我真的想去上學嗎？我感覺還好嗎？我吃藥了沒有？方歇卡醫生給我的藥——真的只是吃安心的。隆納德的雙眼越過他的咖啡杯一直盯著我，看起來跟他太太一樣焦慮。

琳達在我面前放下一個馬克杯，然後倒滿咖啡。她匆匆一笑，什麼也沒說。我平常是不喝咖啡的。玫迪森喜歡怎麼喝咖啡？加糖？加牛奶？還是什麼都不加？檔案裡可沒寫。我把注意力轉向盤子裡的食物，給隆納德時間去鼓起勇氣。琳達做的藍莓鬆餅在我口裡融化，我的手指被楓糖漿弄得黏答答的。隆納德闔上報紙，把邊緣撫平。他的手在發抖。我用餐巾紙把手擦乾淨，曉得接下來是什麼事。

「我們有件事要告訴妳。」他低聲說。琳達和戴文一下子沒了聲音，說不定連呼吸都停了。

我垂下眼睛，不忍看他們的神情。

「之前妳住院，不是因為發生意外。妳受的傷……是有人攻擊妳。」他清了清喉嚨。

我遲疑了一下，小聲說：「我知道。我無意中聽見護士講到我身上的疤。」我輕輕碰了碰胸口的繃帶，它遮擋了底下那個A字。「他們知道攻擊我的人是誰嗎？」我應該提名奧斯卡獎。

琳達抓緊了咖啡杯，戴文怒瞪著桌面，最後是隆納德搖了搖頭，滿眼苦惱地說：「第一樁謀殺案發生後，他們逮捕了一個流浪漢，但他還在拘留所裡的時候，就發生了第二樁謀殺案。」

「那他們沒有任何嫌疑犯嗎？」我輕聲問，聲音充滿了害怕。我不用費力表演就能達到這種效果。

隆納德搖搖頭。

「那……你們有懷疑什麼人嗎？」

「沒有。妳跟誰都處得很好。」他用一種父親寵溺的口吻說。

琳達伸手覆在我手上，說：「他們會很快找到他的。妳不用怕。妳爸和我不會讓任何事情發生在妳身上的。」

「學校門口會一直停著一輛警車。」戴文補充說。

他們看著我的臉等我反應。要是我表現出害怕，我知道他們永遠不會讓我走出他們的視線之外。「我沒事。」我說：「我不想躲起來。我不想花時間害怕一件我根本不記得的事情。」

我從他們的臉上可以看到，他們也很想把攻擊事件拋在腦後，只是事情沒那麼簡單。

最後，戴文開口。

「如果我們不想遲到的話，就得走了。今天妳會成為眾所矚目的焦點，走過學校大堂得花兩倍時間。」他起身，拿起車鑰匙和背包，走到門口等我。

一想到要接受眾人的仔細觀看，我就滿手是汗，因為這增加了被人發現我是冒牌貨的機會。但這也是我去瞭解凶手、玫迪森的朋友，以及萊恩的機會。並且，用少校的話來說，要嘗試在玫迪森完美的生活表象上找出那條裂縫來。

我從餐桌前站起來，琳達把我的背包遞給我。「答應我，妳會一直跟戴文或安娜在一起。千萬不要一個人去**任何地方**。」

「好的，媽。」

隆納德打開抽屜，拿了個東西遞過來給我。「胡椒噴霧，以防萬一。」我把它塞進背包裡，不過我確定我跟艾列克在第一次密會碰頭後，他會給我更有效的防身配備。

我遲疑了一下，不曉得通常早晨的例行公事是什麼樣子。玫迪森上學前會擁抱她父母嗎？既然戴文一臉期待看著我，我決定不苦惱這件事。我跟著戴文出門朝他的車子走去。隆納德和琳達站在門口。從他們臉上我可以看見他們是多麼不想讓我離開他們面前，要不是少校那麼沒耐性，我大概會順從他們在家裡多待幾天，然後才回學校上課。

「小心點。」琳達在我們上車時喊道。

我們駛離車道時我朝他們揮揮手。戴文開著車，整個姿勢變得緊繃起來。突然間，我看出他全是為了他父母的緣故，才表現出冷靜的態度。他終於開口了。

「要是有人煩妳，告訴我，我會去找他們談的。」他緊握著方向盤，緊到指關節咯咯響。

「爸說我跟誰都處得很好的時候，我看見你把眼睛轉開了。」我說：「那是什麼意思？」

「沒有人會跟誰都處得很好。」

「你想，那個……傷害我的……人，也跟我們同校嗎？」

戴文的表情變得緊繃。「我不知道。這點我想過很多次。學校裡有很多怪胎，而妳似乎總是深受吸引。先是萊恩，然後是——。」

他停下來。

「然後是誰？」

我們停在已經擠滿的停車場，旁邊是一棟三層樓的平頂灰色建築，一排排完全一樣的四方窗——讓我感覺更像監獄而不是學校。戴文熄了引擎，然後才轉過眼睛來察看我的臉。他搖頭嘆了口氣，伸手去握門把。我一把抓住他手臂。

「誰？你說的是誰？」

有人敲敲車窗，害我的心一下跳到了喉嚨。車門打開，一個有長長的棕色捲髮和棕色大眼睛的女孩子，對我粲然一笑。是安娜。我很熟悉她的臉，我在許多照片上見過她。不過，有時候要把影像轉為真人有點困難。

「安娜！」我說。

她張開雙臂緊緊抱住我，喉嚨裡冒出一聲啜泣。我必須強迫自己的身體在她懷中放鬆下來。「我以為妳會認不得我了。」她往後退開，我這才能下車，關上車門。她的眼睛直瞪向我的咽喉。我應該圍條絲巾遮住它的。

「當然沒忘。我怎麼可能忘記妳？」我問。

戴文在保險桿邊徘徊。他兩手輕鬆地插在口袋裡，但雙眼越過停車場，警戒地察看著。我這才注意到有多少雙眼睛轉過來看我，有多少人停下他們正在做的事瞪著我，好像我剛剛死而復活了一樣。

當我們朝前門走去時，戴文走在我左邊，安娜靜靜走在我右邊，像私人保鑣一樣把我夾在中間。有人目瞪口呆，有人忙著對我指指點點而絆到腳。他們的父母都沒教過他們什麼是禮貌嗎？我心裡有個小小的念頭想要變身，嚇死他們。

「一群爛人。」我們走進去時安娜說。

大堂裡的人不算多，大概是因為太多人站在外面了，但他們依舊彼此竊竊私語著。他們是因為太害羞而不敢靠近我嗎？只有幾張和善熟悉的臉歡迎我，但我想不起來他們的名字。他們不停瞥向我的咽喉，我看得出來他們很好奇，不過，感謝老天，他們不敢詢問。或許是戴文的怒目制止了他們。

如果我真是玫迪森，這會困擾我嗎？這會讓我感覺受到傷害嗎？多半會，但我不確定。

「我們第一堂是生物課。」安娜提醒我說。

既然我得上所有玫迪森上的課，我已早早研究過課表，甚至瀏覽過幾本學校的課本。這是我生平第一次上高中。如果不是在這種情況底下，我說不定會享受當個高中生。但我根本沒上過高中，本來就不知道要如何表現得像個正常學生，更別提還是高年級生。

安娜在一個儲物櫃前停下來，轉動了密碼。黃色的儲物櫃正好配合了地上活潑過頭的黃藍相間的方磚。

「嗯，這是妳的櫃子。」安娜指了指她旁邊的儲物櫃。有張紙條塞在櫃子的門縫上。戴文在我反應過來前一把抽走紙條，但我從他手裡搶過來。「這是給我的。」

有那麼一瞬間，他看來像是想跟我爭論，不過還是改口問：「誰寫的？」翻找東西的安娜停下來，瞪著戴文跟我。「你們知道我的密碼嗎？」我問，但是戴文沒讓我改變話題。他伸手越過我先把密碼鎖轉向右，然後向左，再向右。他拉開櫃子，然後遞給我一張寫了號碼的小紙片。「現在快說，玫迪。」

大家都在竊竊私語跟觀望，不過沒有人近到可以聽見我們說話。我提心吊膽地打開紙條，上面是萊恩的留言。

嗨玫迪，

我知道妳今天會回來上課，我等不及想見到妳。我好擔心妳。妳哥什麼都不肯告訴我。（妳知道他是啥樣子。）但是我無法離開妳。我好想妳。

我需要跟妳談談。拜託妳放學後在停車場跟我碰個面好嗎？

萊恩

「不行，妳不准跟他碰面。」戴文說。他越過我肩膀看了紙條的內容。「妳已經不記得妳為了他變得多悲慘，我絕不會讓他利用妳的失憶把妳追回去。」

我把紙條揉成一團扔進櫃子裡。「我能照顧自己。」

「拜託，妳聽我一次就好。離萊恩遠點，起碼等一切安頓好，接下來這幾天不要跟他來往。」我不情願地點了下頭，拿起我的生物課本和檔案夾。戴文陪著安娜跟我朝教室走，說：「萊恩跟妳們一起上生物課嗎？」

安娜點頭說：「大部分的課我們都是一起上的。」

「我沒事，真的。我是說，我是幾時跟他分手的？」

「大概兩個月前。」安娜說。第一樁謀殺案就是在那時候發生的。

「所以已經有一陣子了。沒問題的。」我說。他們一臉不信，這也怪不得他們，看過紙條上的話後誰會信？「去上課吧。」我催促道。戴文還是往背後又瞥了一眼，這才小跑著去上他的課。

安娜和我在位子上坐下，教室裡登時鴉雀無聲。這開始折磨我的神經。我給了大家一個微笑，跟他們表示我真的還活著。假使他們意識到我曉得他們正在瞪著我，他們大概會停下來。情況就像有人喊了一聲「開演！」女孩全圍到我桌前，男孩慢慢跟在後頭。

一個又瘦又高像竹節蟲的女孩首先開口：「我們真高興看到妳回來，玫迪森。大家都說妳受了重傷。」她住了口，彷彿覺得我會反駁她。

「我們真的都好擔心。事情發生後警察詢問了我們每個人。」一個黑髮女孩補充說。她看起來有點臉熟，我想她的名字可能叫史黛西。

「妳如此迅速康復，真不可思議。」竹節蟲說，眼中神情既熱切又好奇。他們不是前來歡迎我的歸來，而是要蒐集可以八卦的材料。我強迫自己專注看他們的手（有沒有煩躁不安？），他們的身體語言（有沒有比往常更緊繃或多汗？）還有他們的表情（顯得太富有同情心、太過友善，就像試著要彌補他們缺乏真正的感覺？）。我把資訊歸檔，目光開始射向那些還坐在自己位子上的人。他們假裝不感興趣，為的是顯得無辜嗎？

有些人在竊竊私語。有個一頭金髮、膚色蒼白、窄長臉且又瘦又乾的男孩一直低著頭。我看不見他的手，但是他聳縮的肩膀都快貼到耳朵了，好像恨不得鑽進椅子裡消失一般。

另一個女孩碰了下我肩膀。「還痛嗎？」她指著我咽喉說，她旁邊的男孩頂了她一下。真夠蠢的問題。我搖搖頭。

「妳記得任何一點細節嗎？」一個頭髮和眼睛都漆黑如炭的女孩，偷偷擠到竹節蟲背後問。大家似乎在突然間全屏住了呼吸。安娜發出一聲讓我想到獅吼的咆哮：「閉嘴，法蘭妮。」

那女孩嚇得一縮，接著瞇起了眼睛。

生物老師考樂門太太還在這一刻走進了教室，幾個晚到的學生匆匆跟在她後面進來，紛紛歸位落坐。她平視著我，禮貌地點了下頭，接著坐在桌上，把注意力放到書本上。

「哇，真夠歡迎的。」我屏著氣低聲說。安娜聳聳肩。

「大家想要知道真相。報紙已經連續報了幾個星期的謀殺案了，大家都嚇得要死。妳是受害者裡唯一活下來的，關於妳是怎麼起死回生，大家都有一套自己的說法。」

「我沒死啊。」我說。

安娜的眼神變溫柔了。「沒有。可是你一動也不動。我去過醫院一次。妳看起來……了無生氣。」我記得玫迪森在醫院裡躺在病床上的模樣，好渺小，好無望。

我對她露出微笑。「我回來了。」

考樂門太太從鼻子裡哼了一聲，似乎一下子長高了兩倍——但還是沒有很高——直到大家的眼睛都看著她。「達爾文的演化論。」

我忍住一聲呻吟。演化論是我最不想聽的，尤其是大家根本錯解了演化論。大家從來不知道自然會脫軌，或產生像我、艾列克和凱特這種人，不論你怎麼稱呼我們這樣的存在。變種人。

說到艾列克，見鬼的他跑哪去了？我以為他今天應該要到學校，而且會跟我一起上生物課——我事前已經比對過我們的課表了。難道他自己設法躲掉了這堂課？若真如此，我一定要好好跟少校談談。這未免太不公平了，我得在高中課堂裡受苦，而他卻用天知道什麼辦法蹺了課。說不定是在跟凱特進行電話性愛。這念頭讓我差點把早上吃的鬆餅全吐出來。

一陣敲門聲打斷了考樂門太太平淡無味的查爾斯．達爾文簡介。她目光如刀，狠瞪了一眼——要不是我已經習慣了少校的怒目，她的眼光肯定會讓我坐立不安——轉過頭去看著門。高大、魁梧，全身每一吋都展現著自信的艾列克開門走進來。考樂門太太臉上的憤怒登時煙消雲散。她驚訝地看著艾列克，而他的灰眸緊抓住她的凝視。她也淪陷了。

「很抱歉我遲到了。我是新來的，必須先去見校長。」他沒有交出可證明自己說詞的請假條，她也沒問他。面對這類時刻，我總忍不住想，說不定少校不是超能部中唯一隱藏了心智超能力的人。或者，真的只是因為艾列克長得好看，所以大家對他有這種反應？

考樂門太太點點頭，指示艾列克去唯一的空位——在我們後面一排的法蘭妮旁邊。他從我桌旁經過時我們對看了一眼，但他臉上沒露出一點認識我的樣子。我希望我也一樣。我每次看見他就一臉傻樣。每個女孩子——甚至包括考樂門太太——都盯著艾列克，看他彎身坐到椅子上。這就是為什麼跟他這種人談戀愛是個壞主意，就算他沒跟凱特在一起，也會有一大堆其他的女生不惜代價要成為他的心上人。

我的雙眼對上了教室末端一雙橄欖綠的眼睛，而那張臉立刻讓我腦中警鈴大響。那是萊恩。我甚至沒看見他走進教室。他一定是那些晚到跟在考樂門太太後面進教室的人之一。他深棕色的頭髮蓬鬆地覆蓋在耳朵上，臉上的神情莫測高深。一個有可愛短髮攏住一張鵝蛋臉的女孩試圖引他注意，但他不理她。我轉回身子，被他熱烈的注視驚得目瞪口呆。

當安娜的聲音貼著我的耳朵傳來，我差點跳起來。「這傢伙放不下你呢。在妳受到攻擊以前，他想利用別的女孩引你吃醋，好跟你復合。真是個混蛋。」

我敢肯定，那張紙條絕不會是萊恩最後一次跟我接觸。

我試著專心聽考樂門太太上課，以防她問我問題。大部分老師大概會饒過我，因為我才經歷了那麼慘的事。但是考樂門太太似乎屬於無動於衷的類型。

沒想到我在高中課堂上最大的問題竟是無聊。琳達和隆納德實在過於杞人憂天了。我絕對不會把自己累壞的。

有人正在盯著我看。我先是感覺到脖子上有一種刺刺的感覺，然後慢慢地連手臂上的汗毛都豎了起來。這是在超能部受訓時學習的項目之一。凝視的目光是一種身體可以察覺的具體事物，如果你夠專注就能發現它。

我轉過頭。那個縮著肩膀的金髮男孩坐在我後兩排，正牢牢地看著我。當我們四目相對，他低下頭假裝在他的本子上塗塗寫寫。他的眼睛是水藍色的，跟凱特的一樣令人感到不安。我想起年鑑上他的臉：菲爾・福克納。他專心致志地盯著自己寫的字，彷彿生死在此一舉。我轉回頭看著教室前方，拿不定主意該把他怎麼辦。

考樂門太太正轉過身背對大家在黑板上寫著什麼。

我朝安娜靠過去，決定打失憶牌。「他想幹嘛？他為什麼老是那樣盯著我？」

她朝後一瞥，然後轉回來跟我說：「誰？你是說菲爾？」我點頭。安娜翻了翻白眼說：「別跟我提那個呆子，他就是個笨蛋。那傢伙說不定從幼稚園就愛上了妳，完全無藥可救。妳跟萊恩分手以後，他去妳家跟妳說他為此感到遺憾，如果妳想要有人可以傾吐心事，他隨時都願意聆聽。誰會幹這種事？我真不敢相信他竟以為自己真的有機會能跟妳交往。」她輕蔑地哼了一聲。

這聲音立刻招來考樂門太太一陣怒視。

我又回頭瞥了一眼，想再看一次菲爾的眼睛，但他一直低著頭。

我很想問為什麼玫迪森會跟萊恩分手。如果有人知道原因，那一定就是她最好的朋友了。不過生物課絕不是討論這種事情的地方。

這堂課沒完沒了，我煩躁地玩著筆，東張西望，在不舒服的塑膠椅子上扭來動去。我已經太久沒上學了，坐在教室裡聽老師講課，不是我習慣的事。我甚至開始想念晨跑和伏地挺身。該死，就連穿著拘束衣游泳都比這個好。

下課鈴一響，我立刻把書塞進背包從椅子上跳起來。

「哇喔，妳迫不及待想趕快離開這裡對吧？」安娜問，急匆匆地跟在我後面。

我慢下腳步。我該等她，不該這樣衝出教室，但是四壁開始向我壓來。

「對不起，我就是需要動一動，我討厭一直坐著不動。」安娜小心翼翼地看著我，彷彿我說的話跟性格不符。我感到一股緊張不適，但很快就說服自己，這話這並不足以令她起疑。我們穿過擁擠的大堂，朝下一堂課的教室走去。

「是因為妳臥床太久了吧？」安娜問。我在下一堂課的教室門口停下來。「對，我猜就是這原故。我總覺得時間太少，坐在那裡無所事事太浪費了。」一股沉寂在我倆之間擴散，不過，安娜接著臉色一亮。

「別讓考樂門太太聽到這話。」

「妳有覺得菲爾哪裡怪怪的嗎？」我問，我一直甩不掉他看我的樣子。

「怎麼？」她問：「妳想起來什麼了嗎？」

我搖搖頭，說：「就只是……他的眼睛，實在叫我毛骨悚然。」

「那雙眼睛叫所有的人毛骨悚然。傳言說他有白內障。」

詭異的眼睛不會把人變成嫌疑犯。但我決定不管怎樣都對他留個心眼。

＊

目光和私語一路跟著我到了餐廳。誰敢注視我超過一秒，安娜就怒瞪他們。我真心喜歡她。她讓我想到了荷莉。

我們買好午餐披薩後，我低聲說：「我們可以找個安靜點的地方坐嗎？」安娜領著我走到餐廳最後頭的桌子，正挨著洗手間，難怪還沒人選這張桌子。但這對我的目的可說完美，它還給了我觀看整個餐廳的絕佳視野。

我們在硬塑膠椅上坐下，我開始大嚼我的披薩。太多的起司嚼起來像在吃口香糖，披薩上還散布著幾片某種不成形的香腸。噁。我把披薩扔進盤裡。安娜竟然還沒開始吃，只顧看著我。

我用餐巾紙把油膩的手指擦乾淨，給自己一點時間想想該怎麼發問。「嗯哼，我為什麼和萊恩分手？」修辭太費力，算了。

安娜的臉上閃過一陣悲傷。她勉強笑了笑，說：「妳從來沒告訴過我。」她若無其事地聳聳肩，但她的聲音和眼睛透露的卻是另一回事。她對自己被排除在外感到受傷和失望。「我一直以為，分手是因為他在乎他的哥兒們超過了妳，但妳對整件事保密到家。」她兩隻眼睛細察著我的臉。

我期待的是另一個答案。如果戴文不肯說，那就只剩下一個人知道我為什麼和他分手，那就是萊恩——而我不知道最好的選擇是不是找他談。

「所以妳真的不記得了？」

我搖搖頭說：「我記憶裡有好多空白。我真希望能多記得一點。」

「也許妳什麼都不記得了反而好。」她把披薩上的香腸都撿起來放在盤子上，排成一個小圈圈。

「不，如果我記得，會有很大幫助，或許凶手就不會逍遙法外了。」這話比我預期的更刺耳。

安娜瞪大雙眼，兩隻手僵住了。「當然，對不起。我的意思只不過是——」她的聲音變小消失，眼睛轉往了別處。

我伸手握住她的手，「我知道。一回想到底發生什麼事，我就緊張。妳真的什麼都不知道嗎？比如萊恩和我大吵過一架之類的？」

安娜兩手一下握成了拳頭。「不知道。我是說，妳告訴我妳跟萊恩分手了，但從未告訴我確切的內容。雖然，有過一些謠傳。」

「謠傳？」

「說妳跟另一個人在一起。」

「誰？」

「我不知道。」她一直望向餐廳另一頭的一張桌子。一群受歡迎的孩子——很容易就看出是哪一群人，因為整個餐廳裡大家似乎都以他們為中心。萊恩和那個短髮女孩坐在那一桌，旁邊坐著另一張熟悉的臉——法蘭妮。她不時朝我們瞥兩眼。

我從來沒上過高中，但我很清楚什麼是階級制度，那是少校最喜歡的議題。玫迪森肯定是受歡迎的孩子之一，才會跟萊恩約會。

「為什麼我們跟他們不是朋友？難道我被攻擊之前，我們就跟他們就不是同一掛的？」

安娜臉色一沉。「不是，我們已經有好一陣子不跟他們在一塊兒了。」她開始把剩下的披薩撕成一小塊一小塊的。

「為什麼？發生了什麼事？」

戴文跟一群男生走進餐廳，他看見我時露出了笑容。他跟他的朋友們坐在一起，但我敢說，他隨時盯著我的動靜。我容自己環顧一下餐廳其餘的地方。有一群歌德風打扮的學生坐在戴文跟他朋友的後面。他們右邊的桌子坐了兩個體型豐腴、穿著幾乎一模一樣的女孩，而菲爾一人獨坐在餐廳的邊緣。他的眼睛朝我飛速投來一瞥，隨即又轉回去專注在他的盤子裡。

「就像我之前說的，你跟萊恩分手，有人認為是因為妳劈腿。法蘭妮顯然有天晚上看見妳──跟另一個男的在一起。」

「跟誰？」

安娜做了個鬼臉，說：「我不知道。沒人知道，法蘭妮說不出是誰。她只說那人比萊恩矮，反正肯定不是萊恩。法蘭妮喜歡自說自話，最會說謊。但是那夥人都站在萊恩那邊，所以我們離開他們，過我們自己的。他們喊妳賤人和婊子。我痛恨他們。」

「妳為了玫──我離開妳的朋友？」我差點說溜了嘴講出玫迪森三個字，幸虧即時勒住了舌頭。

「他們不是真正的朋友，否則就不會把妳說得一文不值。」

「克莉絲汀是他們那圈的嗎？」我隨著突如其來的直覺問道。

「對，她是最糟糕的一個，總是說妳的壞話。她是法蘭妮最好的朋友。」她臉上閃過一陣罪惡感。「我跟克莉絲汀大吵了一架，用很難聽的話罵她，結果隔天她就死了。我到現在一想到這事感覺就很差。」

「妳不可能知道後來會發生什麼事。」我握住她的手說：「所以這悲劇讓法蘭妮很難過嗎？她看起來不像幾個月前失去過朋友的樣子。」

「她知道以後崩潰大哭，接著一個禮拜都沒上學，等她回來學校，她表現得像什麼也沒發生過一樣。她努力想保住面子。我不知道她是怎麼辦到的。妳在醫院裡那段時間，我悲慘極了。我真高興我沒失去妳。」

我垂眼看著桌面，**但妳確實失去她了**。「妳剛才跟我說的這些，都跟警察說過嗎？」

「說過，但沒說得那麼詳細。他們問到妳跟萊恩的事，但對他們而言似乎不那麼重要。」

「為什麼不？前男友不是都會變成頭號嫌疑犯嗎？」

「妳會這麼想，但我猜他們不重視是因為前面那幾樁謀殺案的緣故。」她咬著嘴唇，目光變得冷淡起來。「這件事實在沒道理。為什麼有人要這麼做？」

我的手機嗡嗡一響。我從口袋掏出來，看見是萊恩發來了簡訊，問我收到他的紙條沒有，是否願意跟他碰面。當我抬起頭來，看見萊恩和戴文都緊盯著我，但一會兒之後戴文就隨著我的目光轉去怒瞪著玫迪森的前男友。萊恩毫無所覺，他只顧看著我，一臉充滿希望的神色。我對這可憐的傢伙簡直感到抱歉。

「是萊恩發的？」安娜問。我吃了一驚抬起頭來。「對，他真的想談談。」

她咬了咬嘴唇，說：「隨便妳，但我認為妳該聽妳哥的話。」我發了個簡短的回信，告訴萊恩我收到紙條了，但我不能跟他碰面。

就在這時，大家的注意力突然一轉，我知道艾列克進餐廳來了。他掃視了一排排的桌子，我們四目相接。他穿著那件鬼娃恰吉的T恤。要裝作不認識他真是痛苦之至。我想招手叫他過來，但有人比我快了一步。

法蘭妮朝他奔過去，臉上貼著甜得發膩的笑容，並且還暗示性地搭上他的手臂。**拿開妳的爪子，法蘭妮**，我心裡想著。但令我驚訝的是，艾列克竟然跟著她去了玫迪森過往朋友那一桌。

我忍不住妒火中燒。我知道他只是想蒐集消息，但我還是不喜歡，尤其是法蘭妮幾乎將她那引人注目的胸部貼到了他臉上。

安娜靠過來，詭秘地低聲說：「那傢伙是新來的。他叫艾列克，才跟他媽搬來這裡。」

我很高興少校決定讓艾列克保持原名，這樣起碼不會讓我在不經意間叫溜嘴。大家似乎相信他跟桑莫絲的故事，也許桑莫絲也使了力，讓警察沒堅持馬上來偵訊我。

我把披薩餅皮大口塞進嘴裡，雖然我不怎麼餓。

「他又在看著妳了。」安娜說。

我希望她說的是艾列克。吞下那團黏膠似的東西，我問：「誰？」

「菲爾。他就不能管好自己一下嗎？」

但是當我把頭轉過去看他，他已經把臉埋在書本裡了。

第十一章

今天最後一堂下課後，我決定去找法蘭妮談談，但在我走出學校的半途，碰到有人等在前門口，不是別人，正是菲爾。

他看到我時立刻挺直了身子，臉也立刻紅了。我停下腳步，不確定該說什麼才妥當。

「我很高興妳回來了。」他說，兩腳不安地挪動著。他朝我遞來一個圓形大鐵盒，盒蓋上畫著一隻鵝，他兩眼仍望著地下。

我接過來，說：「給我的？」

「我奶奶給妳烤了布朗尼。」

「為什麼？」我脫口說，抗拒著想要後退的衝動。他是玫迪森密會的那個人嗎？他抬起臉來看我，水藍色的眼睛與我四目相對，他臉脹得更紅了。「妳媽告訴我奶奶，妳今天會回學校來。妳知道，鄰居間的閒聊。」

「你跟奶奶住？」我問。說了之後，我才醒覺這可能是個蠢問題。

他望向別處。「對。我得走了。很高興見到妳，玫迪森。」我還沒來得及開口說點什麼，他已經匆忙朝發動了的校車跑去。我敢說，其他孩子一定嘲笑他搭校車。

我看見法蘭妮在停車場，立刻筆直朝她走去。這回她身邊總算沒圍著一大群朋友。我不想有那群人在旁邊，更不想萊恩或他那個備胎女朋友——鮑伯頭短髮的克蘿伊在旁邊。她幾乎一整天都神情不善地瞪我，也許她知道萊恩依舊鍾情於玫迪森。

我走近車子時，法蘭妮已經把鑰匙插進她那輛紅色的福斯敞篷金龜車。

「嗨，法蘭妮，」我喊她：「我能跟妳聊聊嗎？」

她猛拔下鑰匙打開車門說：「別那樣喊我。」

在生物課堂上，我所見她臉上還有的一點同情，已經完全消失了。

「對不起，稍早安娜是這麼叫妳的。我……我不記得妳的名字了。」我讓自己盡量看起來像滿懷歉意的樣子。我需要她對我有好印象，這才有可能從她這裡哄出一些訊息。她越過車門一臉猜疑地看著我。「所以妳真的都不記得了？」我逼使雙唇微微顫抖，一副像是隨時要哭出來的樣子，然後搖搖頭。這招看來有用。

她臉上的神情稍稍放軟了一點，但仍舊冷酷。「我叫做**法蘭西絲卡**。現在我真的得回家了。」

我往前跨了一步，說：「一分鐘就好，拜託。我想問妳一件事。」

她抓緊了手中的鑰匙，「什麼事？」

「我聽到傳言……說妳之前看到我跟某個人在一起，那男的不是萊恩。那是誰？」

停車場充滿了引擎聲和說話聲，隨著越來越多人發動車子開走，我鼻端嗅到越來越濃的廢氣臭味。在停車場的另一頭，萊恩倚著一輛車正看著我。雖然我發了簡訊給他，他顯然還是希望跟我談談。如果戴文沒有率先出現，他大概就能如願以償。

法蘭西絲卡五指輪番輕敲著方向盤，面無表情。「聽好，玫迪森。當時天黑了，我沒看清楚。」

她的耳朵頂端變紅了。騙人。她把鑰匙插進鎖孔點火，發動引擎。我一把抓住車門邊緣，「拜託，法蘭西絲卡。我需要知道是誰。」

她看著我，盤算著，有那麼一會兒我很確定她要告訴我了，接著她卻搖了搖頭，說：「聽好，要是我知道，我會告訴妳，但我認不出他來。我距離不夠近，天色又暗。我只知道那人絕對不是萊恩。這就是我看到的。我沒法幫妳。」她關上車門，我不得不退後，要不然她開走時肯定要輾過我的腳趾。萊恩開始朝我走來，臉上漸漸露出笑容，但他突然停下來。我背後傳來鞋子踏在水泥地上的腳步聲。

「那是怎麼回事？」戴文出現在我旁邊。法蘭西絲卡的車轉過拐角消失。

「我們只是聊聊。」

他瞇起眼睛望向萊恩。在他開口發出任何問題之前，我已經把他拖到他車子旁邊。我們一起上了車，但是戴文手裡的鑰匙插上鎖孔後，卻停頓住。「別相信法蘭西絲卡跟妳講的任何事，她就愛說閒話。」

要是她有告訴我**任何事**，我就能聽從他的勸告，但是我還是跟之前一樣毫無頭緒。為什麼要找出那個人是誰這麼困難？當我開始準備這項任務時，我以為玫迪森的生活看起來很簡單，但是現在看來似乎有無數的陷阱正等著我掉下去。

車子顛簸著滑出停車場，我們開上了大馬路。

「你知道我跟另外一個人約會的事嗎？」

戴文差點把車開上對面的車道。他的手指握緊了方向盤。「幹嘛問？」

他咬緊了牙關，臉上沒洩露出任何訊息。「因為我需要知道究竟發生了什麼事，而我一點也想不起來。跟萊恩分手之後，我又跟另外一個人約會嗎？」

「沒有，妳沒別的男朋友。」他說這些話的方式，讓我覺得情況恐怕沒這麼簡單。為什麼大家什麼事都不告訴我？戴文大概是想保護他妹妹，但他難道不明白，保留祕密只會讓凶手更容易佔優勢？我朝戴文瞥了一眼，我的胃忍不住往下沉。隨著無數的問題在我腦海中翻攪，我的心在胸口越發怦怦跳個不停。有太多祕密要揭發了，可是天曉得在凶手設法結束他未完的事情之前，我還剩多少時間？

「你知道，要是因為你不肯告訴我，而最後出了事，要怎麼辦？」

他畏縮了一下。「我會設法保護妳的，玫迪。我真的很努力，但妳得接受。」

我們開上門前的車道，我知道談話結束了。琳達已經站在門口等著。她有離開過嗎？

那天晚上，我們再度像一家人一樣吃晚飯，看來這是每天的例行公事。晚飯後，隆納德來到我房間。他站在門口，手裡把玩著一個紅色小盒子。

「妳小時候，五歲那年，我們在聖誕節時送了妳一條項鍊，妳從那時候開始就一直戴著它。一直到……。」他的喉節上下滾動著，始終沒有把這句話說完，但是我當然知道他要說什麼。他把小盒子遞給我，我顫抖著手接過，打開蓋子，看見是一條金鍊子，墜子是一朵玫瑰花。我用指尖撫過那精緻的項鍊。

「讓我來。」隆納德顫抖著手指取過項鍊，幫我戴在脖子上。金子冰涼地貼在我胸口。

「謝謝。」我開口的聲音沙啞又顫抖。我從來沒收到過這麼美好的禮物。

別感情用事。少校嚴厲的臉伴隨著這句話在我腦中浮現。但是，隨著我喉嚨聚起一個使我哽咽的硬塊，我才明白現在才來聽從他的警告，已經太遲了。

我張開手臂抱住隆納德，他親了親我的額頭。為什麼我的爸爸不能像他一樣呢？

「嗯，爸，我可以問你一個問題嗎？」

他笑了，「妳這不就問啦。」

「菲爾・福克納。你認識他嗎？」

「當然，他跟他奶奶就住在這條街下面那頭。妳和戴文小時候常跟他玩在一塊兒，但長大後就不熟了。說到這裡，我已經好久沒看到他來我們家了。」

「謝謝。」我說。他揉亂我的頭髮，我有一種感覺，玫迪森一定很討厭有人這樣弄亂她的頭髮，但我說不出任何話來。

他走了好一陣子之後，我還站在那裡，手裡緊抓著那個小小的金墜子。

有時候，過去的時光會在我腦海中一閃而過。一段爸爸和哥哥跟我和媽媽還住在一起的時光。一段有快樂和歡笑的時光。我甚至說不出那到底是真實的記憶，還是我想像出來的虛構情景。

我關上門，把鎖鎖上。玫迪森的臉從門上的鏡子裡瞪著我。雖然變身不需要閉上眼睛，我還是閉上了。熟悉的漣漪流過我全身。骨頭延伸，肌肉拉長，臉部輪廓重塑。但這次變身帶著一種不該有的不確定性，就像舊引擎要發動前會發出一些斷斷續續的顫動一樣。

變化的感覺平息了，我冒險睜開眼睛看鏡子裡的影像，完全不對。我嘗試過許多次要變成我爸，只為了看看他的臉，聽聽他的聲音，好讓我能記住他，但所有的嘗試都徒勞無功。隨著時光飛逝，年復一年，我記憶中的資料流失殆盡，已經淡褪和扭曲了。

不管我怎麼變化，變出來的樣子都像是杜莎夫人蠟像館裡做壞了的蠟像。蒼白的皮膚，空洞的眼睛，一張跟我長相相似卻又模糊不清的臉。我讓漣漪蕩漾的感覺漫過全身，不過幾秒鐘，我已經變回我自己的身體。

我從窗簾的縫隙往外窺視，外面沒人。起碼我看不到有人。也許昨晚我看到的窗外人影，跟法蘭西絲卡看到和玫迪森會面的對象，是同一個人？

當我在床上伸直躺平，全身的肌肉痠痛到幾乎難以承受。幾天來的偽裝已經讓我的身體累到不行。我朝門瞥了一眼，確定外面走廊上的燈都已經熄了。玫迪森的睡衣緊綁在我胸口上。我知道不變回玫迪森的身體睡覺很冒險，但我實在是太累太累了，我的身體需要休息。我握著項鍊墜子，閉上了眼睛。

睡幾分鐘就好。

我被一陣反覆的敲打聲驚醒。我睡眼朦朧地四處張望，搜尋噪音的來源，直到看見窗簾後的陰影。我踢開纏著雙腿的毯子，兩腳落地，手抓著床邊小几站穩。有人正站在我的窗戶外頭。

恐慌在我全身蔓延。

「打開這該死的窗戶，我屁股都快凍僵了。」

艾列克。

我輕手輕腳走到窗邊拉起窗簾，試著把怦怦直跳的心臟緩下來。這窗戶的窗框已經變形翹起，以艾列克的力氣很容易就能撬開溜進來。

房間裡很暗，但他灰色的眼睛和雪白的牙齒仍在昏暗中閃閃發亮。「你在這裡幹嘛？」我小聲道。

他把我從頭打量到腳。我想起來身上穿的是衣不蔽體的睡袍，連忙交抱雙臂遮胸。上次跟他單獨相處的結果是不歡而散，我一點也不急著重蹈覆轍。

「妳不是應該是玫迪森的樣子嗎？」

我急忙從他身邊走過去照鏡子。即使一片昏暗，我也看得出我的頭髮絕不是金色。在拉開窗簾開窗之前，我竟忘了先變回玫迪森。這可能會有嚴重後果的。「該死。」

他走到我身後搭住我肩膀，指尖輕貼著我的肌膚。即使我們還隔著一小段距離，我仍感覺到他散發的體溫貼著我的背。我好想往後靠進他懷裡，想要他用雙臂環抱住我。他什麼也沒說，整張臉籠罩在陰暗中，但他沒把手挪開。他呼出的溫暖氣息繚繞在我頸間，我的汗毛都豎了起來。**吻我**，我想著。

但他往後退開了，並且從牛仔褲口袋裡拿了東西出來。「我拿這個來給妳。」他遞給我一支小小的手機和一支電擊槍。「電郵聯絡不是好辦法，不夠快，而且使用別人的電腦也不安全。我們需要隨時能聯絡到妳。還有，無論如何我都要妳隨身帶著電擊槍。」

我把手機塞到枕下，把電擊槍塞進背包裡。我得找個更好的地方放它才行。

「妳知道現在幾點了嗎？」艾列克問。我聽出他聲音裡帶著一種得意的笑。

我掃視房間找時鐘。十一點五十分。難怪我累得要命。

「少校氣得要命。」

「啊？為什麼？」

艾列克揚起眉毛看我。

我伸手一拍額頭，「噢，該死。我忘了要開會。」我竟不曉得隆納德的禮物會令我分心到這種地步。

「對，我也想妳是忘了。少校很不高興，但我告訴他目前還沒什麼確實有用的訊息可說，所以妳忘了也不要緊。」

「謝謝。」任務才剛開始我就已經搞砸了。

「別擔心。」

「所以你發現什麼了嗎？」我們異口同聲問，又同時笑了。不過他很快走到窗邊，拉開我們彼此的距離。

「你先說。」我說，沒了笑容。

「沒什麼有趣的，都只是聊聊。那個傢伙，萊恩，經常看著妳。玫迪森似乎和別人約會，但沒人知道那是誰。法蘭西絲卡和第二個受害者，克莉斯汀，在學校裡散布各種謠言。」

「我也聽說了。我想找出那人到底是誰，但是沒人願意說。我想戴文知道，但是他堅持保密。」

「也許妳可以逼他說出來。」

「我盡力而為。萊恩怎麼樣？」

「什麼怎麼樣？他不喜歡我，大概認為我是競爭對手吧。」這話讓他露出大大的笑容。

「今天早上我在玫迪森的儲物櫃上發現一封他留的信，他想要談談。我認為他真心想要挽回玫迪森。」我把屁股靠在書桌上，站著真累。「你想他會是凶手嗎？」

艾列克靠著窗框，說：「我不敢說。他有什麼理由犯下其他那些命案？我是說，我猜他有理由殺玫迪森，可是，這樣一來，他為什麼還想挽回她？還有，工友、醫生和那個叫克莉斯汀的女孩呢？為什麼殺他們？」

我嘆口氣。「我不知道。也許還有一些我們沒看見的原因。他跟克莉斯汀交往過嗎？」

「沒有。他跟玫迪森交往了一年多，在那之前，他跟誰都不當真。」

「那個小兒科醫生韓森太太呢？她是萊恩的醫生嗎？」

艾列克冷笑了一下，「我不知道，不過有可能。利文斯頓是個很小的小鎮。這裡每個人至少一輩子會讓韓森看過一次病。」

我們這樣談不出結果來的。

「今天在學校裡我注意到一個傢伙，叫菲爾．福克納，你見過他嗎？他有非常詭異的眼睛。」

「所以？」

「我是說，有些異能者的眼睛很奇怪。你看我的有多畸形。」我想最好不要提到凱特那令人不安的紫銅色眼珠。

艾列克上前一步說：「妳的眼睛挺好的。」一股暖流湧過我的身子。

「所以，」我說：「你不認為菲爾可能是異能者。」

「我們不是來這裡找異能者，泰絲。我們是來找動機的。」

他看起來跟我感覺的一樣累。我瞥了我的床一眼，好奇躺在他身邊，在他臂彎裡靠著他的胸口入睡會是什麼感覺。我的手指頭又摸到了那個墜子。

「那，你跟桑莫絲處得怎麼樣？她是個好母親嗎？」

艾列克聳聳肩，繼續瞪著窗外，神情肅穆。「我猜是吧。我無從判斷。」

在痛苦的聲音背後，有一種他很少流露出來的脆弱。我跳下桌子朝他走過去，光腳踩在地毯上毫無聲音。他沒轉過來看我，沒穿鞋子的我身高還不及他肩膀。我伸手跟他交握，捏了捏。「我知道這很不容易。但超能部是我們的家，這就夠了。」我試圖像說服他一樣這麼說服自己。

一陣顫抖竄過他的身子，我張開雙臂環抱住他，心裡半預料著他會把我推開。他沒有。我放鬆靠著他。一會兒之後，他把手掌貼在我後腰上。也許有一天他會明白選我比選凱特好。他突然繃緊，說：「人行道上有個人正盯著妳的窗子。是個男的。」

我迅速變回玫迪森的身體，然後才朝窗子走去。黑暗中有個模糊不清、孤獨的身影。

「昨晚他也在那裡。」我小聲說。

艾列克推開窗戶。窗框嘎吱呻吟一聲，那人立刻轉身就跑。我只希望屋裡其他人沒聽見這噪音。艾列克懶得爬，直接一躍出了窗子，跳下一層樓傷不了他。他朝陌生人消失的方向奔去。艾列克比正常人更強壯、速度也更快。如果那傢伙沒有代步的腳踏車或汽車停在附近，他根本沒機會溜掉。

「傳簡訊給我。」我壓低聲音說，但他已經奔過街道消失在夜霧裡了。冷風猛吹進房間裡，令我忍不住發抖。我想跟在他們後面去追，但是等我換好衣服爬下去，他們早就跑遠了。我關上窗戶，躺進被窩裡，把手機緊抓在手上。

我盯著漆黑的手機屏幕，盯到眼睛都花了。最後，一個半小時以後，小小的手機亮起來，艾列克的名字出現。

在霧裡追丟讓他跑了。明天再說。

就這樣？十二個字？我期待他打個電話或起碼發個溫馨一點的簡訊。他肯定知道我想得知每個細節。畢竟，要跑贏艾列克絕不是件容易的事。那個陌生的傢伙是怎麼辦到的？我沒得選擇，只能等到明天才能問清楚了。

＊

早上第一堂，是少數我沒跟艾列克一起上的英國文學課。那意味著我得等更久一點才能得到他的解釋。

安娜跟我坐在第一排，只有這堂課我們坐到這麼顯眼的位置。「為什麼坐第一排？」我問道，伸手掏出顯然是我們正在讀的《咆哮山莊》。我沒讀過這本書，也還沒時間趕上進度。

安娜手裡拿著筆輕點嘴唇，筆上到處都沾了她的唇蜜。她總是把唇蜜弄得到處都是，留下微微發亮的指紋。要是凶手也愛用閃亮亮的化妝品就好了。

「是妳選的位子。」她說：「因為妳愛死了文學課。」她看著面前那本書的泛黃書頁，彷彿那書會咬她似的。「就我個人而言，我覺得這課無聊得很。我會同意坐在第一排的唯一原因是，風景不錯。」

「風景不錯？」

安娜眨了眨眼，說：「妳忘了文學課最棒的部分？等著吧，妳會看見的。」

等到文學課的老師，葉慈先生一走進教室，我立刻明白了她的意思。他長相俊俏，以老師而言太年輕了，可能還不到二十五歲。他棕色的頭髮又短又捲，身著淺藍襯衫和黑長褲，瘦而結實，像個運動員，也許有跑步的習慣。

「他是新來的，是第一年當老師。」安娜低聲耳語道：「大家都迷他迷得要死。」

葉慈先生走到講桌後停步，然後才轉過來，讓注意力落到我身上。他的眼睛飛快掠過我脖子上那圈疤痕。「我們都很高興，歡迎妳回來，玫迪森。我相信妳能及時跟上。」

「謝謝你。」我說，感覺兩頰發燙，因為全班每一雙眼睛都落在我身上。他給了我一個僵硬的笑容，接著拿起他的《咆哮山莊》，開始朗誦從書的中段摘錄出的一個段落，但我根本沒在聽。

下課鈴響前一分鐘，我已經開始收拾背包，急著想盡快離開。在下一堂課開始之前，實在擠不出多少時間跟艾列克談話。鈴響了，眾人開始湧出教室。

「玫迪森，可以請妳稍待一下嗎？我想跟妳討論一下妳不在這段時間所錯過的功課。」

沒得跟艾列克談了……

安娜用嘴形說「祝妳好運」，然後就走了。

教室裡剩下葉慈先生跟我。我希望我不必補齊所有沒上的課的作業。我真的有更要緊的事要做。也許超能部裡有人能幫我寫功課。

「可以請妳把門關上嗎？外面越來越吵了。」

我照他說的做了。教室裡只剩我的腳步聲，我走回等候的葉慈先生面前。他站在桌子後面，煩躁地整理一些紙張。他看我的方式讓我覺得很不舒服。不太對勁。有一種太過熟絡的感覺。我不曾被人這樣注視過。尤其沒料到會從老師那裡得到這樣的注視。他的眼睛搜尋著我的，我極力克制著才能不望向別處。

他繞過桌子走出來。「我好擔心。不能去醫院看妳實在很痛苦。」我心裡逐步冒出一種可怕的懷疑。「我好想妳，」他低聲說：「我以為我再也見不到妳了。」

我全身泛起一陣雞皮疙瘩。儘管我害怕看見他的眼睛，我還是抬起頭來看他。果然，他眼裡滿是熱烈的愛意。

我想超能部整個搞錯了。

他的目光挪到我頸項上的疤痕。「我真希望我能保護妳。」

「葉慈先生。」我說，聲音簡直像尖叫。

他抓緊了桌沿，彷彿需要某種支撐，眼中閃現受傷的神情。「妳不記得了。」

「對不起，我——」我低聲說著，隨即住口。真是見鬼了，我幹嘛跟這個老師對不起，他顯然跟自己的學生有某種不恰當的關係。

他開始重新排列桌上的鉛筆。沉默膨脹著，直到我感覺快要被這沉默壓碎。他的手指懸在一疊紙張上方，微微顫抖著拿起一張來。「這給妳，要是妳想趕上進度的話。」

那是他們課程上一本書的摘要。我一點不在乎。

「葉慈先生……。」

「歐文。」他的聲音奇怪地沙啞。

「歐文。」這名字在我嘴裡有種奇怪的味道。「你能告訴我我們之間發生過什麼事嗎？」他遞給我一疊紙張。我伸手接過，但目光沒離開他的臉。他突然轉過身去，讓我只能瞪著他的背。「妳最好快走。妳下一堂課馬上要開始了。」

我等著，希望他會多說一點。

「也許妳不記得才好。」但他的聲音洩漏了埋藏在底下的真相，這給了我機會。我小心翼翼地靠近他，將手放在他肩上。他沒閃躲我的觸碰。「拜託，我想記得。」

他轉過頭來，臉上的神情混合了恐懼和期望。鐘響了，表示我的下一堂課開始上課了。也許這堂課是他的空堂。

「拜託。」我低聲說，雙眼也同時向他懇求。我很確定他會拒絕我。

「如果妳今天到我家來，我會把所有的事都告訴妳。」到他家？「我需要跟妳談談，但是不能冒險被人看見或打斷。」他說，眼中充滿了希望。

我嚥下擔憂，忽略腦海中大響的警鐘。我需要更瞭解他跟玫迪森的關係。也許這正是那片遺失的拼圖，能引導我們找到凶手。也許葉慈就是凶手，想把我誘到他家去徹底解決這件事。

「好吧。」我同意。

他看起來鬆了口氣，而且高興非常。「五點鐘見。妳還記得我住哪裡吧？」

我搖搖頭。

葉慈把他的地址寫給我，並且遞出一張請假條，證明我下一堂課遲到的事由。我把背包甩上肩膀，腳步沉重地走向大堂時，他說：「我很期待跟妳談談。」

我可說不出同樣的話。

第十二章

我一講完，艾列克立刻說：「妳不能去跟他碰面。」

我環顧四周一眼，停車場裡只有我們兩個，但我可以聽到遠處傳來的笑聲。現在是午餐時間，大家都在四處亂晃，雖然室外還是很冷，有些人卻喜歡享受早春的陽光。「我必須去。這對我們的調查可能很重要。」

艾列克搖搖頭，說：「妳還不明白嗎？他有可能是凶手。老天爺，泰莎，妳想找死不成？那傢伙竟然跟他的學生談戀愛。妳難道不認為他會為了保密而殺人滅口？」

我當然知道有這種可能性，而且，我討厭他說得好像我天真到不瞭解這種事一樣。

「那其他的受害者要怎麼解釋？難道你認為他也跟他們談戀愛？」

我質疑的腔調讓他眯起了眼睛。「也許。要不然，這個理論怎麼樣——放學後工友當場撞見葉慈和玫迪森在一起，葉慈決定殺他滅口，讓他不能把事情說出去。至於另外那女孩，也許他也跟她有不倫關係，所以她必須死。或者，他要她閉嘴是因為她老亂講玫迪森的事，說不定還把他也扯進去了。這假設聽起來怎麼樣？」

他說得煞有介事，也合邏輯。起碼葉慈先生看起來比萊恩或菲爾更有理由幹掉那些受害者。

「沒關係。如果我們想要證明你說的，我就得去跟他談。也許他跟謀殺案根本沒關係。」我說。

「我不會讓妳一個人去他家。」

「別蠢了，艾列克。你以為你在旁邊他還會跟我說嗎？」我開玩笑說，心裡很清楚他是什麼意思。

他沒覺得好笑。「我會等在外頭。要是有什麼不對，妳可以尖叫或弄出一點動靜。如果三十分鐘內妳沒出來，我就進去。」

「我跟葉慈的談話恐怕會超過三十分鐘。」

「妳最好確定不會。」

討論到此為止。我太清楚艾列克眼中所流露的那種固執光芒，他正處於保護模式完全開啟的狀態，爭也沒用。

＊

這天安娜開車載我回家。她時不時瞥我一眼，眼神充滿憂慮，我簡直感覺到她身上不停散發出來的緊張不安。

跟葉慈見面這事，我需要找個藉口——要是沒有一個好說法，琳達不會讓我出門的。但是要求安娜幫忙只會讓她更加疑心。我沒得選擇。「妳可以幫我個忙嗎？」

她遲疑了一下，說：「當然，什麼事？」她說得輕鬆，卻抿緊了嘴唇。

「我需要妳掩護我。我今天下午要跟某個人碰面，但又不能告訴我媽。我能跟她說我是去妳家嗎？」

安娜瞇起眼睛，「妳要跟誰碰面？」

「拜託，安娜，我還不能告訴妳，但這真的很重要。拜託。」

她用力吞了兩下，像費力要把衝到嘴邊的話吞下去一樣。「妳知道吧，過去幾天我一直克制著自己，嚥下我的感覺，告訴自己事情會好的，妳需要時間復原。事實上，從妳對我隱瞞祕密開始，我已經忍了好幾個月。但我受夠了。我受夠了幫妳說謊，被妳冷落。我以為我們是最好的朋友。我為妳放棄了所有的人。而現在妳甚至把我也排除在外。」她顫抖著深吸一口氣，抬手抹眼睛。

我張開嘴，又閉上，沒把握該怎麼回應才對。我同意她說的。要是荷莉對我隱藏了那麼多祕密，我也會同樣感到受傷跟生氣。但是我現在不能告訴安娜真相，不管她多麼有資格知道，我連一半都不能說。

「我不知道妳為什麼不信任我。」她說。我感覺我正在失去她，她正在撤退，而我絕不能讓這種事發生。我不能跟她說葉慈的事，其他的更不能。不過我也許可以不用說。

「我信任妳。」我結結巴巴地說：「只是……有點複雜。那個新來的男生，艾列克。」

我低頭看著膝蓋支吾著，努力假裝不安。

「他怎麼樣？」她聲音中閃過一絲興奮，這正是我需要的鼓勵。

「我今天下午是要跟他碰面。」

「像是，約會？」安娜把車慢下來，直到我們慢得像蝸牛在爬。

我朝上瞥了一眼，希望自己看起來像又害羞又興奮的樣子。「有點吧。我們剛開始，我還不確定是什麼關係。」

「可是，這事情是什麼時候發生的？我根本沒看你們講到話啊！」我之前在她臉上看見的憤懣與失望，這時已煙消雲散。

我想了想，在學校裡我能跟艾列克說話卻不讓安娜知道的時刻，確實不多。她和戴文幾乎無時不刻黏在我身邊。「事實上，我剛從醫院回家那天，在我家附近散步呼吸新鮮空氣時，就碰到了他。」

「妳父母讓妳單獨外出？」

該死。「沒有，我是偷溜出去的，所以別跟任何人提這件事。」我等到她點頭之後，才繼續往下掰我的故事。「艾列克跑步經過我家附近，我們聊起來。今天中午吃飯的時候，我在停車場碰到他，他約我出去。」

「你們打算幹什麼？」

我的腦子裡一片空白，並且，在我拼命想著看似聰明的回覆時，有股恐慌的感覺開始鑽進我腦裡。「嗯，他會開車來接我，我們打算開車逛一逛，熟悉一下周圍的環境。我是說，既然他才剛搬來，而我又差不多什麼都不記得了，所以需要熟悉一下環境。」要命，我真是個不會胡扯的白癡。

「好吧，但是請妳一定要小心。妳跟他還不熟。把手機放口袋裡，他要是表現得像個討厭鬼，妳立刻打電話給我。妳要跟我保證。」她說。她棕色的眼睛牢牢瞪著我，讓我想到凱特搜查別人大腦時的模樣。

我控制不住嗤了一聲：「妳真像我媽。」

「玫迪，我是說真的。」

「我知道。」

她放鬆下來靠在椅背上。

「別告訴妳媽我們在我家。要是她打電話來被我媽接到，她就知道我們在說謊。告訴她我們會去曼羅。我反正要去那裡的購物中心逛逛。」她說。

我總希望自己是個平凡的女孩，尤其這種時候。一個可以去逛街購物，可以跟男朋友出去玩的女孩，而不是做這種會嚇壞正常人的工作。

「謝謝妳。」我說。

「還有，這次妳別想輕易擺脫我。我要知道妳這場準約會的所有細節。」

「我保證讓妳知道。我知道我不是什麼好朋友……我正在努力變得好一點，不過我也在努力幫自己釐清一些事。我甚至不知道自己從前的生活是什麼樣子。我甚至不知道自己為什麼跟萊恩分手，或我為什麼會開始跟他約會。妳知道這有多難嗎？好像在過別人的人生似的。」

安娜登時一臉的罪惡感。「對不起，玫迪。有時候我幾乎忘了發生過什麼事。忘掉會好過一點，妳懂吧？」

「我懂，但那是我的生活，我沒法假裝它沒發生過。」我知道我抓住她的心了。這是我從她這裡打探出更多消息的機會。「妳可以跟我多說一點有關萊恩跟我的事嗎？我需要知道發生過什麼事，然後才能考慮自己是不是可以跟新的人交往。」我在腦中記下稍後要告訴艾列克這件事，這樣我們的故事才能一致。

安娜咬著嘴唇，點點頭。「妳跟萊恩交往了一年半，你們是夢幻情侶。妳真的很快樂，起碼從外表看是這樣。不過，大概三個月前，妳和萊恩分手了，有些事情改變了。我真的不知道發生了什麼事，妳從來不說，可是我看得出來有事情不對勁。」她瞥了我一眼，我努力保持面不改色。「我認為妳跟萊恩就是疏遠了。事情總是這樣的。我是說，我們只是高中生，妳明白吧？但是，接著法蘭妮和克莉斯汀告訴大家，他們看見妳跟另一個男的在湖邊，於是整件事一發不可收拾。」

「萊恩對那些傳言有什麼反應？」

「事情實在很古怪。他應該要氣急敗壞，但他從來沒表現出來。我想他不相信傳言。他是那種非常自我的男生，根本無法想像他的女朋友會去找別人而不要他。」

我點點頭，好像理解了似的。但事實是，我不瞭解萊恩。我甚至還沒跟他說過話。

「謝了，安娜。」我說。我不明白玫迪森為什麼瞞著她，她分明是個很好的朋友。

我們在錢伯斯家門口停車，一如往常，琳達已經在前院等我。花圃上已經種了新的花——紫色天竺葵——草地也煥然一新。

「噢，安娜，我跟艾列克約會的事妳別說出去好嗎？戴文最近保護慾超強，我不想要他去威脅艾列克什麼的，那也太丟臉了。」

「放心，我會守口如瓶的。」她保證道。

我們擁抱道別，我下了車。我猜要是我不把約會內容鉅細靡遺告訴她，她不會原諒我的。很快我就得牢記所有謊言以免穿幫。

屋裡，琳達已經準備好一盤三種不同口味的三明治。我跟她說學校的事，當然省略了我打探消息的過程以及跟葉慈先生的談話。她傾聽我說話，眼睛簡直黏在我兩片嘴唇上，臉上那慈愛的神情就像我永遠不會做錯事。要是她知道玫迪森跟自己的老師談戀愛，她會怎麼說？

「我跟安娜說，我會在差不多五點的時候跟她碰面。」我插進一句。

琳達用餐巾擦了擦嘴。「妳們要去哪裡？」

「只是去曼羅的購物中心逛逛。」

琳達的三明治掉到桌上，整個散開，萵苣、培根和蕃茄掉了一桌。她顫抖著手把它們撿起來。「妳們不覺得開車到曼羅太危險了嗎？待在利文斯頓不是更好嗎？妳可以邀請安娜來家裡，叫個披薩。」

「安娜會從頭到尾陪著我，購物中心裡又全都是人。我真的很想出去走走。我不能一輩子都躲在家裡吧。」

她拿起電話說：「我打給戴文，讓他跟妳們去。」

這是我最不需要的。

「媽，別這樣。他有訓練課，別讓他為了我趕回家來。」

「他不會介意的。他跟我一樣擔心妳。」她開始撥號，但我從她手裡搶過電話。

「拜託，我不需要保姆。在學校裡戴文老盯著我就已經夠煩了。安娜和我會待在人多的公共區域。購物中心裡到處都有監視器跟人，不會有事的。」我按住她的手說：「拜託啦。」

她轉開視線，嘴唇哆嗦著。這樣對待她讓我感覺糟透了。

「把妳的手機和防身噴霧帶著。待在購物中心裡，別讓安娜離開妳的視線。我要妳們兩個牢牢待在一起。還有，跟我保證妳一到了就打電話給我，離開時也要。」

我親親她的臉，「我會的。」

四點四十五分，我下樓，看見琳達那張憂愁的臉，我得硬著心腸壓住罪惡感。「別忘了打電話。」她抱抱我做為道別，在門外站著直到我轉過轉角。安娜的家並不遠，所以我不需要找理由讓琳達別開車送我。

＊

艾列克坐在一輛黑色吉普車的駕駛座上等我。我迅速環顧四周，確定沒有人看見，這才上車。

一上車，我就衝口說道：「我告訴安娜我是出來跟你約會。」

「為什麼？」他沒有如我預期的表現出吃驚的樣子。

「她想知道我到底怎麼回事。她顯然已經受夠了玫迪森老跟她說謊，所以我得想點什麼告訴她。她還要負責我出門期間的不在場證明，所以這是最簡便的說詞。我想她不會問你，不過要是她問了，你就說我們開車在附近逛了逛。」

「噢，這約會真令人興奮啊。我可不可以多來點後座的娛樂？」

我知道他是故意開玩笑，但是我們之間最近發生過的事，讓我笑不出來。他咬緊牙關轉開視線，發動了車子。我很高興有引擎聲來打破車裡濃重的死寂。

艾列克在離葉慈家兩個街區外停了車，因此葉慈不可能看見我們在一起。

「小心。別讓他對妳動手動腳。」他帶著一貫的專業態度說。

「天，謝謝你的忠告。」我的嘲諷讓他臉色一沉，不過我在他開口前就下了車，朝葉慈家小跑步而去。雖然我沒回頭看，也知道艾列克就緊跟在後。

葉慈家前院的草坪才修剪過，很整齊，沒有一根草高過一吋。郵箱和所有窗戶的窗框都白得發亮，好像幾小時前才上過新漆，門前米色的地毯上看不到一點灰塵。從這整個外表來看，我絕對猜不到這屋裡住著個單身男人。

我走到大門口，把汗濕的掌心在牛仔褲上抹了抹。我對這男人一無所知。他結婚了嗎？我沒看到他戴戒指。打起架來他會是難纏的對手嗎？他看起來像個運動員。也許確實是。也許我這會兒是自願跟一個勒喉殺手單獨待在一間屋子裡。我不知道他有沒有超能力，如果有，我也不知道自己是否擋得住。我腿上的肌肉抽搐著想要逃跑。但我沒得選擇。我背負著拯救人命的責任。

我挺起胸膛，按下門邊的門鈴。

才一秒鐘，門喀答一聲打開，葉慈站在我面前。他肯定從窗戶後面看到我來了，要不就是一直等在門口。他引我進屋，同時迅速往外瞟了一眼，大概要確定沒有鄰居看見我。我的手掌撫過袋子裡的電擊槍。

門廊裡充滿了巧克力的味道。

「我做了巧克力碎片餅乾。」他解釋著，領我走進一間大大的、不銹鋼的廚房。一塵不染的流理台上放著一張烤盤，上面是一片片剛烤好的金棕色圓餅。他幹嘛烤餅乾？

「這是妳最喜歡的。」他短暫一笑。玫迪森喜歡被他照顧？汗水在他皮膚上閃爍。那是因為緊張，還是因為烤箱散發出來的熱度？他用擦碗巾拿住烤盤遞過來給我，兩隻手都在顫抖。「餅乾還是熱的。要不要吃一塊？」

餅乾聞起來非常香，看起來更好吃。吃一塊應該沒關係吧？

「不了，謝謝你。我不餓。我才吃了一個三明治。」我說。這是實話。

他把烤盤放回流理台，臉上的笑容消失了。

汗水讓我的後背一片濕滑。廚房太熱了。他兩眼落在我身上，沒有轉離片刻。「我們可以到別的地方去嗎？」我說著，朝走廊跨出一步。

他似乎在天人交戰。這要求有這麼困難嗎？他的眼睛飛快掠過整個廚房，越過還在冒熱氣的餅乾，越過圓玻璃桌上的空咖啡杯，還有擺在流理台上巨大的刀架。我得克制住自己別去摸胸口那個A字。葉慈是用其中一把刀在受害者身上刻字的嗎？

一滴冷汗滑下我的背脊。艾列克就在外頭。我只要一喊他就會進來。隔著包包的布料，我又摸到了電擊槍。

我又往後退了一步。葉慈甩掉了不知道在想什麼的恍惚，從我身邊走過去，他的肩膀擦過我手臂，使我整個人一顫。

我跟著他走進客廳，感謝老天，這裡的溫度起碼低了十度。他環顧了一圈，這才示意我在沙發上坐下。沙發很軟，我整個人陷進去。要迅速起身逃跑恐怕不容易。

葉慈倒了兩杯水，把杯子放在圓形的杯墊上，這才在我旁邊坐下，他的腿緊貼著我的。我往旁邊挪，但椅子扶手擋住了我。我依舊感覺到葉慈的體溫透過我的牛仔褲傳過來。我用兩手搓著腿，趕走那種感覺。葉慈盯著我，雙眼再次徘徊在我那圈疤痕上。想到玫迪森會看上他，樂於受到他的注目，我就渾身不自在。

「我們常在這裡會面嗎？」我開口時的聲音竟然是沙啞的。我拿起杯子喝一口水，然後才想起來水裡可能下了藥，太遲了。我匆忙放下杯子。葉慈盯著杯子片刻，隨即動手調整了一下，讓杯子擺在杯墊的正中央。他右伸手抹掉木桌上的幾滴水珠。他顯然非常仔細，這種人要抹除自己的形跡一點也不困難。

然後他搖搖頭，看起來有點侷促不安。「只有兩次。通常我們會在曼羅或湖邊會面。」他向後縮了縮，像是緊張的抽搐一樣，兩眼又再次環顧了室內一圈。玫迪森是在湖畔被發現的。他一定看見我臉上閃過了什麼，因為他看起來難受欲嘔。

「我遭到攻擊那天，我們有在湖邊會面嗎？」

他的手指撫弄過長褲上的縐褶。「所以妳真的什麼都不記得了？」我察覺到他聲音中有一絲安心。

「不記得了。現在，別避開我的問題。」

「那天我們本來是要碰面的。」他緩緩道。

「在攻擊之前還是之後？」

「我——我不確定。我遲到了，因為我跟太太吵了一架，等我到了湖邊，到處都沒找到妳。我以為妳已經走了。我要是知道妳在那裡等我——」他沒繼續說下去，人卻朝我靠過來。

太太？我靠向椅子扶手，更加拉開我們之間的距離。「你有看到其他人嗎？」

「那天霧很大。沒有什麼人在湖邊。」

「我們見面的理由是什麼？我是說，在湖邊約會挺冷的。」

他的脖子脹紅了。「妳為什麼要問這些問題？我覺得妳像在審問我。妳認為我是那個攻擊妳的人嗎？」他笑了一聲，但聽起來像是逼出來的。

我聳聳肩說：「要是有人發現我們就糟糕了。」

他眼中閃過某種東西——憤怒或是恐懼。他伸手按住我膝頭，說：「玫迪，也許我們該忘了所有發生過的事。」

沙發旁有一張小几，上面擺著好幾張裝在純銀相框裡的照片，葉慈身邊站著一個高挑捲髮的女人。他們看起來很快樂。

我猛站起來躲開他，他的手從我腿上滑落。「那是你太太嗎？」

他把臉埋進雙手中，長嘆一聲，說：「對。」

「我知道她的存在？」

「對。」

我真不懂。玫迪森怎麼會跟他談戀愛？跟自己的老師約會是一回事，但知道老師有太太還跟他約會是完全另一回事。

「我和我太太很早結婚。我們關心彼此，但我們合不來。我們很疏遠，幾乎連話都不說了。」

我沒再坐下，葉慈也沒勉強我。我從眼角注意他的動靜，同時試著想察看艾列克在外面哪裡。「我們之間是怎麼回事？」

葉慈把頭仰抵在沙發靠背上，眼睛掃視著房間。「我不認為——」

「告訴我就是了。」

「事情……是四個月前開始的。」四個月？玫迪森距今兩個月前跟萊恩分手。那是遭到凶手攻擊前六個星期的事。

「妳是學生當中少數幾個對我的課真正感興趣的，我們常在課後討論所讀的書。」

我一直無法把目光從他一臉微笑攬著太太肩膀的照片上挪開。照片是什麼時候照的？他的笑容是假的嗎？

有個問題從我心裡冒出來，卻說不出口。那問題似乎黏在我舌頭上了。我知道我必須問。我嚥下那股不情願的感覺。「我們……我們上過床嗎？」

他遲疑了一下。難道他想說謊？可是已經太遲了。他的猶豫已經給了我所需要的答案。

「上過。」我說，不給他反駁的空間。玫迪森十八歲——只比我大兩歲，卻比我有經驗太多了。我連初吻的經驗都沒有，她已經跟她的老師睡過了，說不定也跟萊恩睡過了。

他跳起來，一臉警戒。「不——我是說，我們是上床了，但不是那樣的。妳沒有不好的感覺。是妳要的，我沒有強迫妳。」

這真是糟糕透頂。更多的問題在我腦海中冒出來，簡直要衝爆我的腦袋。「是因為這件事，所以我們在我被攻擊那天約了要碰面？」

他把雙手緊貼著身子，但他的手依舊顫抖個不停。「不是。我們約碰面，是因為妳有話要說。」

「要說什麼？」

「我不知道。」他避開我的注視說。

他伸手要來拉我的手，但我退開了。我不想讓他碰我，甚至不想讓他靠近。

「妳現在打算怎麼辦？」他的眼角線條緊繃，不像片刻之前那樣柔和了。他一下抓緊了我的手，這次我閃得不夠快。「妳不能跟任何人說，玫迪森。這違反學校的規定，我會丟掉工作的。」

他的手收緊，弄得我很不舒服。他臉上的神情瀕臨絕望，「這不是遊戲，我們兩個都陷進去了，妳知道的。」

我甩開他，一邊往後退出客廳，一邊雙眼緊盯住他。「別擔心，我不會跟任何人講的。」

雖然他該受懲罰，但我不願琳達和隆納德發現他們女兒的事。我會告訴少校，或許他會想個辦法把葉慈調職，不讓大家發現這整件事情。

他跟著我走到門廊上，但似乎感覺到了我渾身散發的鄙視而沒靠近我。

「我真的得走了。」我說，接著奔出前門，連頭都沒回一下，但我知道他一直看著我。我的腳步聲在街上迴響著。艾列克在一個街區之外，已經坐在車上等我，我一上車他就開走。

「他說了什麼？」他問。

「讓我喘口氣。」我斥道，我需要時間整理一下思緒，趕走那股反胃的感覺。

「他做了什麼嗎？」他把車慢下來，彷彿打算回屋裡去把葉慈痛揍一頓。

雖然我喜歡他這種保護的態度，回去打人卻沒必要。「沒有，我很好。事情只是……他有太太。他怎麼可以跟自己的學生上床？」

艾列克在座位上放鬆下來。「所以他真的睡了她？不是只有調情而已？」

「不是只有調情而已。」這又令我反胃。或許，這是因為我突然明白，儘管我們做了那麼多預備，我還是完全不瞭解玫迪森，而且她的朋友和家人也都不瞭解她。

「玫迪森那天在湖邊是為了要跟他會面。他說他們約了見面，是因為她有話要跟他說。我認為他瞞著我們什麼。」艾列克探過來碰觸我放在膝上、緊握成拳的雙手。他說：

「我會告訴少校這件事。也許他可以查出葉慈更多的事來。」

我點點頭，但我的思緒已經飄得很遠。我無法停止去想玫迪森，去想她究竟是個什麼樣的人。她將多少祕密帶進了墳裡？

艾列克把車停在離錢伯斯家還有好幾棟房子遠的地方，轉過來面對我。他緊抿著嘴，神情憂慮。「妳還好嗎？」一如往常，他的手令我感到溫暖，我立刻平靜下來。沒有人能如此影響我。

「還好。我只是需要把所有的事情想過一遍。我必須查出更多玫迪森的過去，必須查出真正發生過什麼事。也許我該試著跟萊恩談談。」

艾列克臉色一沉。「單獨會面？我不認為那是好主意。我敢打賭，那傢伙一定很怨恨玫迪森。這也難怪，畢竟那女孩可是背著他搞上別人。」

第十三章

我把鑰匙插進鎖孔，心想琳達會等在進門的走廊上，結果沒人。我鬆了口氣，但連鬆了口氣的感覺都讓我充滿罪惡感。琳達那麼慈愛，那麼照顧我，我一直想要一個這樣的媽媽，但此刻我不需要她來大驚小怪、問東問西。我的腦袋已經快要爆炸了。

整件跟葉慈的事——看見他的照片，在他跟他太太的家裡被他追求——都讓我噁心得想吐。我吃力地爬上樓梯，從掛在牆上的鏡子裡瞥見自己的身影。長長的金髮、碧藍的眼睛，還有脖子上一圈細細的紅痕。我無法不好奇，到底有誰知道玫迪森．錢伯斯是誰？少校要我找出她盔甲上的裂縫，但我所找到的，更像是如同大峽谷一般巨大的火山口。

荷莉又寄了兩封信來，而我連她的第一封信都還沒整個讀完。我真是個失格的好朋友。雖然我累到了骨子裡，我還是打開了她寄來的最新一封電子郵件——我不會像玫迪森對待安娜那樣對待荷莉。

我揉揉眼睛，開始讀。

嗨丫頭，

妳都好吧？我挺擔心妳的。少校大部分時候都不在，所以我也沒機會問他妳怎麼樣了。妳也知道他是啥樣子（翻白眼），他反正不會告訴我任何事的。我比平常更心煩意亂。路易斯大發脾氣，因為我的超能力整個一團糟。我簡直懷念桑莫絲了。但別告訴她我這麼說：）

不管怎樣，這些不是我寫信給妳的原因。過去幾天總部的氣氛很怪異（不是因為妳跟其他人不在的關係）。那些老探員隨時都在竊竊私語，**但是**我偷聽到一點他們的談話。他們看來真的很憂心，不過不是為了利文斯頓的凶手。他們提到有一群異能者一直在惹事。我想，不管那些人是誰，他們都真的威脅到了超能部。事情跟過去的恩怨有關，聽起來似乎是那些異能者想要滅掉我們。我們出勤在外的探員顯然已經有兩個不見了，消失得無影無蹤。我上回看到少校時，連他都顯得很煩亂。挺嚇人啊。

我會繼續張大眼睛豎起耳朵，要是發現什麼一定告訴妳。

好想妳。要是可以，請回信！

親親抱抱

荷莉

我花了幾分鐘時間消化她所說的。有一群異能者針對超能部惹事？我知道有些異能者寧可隱姓埋名，也不願意服從超能部的支配。少校說他們多半是「不定者」——無法或不願控制自己力量的異能者。那些不合群的傢伙不會對超能部造成威脅。可是，一群有組織的異能者就是另一回事了。為什麼少校從來沒提過他們？這讓我懷疑他還瞞著我多少事。

我迅速回了封信，告訴荷莉我很好——就是超忙超累的。然後我倒在床上，腦子裡充塞著各種飛轉的思緒。要是那群異能者開始綁架探員，少校難道不該警告我們嗎？尤其是我。現在我可是出勤在外的探員啊。

我深吸一口氣，再緩緩吐出。我不能讓這消息使我分心，忽略了真正重要的事。我察看玫迪森手機裡的留言，收到一條安娜詢問有關約會的事，兩條來自萊恩，說他真的需要和我談談。就算艾列克和戴文不要我跟他獨處，我也不能再繼續躲著他了。

我取過玫迪森的 iPod，把耳機塞進耳朵裡，把音樂調到最大聲。耳機裡播放的歌曲我不熟，但它的節奏把我腦中的憂慮全轟了出去，這正是我需要的。

我蜷縮在柔軟的床墊上，閉上眼睛，什麼都不想、什麼都不去感受，隨著音樂的節奏一步步被拉入越來越深的夢鄉。

就在我要入睡時，有個東西一下落在我腿上壓住我。我猛坐起來嚇得大叫，耳機都被扯掉了。當我看清攻擊者，又猛地住了口。毛球正坐在我腿上，以一種貓特有的處變不驚的態勢眨著眼看我。當我挪動成比較舒服的姿勢時，他依舊紋絲不動。如果我的驚叫沒嚇著他，那就不會有任何事能嚇著他。難道他忘了我不是他真正的主人，只是假扮的？我伸手去撫摸他，卻換來一聲不友善的嘶叫。

一陣腳步急奔上樓，隨後戴文出現在門口。他狂亂地張目四顧，彷彿準備跟攻擊者大幹一場。他一身的運動服——緊身T恤和灰色短褲——緊附在他汗濕的身上。

「我聽見妳驚叫。」他說，看見我坐在床上，他明顯放鬆下來。

「毛球嚇了我一大跳。」

他點頭，但那雙碧藍的眼睛在掃視我的臉時仍緊繃著。「今天不好過？」

你就算想破頭也猜不到……

「跟安娜吵架了？」

我搖搖頭表示沒有。「你提早回來了。是媽打電話給你的？」

「嗯，她擔心妳。」他聽起來像同意她的看法。

「就因為她要你在我回來時在家，所以你練習完澡都沒洗就跑回來了？」

他朝下瞥了一眼濕透的T恤，濕衣服神奇地強調出他的健美胸肌，我強迫自己盯著他的臉，不朝別處看。「不是，她和爸已經好幾個禮拜沒約會了。我叫他們早一點出門，我會在家看著妳。」

「那就好。不過我真的很受不了你們都這麼擔心。」

他的眼神柔和了。「玫迪，妳差點死了。我從來沒見過爸媽那麼崩潰。」他停頓了好一會兒，想找點什麼來說，以減輕這沉重的氣氛。「妳看起來需要高興一下。我們叫個披薩然後看電影好了。」我感到一陣思鄉的痛苦。自從我加入超能部後，在晚上跟艾列克或荷莉看電影已經成了我生活中固有的一部分。

我扭動著腿設法從毛球身下掙脫，跟著戴文下樓去。

他打電話訂了個家庭號的披薩——口味叫作「熱鬧」，我一點也不想知道為啥披薩取這種名字。我問：「你什麼時候回來的？我沒聽見你進門。」

「大約二十分鐘前，那時候妳睡得正熟。我要趕快去洗個澡，要是披薩來了我還沒洗好，流理台上有媽留下的錢。」說完，他三步併作兩步奔上了樓。

十分鐘後門鈴響起，我聽到樓上仍傳來洗澡的水聲。我拿了錢，走到前面去開門，發現自己跟萊恩面對面，他手裡沒拿著披薩盒。

「你想怎樣？」

他肩膀挺直，雙腳叉開，佔滿了整個門道。「我想談談。」他越過我肩膀朝屋裡瞥了一眼。「只有妳在家？」

「不是，戴文也在。」

他乾脆倚在門框上，用身體擋住所有的光線。「聽好，我知道妳一直躲著我，但是我們真的需要談談。」我不喜歡他用的命令語氣，也不喜歡他看穿我腦袋的眼神。要是他向來用這種態度對待玫迪森，也難怪她要離開他。他這是試圖恐嚇我。

「我現在真的沒空。我們明天午餐時間談，怎麼樣？」

我聽到樓上的水聲停了。我有種感覺，要是戴文跟萊恩碰上了，非打起來不可。他們在學校怒目相視的樣子我已經見識過了。我動手關門，但是萊恩的腳往前一伸，把門卡住。也許玫迪森向來容他這麼幹，但是這個新版的玫迪森可不打算讓他繼續囂張。「腳拿開，要不我就夾斷它。」

他吃了一驚，往後退開一步，綠褐色的眼裡有某種東西變了。我從來沒威脅過任何人，也從來沒想過我有這本事，但這感覺還滿爽的。「妳為什麼要這樣？妳知道我愛妳。」他說。送披薩的小哥就在這時騎著輕型摩托車到達。我鬆了口氣。不過，老天，裝披薩的紙盒比他肩膀還寬，戴文訂了個什麼怪物啊？

「請你走吧。」我再次跟萊恩說，這次他聽進去了。他垂頭喪氣地朝他的車子走回去，失神到撞上了披薩小哥。他大吃一驚抬起頭來，接著也沒道歉就加快腳步走了。

我付了錢，把熱燙的紙盒捧進客廳，但思緒仍凝聚在碰上萊恩的事。他真的愛玫迪森嗎？他想談什麼？我把披薩放在客廳的茶几上，打開了蓋子。「熱鬧」果然名符其實，上頭滿滿的料有墨西哥辣椒、培根、胡椒、義大利辣香腸、一般香腸，以及厚厚的乳酪。第一口簡直燒著了我的味蕾，但吃了兩口以後，我開始習慣，反正我也餓得顧不得了。

「留一點給我啊。」戴文走進客廳來時取笑道。他濕漉漉的頭髮一片散亂，衣服也緊貼在身上。摔角把他的身材鍛鍊得十分賞心悅目。我費力轉開視線再咬一大口，真正的玫迪森絕不會對著自己的雙胞胎哥哥亂拋媚眼。

戴文走到架子前挑了一張碟片，塞進放映機裡，然後走到沙發前在我旁邊一屁股坐下，抓過一片披薩。他把腳翹在茶几上，開始播放電影。「《魔鬼終結者》。對不起啊玫迪，我今天沒心情看文藝愛情片。」

「我喜歡《魔鬼終結者》。」我衝口而出，來不及了。說話的是泰莎，不是玫迪森。他看著我，眉毛抬高到額頂上去了。他連第一口披薩都還沒咬下。「噢，打從幾時開始的啊？」

我聳聳肩，把堆滿了料的披薩塞進嘴裡。「太好吃了。」我嚥下後說：「你最好快一點，免得我全吃光。」

他往後一靠，眼睛轉回去盯著螢幕，幾乎一口吃進半塊披薩。等他吞下去後，他說：「妳變得有點不一樣了，妳知道嗎？」

這正是我害怕的。我從披薩上捻起一片香腸扔進嘴裡，盡量保持眼睛直視著螢幕。「發生的這件事讓我必須好好想想。」我開始說道，盡量提出一個合乎邏輯的解釋：「人生苦短。我決定做些改變。」

戴文似乎相信了我的說法。我們安靜地看著電影。但即使是我向來喜歡的片子，也無法讓我不去想葉慈。

「我跟萊恩分手以後……。」我保持雙眼緊盯螢幕，盡量說得漫不經心，看著終結者幹掉一個傢伙。我感覺到戴文的眼睛轉過來看我。他的肩膀頂著我的，他的體溫傳到我身上，使我的腹部起了某種騷動。「有跟別的人來往嗎？」

這問題我之前問過他，但他這時既放鬆又毫不起疑——正是我可以出其不意從他那裡拐出答案的時候。如今我已經知道了葉慈的事，我其實並不需要答案，但是，如果戴文知道這樁戀情，整個情況就大不相同了。

他皺起眉頭，看起來像很認真在想。我伸手搭住他前臂，這一碰——肌膚的接觸——使得一股戰慄竄過我背脊。我猛抬起頭來，一下與他四目相對。他一臉困惑，彷彿無法相信自己所看見的。

一個可怕的想法直衝進我腦海。難道我不小心變回我原來的模樣了？不會，不可能的。戴文看起來不像驚嚇到那種地步。如果他看見自己的妹妹變成一個陌生人，他的神情應該會更激動，不會只是困惑。但是，仍然有些什麼發生了。跟他的接觸，使一股幾乎察覺不到的火花竄過了我的身體。

「所以……有嗎？」我劃破緊繃的沉默問道。我感覺到他的肌肉在我手指下挪動著，讓我敏銳地察覺到自己還在觸摸他。我收回手。

「我不確定是不是應該告訴妳。」他謹慎地說，放下一塊還沒吃的披薩。

他曉得。

「我的老師。」

他苦著一張臉說：「對。我拼命要說服妳擺脫那種關係，可是妳不聽。」

戴文向前傾，將手肘擱在大腿上。「這事已經結束了，還是妳仍然對那……傢伙有感覺？」我看得出來他幾乎要用另一個稱謂來叫葉慈先生，坦白說，我不怪他。我也覺得毛骨悚然，而他可是眼睜睜地看著這件事發展，那感覺該有多糟？

「結束了。我只記得他是我的老師，除此之外都不記得了。」我說，總算講了一次真話。

戴文打量著我的臉，「妳是說真的？」

「我是說真的。就像我從來就沒對他有過感覺一樣。」

他臉頰上酒窩閃現。我的身體一下熱了起來。他抓起一片冷掉的披薩，三兩口吃光。

我盤起腿，把頭靠在背後的沙發上，很接近他的肩膀。他身上有一股肌膚清爽的氣味、肥皂香，但還有一種更溫暖的——也許是肉桂的味道。我得克制自己別把鼻子埋進他的衣服裡。**那**可會顯得糟糕之至。我可以想像少校若知道我因為想**聞聞**戴文而導致任務失敗，他會做什麼。我到底是有什麼毛病？

終結者在廢金屬壓縮機下暫時終結了，我的眼皮也開始往下掉。睡一覺聽起來是個不錯的計畫。經過這麼刺激的一天、吃下這麼大量的食物後，我能馬上睡著。

「所以妳真的不記得那天的事了？妳知道，就妳被攻擊那天。」戴文的聲音闖進我半睡半醒的腦海，我猛一下抬起頭來。他詢問的方式有點怪異。

他看著電視，但神情緊繃，簡直像個岩石面具。

「真的不記得。」我說：「我的記憶裡有個巨大的黑洞。」

他點點頭，但是他的嘴唇和頸部肌肉顯然都繃得緊緊的。

「你為什麼那麼恨萊恩？」我脫口而出。

他僵了一下，說：「我不恨他。我只是討厭他強烈的佔有慾。他愛吃醋，又是個控制狂，他到現在都還沒接受分手的事。」

螢幕上播放著片尾的名單，在我眼前卻是一片模糊。這舒服的寂靜感覺就像森林中的鳥兒突然一下全安靜下來，你知道有某種可怕的東西正跟隨著你。

我站起來說：「我好累。」

戴文沒跟我起身，仍然繼續盯著變黑的螢幕。

我的腳步聲在走廊上迴盪。琳達和隆納德出去吃飯，隨時會回來。我的——不，玫迪森的房間一片黑暗。雨打在窗戶上，給死寂的走廊帶來一些美好的變化。我真希望荷莉在這裡，精力充沛地跟我聊天。她的鼓勵一定能幫助我。

我走到窗前開窗。窗框發出一陣呻吟，隨著我猛力一推，滑了開來，寒冷的空氣一湧而入。夜雨清新的氣味是我最喜歡的味道之一。

街上有個人影挪動了一下。我把頭伸出去。即便在雨中，那個戴著兜帽的陌生人仍等在對街，瞪著我的窗戶。我從床邊小几上抓過手機，從包包裡掏出胡椒噴霧，套上平底芭蕾鞋，接著衝出房間奔下樓。戴文出現在走廊上，眨著模糊睡眼。我沒停下來解釋。

隨著雙腳奔出屋外，雨水當頭澆下，頭髮立刻黏在一起，身上衣服也濕透了。我奔過前院時，那陌生人已經轉過街角。

我雙腿邁步疾奔，同時聽見戴文的腳步聲緊追在後，還有他困惑的呼喊，但我轉過拐角，接著又轉過一個街角，直到我似乎把人追丟了。我氣憤地逕直闖進我們住宅區邊緣的森林裡，片刻之前陌生人在那裡消失。

我前方不斷傳來樹枝斷裂的聲音，讓我可尋聲追蹤。戴文大概放棄或找不到我了，因為我沒聽見他在我後面跟來的聲音。

沒了街燈的照射，森林裡一片漆黑。雨水打得樹葉嘩嘩響，樹枝在我鞋底紛紛斷裂。在奔跑中變身很困難也很吃力，但玫迪森的短腿會讓我永遠追不上那傢伙。他是誰呢？凶手嗎？而我獨自在森林裡跟他在一起。玫迪森的外型絕不是我最好的選擇。

我讓漣漪沖刷過我全身。撕裂、拉長、扭曲、重塑。我的衣服繃緊、破裂。我被變長的腿絆了幾次，接著，我以艾列克的身體開始追上那陌生人。風在我耳邊呼嘯，有那麼一會兒我失去了方位，而那人也在我眼前消失。

前方，黑暗中有個像信號燈的東西在閃，是他轉過身來察看我是不是還在追他。我粗喘著氣，跳過倒落的樹幹繼續追。整個森林籠罩在迷霧中，遮住了那個神祕人物的身影。

我被口袋裡突然響起的嗡嗡聲嚇了一跳，腳踢到一塊石頭，整個人摔出去，臉朝下跌在一堆樹葉上，肺裡的空氣全擠了出來。我狼狽地爬起來，那陌生人已經不見了，同樣霧也散了。在這樣持續不停的雨勢下，我不可能找出他的足跡。

我從口袋裡掏出手機，看見是一條艾列克發來的簡訊。

十一點鐘在公車站跟我碰面。

我瞥了一眼手錶，現在是十點五十五。艾列克大概忘了，我的腿沒有他長。

現在，腎上腺素消退了，我才察覺衣服在身上貼得有多緊——幸好運動褲跟上衣都有彈性，連我的鞋子都拉長了，我手腕上的錶帶緊勒著皮膚。我變回玫迪森的身體，衣服多了好幾處裂縫，冷風直吹著我的屁股。顯然我把褲子撐破洞了。

我真希望奔出家門追趕前，有從衣櫃裡抓件毛衣。我朝地上四處張望想找掉落的胡椒噴霧，但是林子裡實在太黑了。我一邊發抖，一邊穿過森林朝公車站的方向走去，樹根和石頭透過平底鞋的薄底磕著我的腳。我的手機又響了。

妳在哪裡？

我沒理他。幾分鐘後，樹林變稀疏了，最後，我回到了我們社區。腳底下平坦的柏油路感覺起來真好。

當我轉過公車站轉角，艾列克已經在那裡等我，雙腳不耐煩地拍打著地面。他的兩隻眼睛把我從頭打量到腳，接著迅速朝我奔來，一把抓住我的肩膀，痛得我一縮。他拉開我撕破的衣服檢視我摔傷的地方，手指溫柔地撫過傷處。那些樹葉不如我想的那麼有緩衝作用，我的皮膚上已經有塊瘀青在擴大。

「妳沒事吧？」他問，他的手把我臉上的頭髮往後撥開，停留在我的臉頰上。他的手掌粗糙又溫暖。

「我沒事。」

他慢慢放下手。「該死，發生什麼事了？妳看起來像跟一隻熊打過架。」

我累垮垮地靠著路標，試著讓兩腳放鬆一下。「我想要逮到那個跟蹤我的傢伙，他又來偷窺我的窗子了。」

他雙眼一閃，說：「妳不該去追他。妳不能像這樣獨自行動！太危險了。」

「要不是你那愚蠢的簡訊，我早就逮到他了。我已經很接近了，結果卻被你嚇了一大跳。」

他下巴的肌肉扭曲了一下，說：「事情有了新的進展。」

第十四章

「什麼意思？」我低聲問。

「超能部的病理學家檢驗了玫迪森的屍體，發現一個腫塊——」

「她病了？」

「不是病，是懷孕了。」

「是葉慈的？」我問。

「我們不知道。她還在懷孕初期。病理學家估計，大概只有四五週的時間。可能連玫迪森自己都沒發現。」

一股奇怪的確定感穿過我。「不，她知道。」艾列克揚起了眉毛，於是我繼續說：「我想這就是她約葉慈在湖邊碰面的原因。他說他們要談談。」

「所以妳認為她要告訴他這件事？」

我頓了頓。當我跟葉慈問到他們碰面的原因時，他表現得很奇怪。「我不確定。我想他說不定已經知道懷孕的事。也許他們是要討論有哪些選擇。」

「我敢打賭，葉慈會要她拿掉孩子。」艾列克說。

「我會問他這件事。也許我能逼他吐實。」

「我不要妳再次跟他單獨相處。」

「我明天會在學校裡找他。我會假裝突然想起懷孕的事。」

艾列克皺眉，說：「好吧。但是還有另一件事。」

另一件事？

「我跟少校經過討論後都同意，除了葉慈之外，我們首要的嫌犯是戴文。」

「戴文？你在開玩笑吧？」

「他今天應該要去做摔角練習，結果我看見他鬼鬼祟祟出現在發現最後兩具屍體的地方。我不知道他去那裡幹嘛，但他肯定是在找什麼東西。」

「可是他幹嘛要返回犯罪現場？也許他是想破案。畢竟，遭受攻擊的是他妹妹。或者，他只是去慢跑。」

「他不是去那裡慢跑，我也不認為他是去調查。他去的是發現屍體的確切地點。警察都搜索過那麼多次了，他還能在那裡找到什麼？」他頓了頓，說：「有時候，凶手回到謀殺案的發生地點，是因為那會給他們一種興奮感。那是一種強迫行為。更重要的是，他知道玫迪森被發現時的**精確**位置。警方從來沒公開那個確切的地點。」

臉上有酒窩的戴文是凶手？

「這太荒謬了。戴文很愛他妹妹。」我無法不為他辯護。

艾列克瞇起眼睛。「妳不應該被他們影響。不只是戴文，還有其餘錢伯斯家的人，還有所有玫迪森的朋友。這是工作，不能投入感情。」

我對這種話厭煩透了。我望向他處，感覺全身肌肉又沉重又痠痛。

「別單獨跟戴文或葉慈在一起。我說真的，泰絲。」

「你甚至沒告訴我戴文為什麼殺掉那些人。他沒有動機啊。」

「我們會找出來的，在那之前，妳要保持警戒。」

我難道不是一直保持警戒？我疲憊地點一下頭，轉身拖著痠痛的身體回家。兩分鐘後到家時，正好有輛車轉過街來，是琳達和隆納德。

幸好，我在他們注意到我之前溜進家門。但是戴文在走廊上堵住我。

「這該死的是怎麼回事？」他喝叱道，眼裡充滿怒火，令我感到一陣強烈的焦躁。但他的憤怒突然消失了，取而代之的是溫柔和擔憂。「趁爸媽還沒進門前趕快回房間去。妳看起像剛跟人打了一架。要是他們看見妳這個樣子，會嚇死的。」他搖搖頭說：「這事妳真的欠我一個解釋，玫迪森。」

這正是我不能對他解釋的事。在艾列克告誡我之後更不能說。

樓下前門打開時我剛衝進房間。我把一身濕衣服脫下來塞進衣櫥裡，明天得想個辦法扔掉它們。現在，我需要睡覺。

我鎖了門，手指仍因冷雨而僵硬著。保持安全總比追悔莫及好。

萬一戴文去犯罪現場不是去找證據呢？萬一艾列克是對的呢？戴文酒窩浮現、兩眼發亮的笑容在我腦海中冒出來，我突然很歉疚，自己竟相信了艾列克的懷疑。萊恩或葉慈，甚至那個有著嚇人眼睛的菲爾，都更有可能殺害玫迪森。我要是能找出原因就好了。

＊

第二天午餐時間，我沒敲門就闖進葉慈的教室。他轉過身正要訓斥闖入者，但在看到是我時，那副老師教訓學生的嘴臉消失得無影無蹤。

「妳不該來這裡，要是有人看見我們——。」他沒說下去，只繞過桌子，但沒趕我走。

「以前你並不介意。」

他的臉抽搐了一下，像是希望我忘記這件事，或希望他一開始就沒提醒我。我把門關上，背靠著門。我緊張到像有條蛇在胃裡翻攪，但我強迫自己臉上不動聲色。

「妳想怎麼樣？」

「你知道我懷孕了嗎？」

他臉上的血色流失殆盡，後退的雙腿撞上背後的書桌，一屁股跌坐在桌上。我無法分辨他是被懷孕這件事嚇著了，還是被我知道這件事嚇著了。「妳……妳竟然……懷孕了？」

也許我猜的不對，但他聽起來差點像是要說「竟然還」。

「本來是。」我放緩了語調，讓自己聽起來很挫折。「我在受到攻擊後流產了。」

他眼中閃過鬆了口氣的神色，他一點也沒隱藏的意思，也沒說他感到抱歉。

「你已經知道了？這是不是我們約在湖邊碰面的原因？你是要跟我談這件事對吧？」

他站起來，說：「我不知道。」

我瞪著他，真希望自己能把他腦袋中的想法揪出來。「我不相信。」

他的肩膀垮塌。「我沒騙妳。我——我們打算碰面的前一天，妳說妳的生理期晚了。」

他說話的速度變快了：「但我沒擔心，我以為這對妳這年紀的女孩很正常。妳又沒晚多久，而且我也不知道妳做了驗孕測試。」他絞扭著雙手，四處張望整間教室，腋下第一次露出了汗漬。但這不能證明他說謊。換作任何人得知自己讓地下女友懷孕了，都會冒出一身冷汗的。

「但你知道有這種可能。這會讓你的處境很難堪。大家會開始懷疑孩子的父親是誰。」

「我甚至不確定那是我的。」

憤怒在我體內爆發。「你想說什麼？你認為我對你不忠？」

「妳對萊恩就不忠。妳還要我怎麼想？妳又沒證據。」他說的沒錯。玟迪森跟他在一起是對萊恩不忠，但是他這種把錯都推到他學生身上的作法，真的令我十分火大。

「你說得對，證據在我幾乎沒命時已經毀了。」我平靜地說。

他吞嚥了一下，低下了頭。「妳有跟別人說嗎？」

「沒有。」

可是，萬一戴文知道呢？也許韓森醫生知道？萬一玫迪森去找她問過懷孕的事？葉慈有可能為了封口而殺掉韓森醫生。

學校的上課鈴響——再過五分鐘下一節課就開始了——葉慈呼出一口氣。我轉身要走，他上前一把抓住我手臂說：「這對我們倆是個新的開始，我們應該把過去的事拋在腦後。我太太跟我已經開始做婚姻諮商。妳只要想想，要是大家發現我們的事，他們會怎麼說妳。」

我真不敢相信，他竟然想讓玫迪森感到內疚，還以她的名聲來要脅。我甩開他，噁心到了極點，氣沖沖地走出教室。沒人注意到我匆忙離開。當萊恩擋住我的去路時，我腦子裡還在為剛才發生的事爭鬥不休。

「我們需要談談。」他說。我不覺得自己有心情再來一場困難的對話，但我還是點了點頭。

「我們到沒人的地方去。」萊恩說著，轉身就走，在走廊另一頭，法蘭西絲卡做了個能打敗凱特的鬼臉。我跟著萊恩走時，她惡狠狠地瞪了我一眼。八卦很快就會在學校傳開了。

萊恩帶我進了一間沒鎖住的空教室，關上門，並靠在門上。我為即將來臨的爭論暗自鼓氣振作，等他開口。他一挺身離開背後的牆，朝我走來，接著又停步，伸手耙了耙頭髮。他看起來很緊張。「玫迪，聽我說。」

他說這話的方式與聲音，比我上次聽見時柔和，他臉上滿是懊悔，我知道這場對話不會像我所想的那樣。我讓他拉起我的手握住，他的手很大，長著老繭。這感覺不像葉慈碰我那麼糟，但我同樣不想讓萊恩這麼靠近我。

「我對之前的事很抱歉。是我太蠢，那種事絕不會再發生了。我真的希望妳回到我身邊來。」

哪種事不會再發生了？

「拜託妳，玫迪。」

他另一隻手來到了我脖子上，這太超過了。我試圖抽身，但他兩手像鉗子似的緊箍住我。

「放開我。」我怒道。

「別這樣，玫迪。妳知道我愛妳。我們是夢幻情侶，幹嘛要毀了這件事？」

他把我的手困在兩人之間，在我脖子上的手拉我靠近，近到我可以聞到他呼出來的菸臭。「放開我。」我說，調整著自己的重心好站得更穩。「你有新女友了，去找她吧。」

「克蘿依？拜託，我只是要讓妳吃醋。她不算數，我只要妳。」

他的嘴唇離我只有吋許，我掙扎著要擺脫他，但他猛一下把我拉進懷裡，嘴唇立刻壓在我唇上。他的手指陷進我肉裡。跟艾列克進行的訓練閃過我腦海。我把嘴閉得死緊，同時把膝蓋往上猛力一頂，正中靶心。
隨著一陣半是吼叫、半是呻吟，宛如野獸般的聲音，他放開我，蹣跚後退，然後像是要祈禱一樣跪倒在地。
我整個人打了個寒顫。這差點成了我的初吻。
「妳他媽中了什麼邪？」他喘著氣說：「妳幹嘛這樣對我？」
「因為你不懂什麼叫做不。」我說，小心退到他伸手可及的範圍之外。他又高又壯，突襲的效果讓我佔了一次便宜，但不可能再有第二次了。
他閉上眼睛，我看不出他的神情。他是憤怒還是抱歉？
「我跟你分手之前發生了什麼事？」我盤問。鐘聲第二次響了。我上課又要遲到了。
他雙手捧著胯下，抬起頭來看我，雙唇緊閉，眼眶濡濕。有那麼一會兒，他的雙眼看起來十分陰沉。難道我撞得太用力了？
「你還好吧？」我愚蠢地問道。
「不好。打從跟妳分手之後，我就一直不好。」
這時門一開，撞上了萊恩的背，把他撞得往前一撲。
艾列克把頭伸進教室。他先掃了萊恩跟我一眼，才跨進來關上門。
「滾出去，這是私事。」萊恩吼道，臉上冒出了一層薄汗。
艾列克不甩他。「妳沒事吧？」

我點點頭說：「我們只是聊聊。」

「這是妳新男朋友嗎？妳速度可真快啊。」萊恩蹣跚著站了起來，因為疼痛還駝著背。新男友看起來是真的打擊到他了。但事情沒那麼簡單。

「這不關你的事。」艾列克在我開口否認之前說。

萊恩朝我跨了一步，一臉矛盾的神情。

艾列克一把將他推回去。「快滾，免得你丟的不只是面子而已。」

他們幾乎一樣高，但萊恩不知道艾列克比所有正常人都更強壯。他挺起胸膛，似乎想要打上一架，但疼痛依然使他臉孔扭曲。看來我幹得漂亮。他看了我最後一眼，走了。

「看來你剛惹上了個新的敵人。」我對艾列克說。

他臉色一沉，「我對付得了他。」

隨著艾列克的視線，我看見萊恩在我手腕上留下的指痕。還好從艾列克站的角度看不見我的後頸，同樣很痠痛。萊恩對跟玫迪森復合的事也太認真了點。

我揉著手腕，身體靠向一張桌子。

「妳為什麼跟他進來一間空教室？」

「因為他昨天跑到我家去找我講話。除非我跟他談，否則他不會罷休的。」

「他去了妳家？妳怎麼沒告訴我？他有可能是去攻擊妳的。」

「我沒那麼笨，艾列克，再說反正戴文在家。」

艾列克搖搖頭。「噢太好了，我應該放心嗎？那傢伙的嫌疑跟萊恩一樣大。」

我朝他噓了一聲。我們不能冒險被人聽見。

「戴文是無辜的。」

「妳真的相信他是無辜的？」

「我猜葉慈知道玫迪森懷孕的事。」

「妳確定？」

「不，我不確定。他什麼也不承認，但他很激動，而且想讓我感到內疚，然後不敢把我跟他的關係還有懷孕的事告訴別人。我不知道該拿他怎麼辦。」

艾列克閉上眼睛，從鼻子噴出氣說：「我會告訴少校。」

「我們得去上課了。」我說，我太瞭解他臉上那種神情了。我轉身走出教室。

「妳冒太多險了。」艾列克低聲說。

「我只是想做好自己的工作，艾列克。我們本來就知道工作要冒很多險。」

＊

隨後的週末，我在隆納德安排慶祝玫迪森康復的烤肉餐會上，見到了她所有的親戚。玫迪森的爺爺奶奶最先到，還帶來松露巧克力、書和紅包做禮物。我不該接受他們給的東西，但我還是收下了。玫迪森的爺爺笑起來的聲音像乾燥的樹葉，雪茄一支接一支抽個不停。

煙草的辛辣味混合了烤肉架上噺噺作響的烤牛排煙味，充塞在空氣中。這天又陰又冷，卻絲毫不能壓制大夥兒的熱情。來的人大約有二十個，但餐廳桌上堆疊的食物能餵飽兩倍的人還有餘，更別提烤肉架旁還有堆積如山的牛排。玫迪森的堂表兄妹、阿姨姑姑、舅舅叔叔、乾爹乾媽，以及姑婆姨婆，全都到齊了。如此多的客人，我連一半人的名字都記不住。幸好他們大部分只問我好不好，接著擁抱我之後就直奔吃食去了。真是一群吃貨。只有隆納德的大哥史考特伯父和他太太西西莉雅伯母，像強力膠一樣緊黏著我。

史考特伯父的唇上留著兩撇看起來像老皺著眉頭的翹鬍子，他老講些修女和企鵝的黃色笑話，窘得我耳根都紅了。西西莉雅伯母對每個笑話都咯咯笑個不停，像是第一次聽到一樣。看他們倆互動讓我覺得比笑話還好笑。

整間屋子裡到處迴盪著笑聲、說話聲、嚼食聲，以及偶爾從史考特伯父嘴裡冒出來的打嗝聲。我想不起來自己有比這時刻更快樂的時光。笑容似乎永遠雋刻在我臉上了，我臉部的肌肉因為不習慣這動作而痠痛不已。如果我是個正常人，我的生活就會像這樣嗎？我在那一刻無比期望自己能留住他們，無比期望自己不是個只能借用別人家庭的冒牌貨。

我轉身離開，覺得自己再跟他們多待一刻都會窒息。我朝廚房走去，希望能獨處片刻，未料，琳達正在廚房裡裝飾一個巨大的奶油蛋糕。屋裡各處的閒聊熱鬧聲讓她沒聽見我進來，我停下來看她用抹刀把糖霜抹平在整個蛋糕上。她臉上帶著小小的幸福笑容。我本能地伸手握住了貼在胸口的玫瑰花墜子，從它獲得安慰。

琳達轉過身，手裡的抹刀一下掉在桌上，她伸手按住心口。「老天爺，玫迪，妳嚇了我一跳。」

「對不起，我不是故意的。我只是需要……。」我沒把話說完，不確定要怎麼告訴她，我需要暫時躲開她的家人喘口氣。她理解地看我一眼。

「我明白。他們有時候真叫人吃不消。」她說著，捧起蛋糕架朝餐廳走去。「我馬上回來。」

我瞪著廚房窗外，手裡仍緊握著項鍊墜。一頭白金色的頭髮閃過院子轉角，停在圍籬後面。隨著那人往前跨一步，我看清楚了他的臉：菲爾・福克納。他似乎在朝上看著什麼。我的窗戶嗎？我知道他住在附近，但我之前來沒見他在附近閒逛過。他會是那個觀望我窗戶的人嗎？他想幹嘛？

他的雙眼往下挪，朝廚房窗戶望來，一下子與我四目相對。他手裡拿著東西，但是從我的視點卻看不見他拿的是什麼。他匆忙轉身跑走了，於是我看見了他拿的東西：一根釣魚竿。那些受害者的驗屍報告都提到他們是被鐵絲勒死的。如果那是釣魚線呢？

我心裡盤算著要不要去追他，這時戴文手裡拿著空了的大盤子走進廚房。幾分鐘前，我還看到這盤子擺在客廳，上頭是堆積如山的牛排和豬肋排。「這地區有很多人釣魚嗎？」

他打開冰箱，把更多的肉排堆到盤子上。「很多人釣魚。那個湖是很好的釣魚地點。」

我對那盤高高堆疊的肉排皺起眉頭。戴文察覺到我的注目，臉上又露出了酒窩，眼裡閃著促狎的光芒。

「別告訴我你要烤這麼多肉。」我說，跟著他穿過客廳走進後院，院子裡一條煙柱冉冉上升。

「這一輪老爸叫我來烤。」戴文說著，把一塊塊有晚餐盤那麼大的牛排放上烤架。那些肉碰到熾熱的烤架，一片片發出嘶嘶響，更多的煙往上冒。

「可是媽才剛把蛋糕拿進了餐廳。我以為大家該吃甜點了。」我的意思是，這群吃貨起碼已經吃掉半條牛了。

戴文用烤肉夾把牛排翻面。「玫迪，錢伯斯家的烤肉要在每一片肉都烤熟吞下肚之後，才會結束。」

要命，這好像是我該知道的事。

「史考特伯父臉上的毛是怎麼回事？」

戴文咧嘴一笑，我突然又能呼吸了。「你是說他的黃鬍子？」

我大笑，他也跟著大笑，完全沒注意到自己的手離烤架近到危險的地步。我才開口要警告他，說時遲那時快，他的手撞上了烤肉架。他猛一抽手痛得嘶了一聲，手裡夾子也掉了。

我心裡一沉，燒傷是很麻煩的，他這一燙恐怕很嚴重。戴文把手捧在胸前，彎腰去撿落地的烤肉夾，彷彿要繼續烤肉。我一把搶過夾子，說：「讓我看看你的手。」

他背過身，肩膀像盾牌一樣擋住我，說：「沒事，玫迪。我只是輕輕碰到烤架而已。」「別蠢了。」我抓住他手臂，硬把他的手扯過來。我翻過他的手，卻只看到微紅的皮膚，就像什麼也沒發生一樣。

他抽回手，拿過烤肉夾，重新烤他的肉。「我跟妳說了沒事。我只是被嚇了一跳，根本沒碰到架子。」

難道是我眼花了？也許他真的沒碰到烤肉架。但我可以發誓我明明看到了，還看見他痛苦的神情。

隆納德把頭伸出後門說：「牛排烤好了嗎？史考特伯父要開始講綿羊的笑話了。如果能塞點東西到他嘴裡讓他嚼嚼，我會謝天謝地的。」

我抬起眉毛看著戴文，要他解釋。他傻笑道：「別問。相信我，你不會想知道的。」

＊

等到最後一位客人離開，時間已近午夜。感受到那麼多歡樂，卻又意識到歡樂如此短暫，令我覺得空虛無力。不久之後，當琳達和隆納德得知他們女兒死亡的真相後，我就會退出這一家子的世界，離開以後只留下黑暗。

等到屋裡的燈都熄了，我偷偷摸摸下了樓，躡手躡腳走進車庫。我用一支小手電筒緩慢照著周圍的景物，先是工作檯，然後是露營裝備。沒有任何可疑物品——沒有刀子，沒有釣魚線，沒有鐵絲。我大大鬆了一口氣。一聲輕響從我背後傳來。「妳在這幹嘛？」

我猛轉過身，劇烈跳動的心臟撞動著肋骨。手電筒的光照見眉頭緊皺的戴文，燈光讓他瞇起眼睛。我垂下手臂說：「我以為你已經睡了。」

他越過我頭頂望進車庫。「妳沒回答我的問題。」

「我睡不著，然後好像聽到這邊有聲音，覺得害怕。」我很快說。

他臉上閃過一陣擔憂。「妳應該叫醒我或老爸，不該一個人摸黑亂逛。」他低聲說。他瞥了一眼樓梯，有聲音從琳達和隆納德的臥房傳下來。我們把他們吵醒了嗎？我以為他們已經睡了。

「我知道。」我說：「但是我不想讓你擔心。我已經覺得自己是個大累贅了。」

我抱住戴文，把臉貼在他胸口，不確定這是不是妹妹該有的舉動。他張開手臂抱住我。他感覺溫暖又強壯，聞起來是皮膚和棉花安慰人心的味道。我把鼻子埋進他的衣服裡，希望他不會注意到。不管別人怎麼說，我百分之百確定他不是凶手。

第十五章

我脫了衣服，打開蓮蓬頭，站到冒著熱氣的熱水底下。我全身突然起了一陣雞皮疙瘩，有那麼絕妙的一刻，我感到腦中一片空白。但接著，異狀就開始了。起初是我的腳趾，然後是小腿，再上到大腿。我的皮膚先像漣漪般蕩漾，再起伏如波浪，開始伸展拉長；我的骨骼變形，喀喀作響，重新配置。我呆若木雞，震驚得不能動彈。那股波動越升越高，直到籠罩了我全身。未經我意志驅動的變形——這種事不該發生。現在不該。永遠不該。

我要它停止，要我的身體服從我的命令。我皮膚的波動和變化轉成小波浪狀，就像有蟲子在底下爬一樣。這不正常，過去從來沒發生過這種事。

我抓過浴巾，出了淋浴隔間，因為腿變短了幾吋而絆倒，膝蓋撞在磁磚地上，痛得我一陣哆嗦。我把手臂伸到面前，忍不住打了個寒顫，手臂又起了一陣從身上傳來的新波動，我的皮膚變得更蒼白。

我抓住洗手台，奮力起身，蹣跚走到鏡子前去看自己的模樣。我的臉正在變形，緩慢地重塑。鏡子裡仍是玫迪森的臉，但我兩隻眼睛已經開始變色。先有一隻變成松石綠，像那種兩眼不同顏色的西伯利亞哈士奇犬，接著另一眼也變過來。我的嘴唇扭曲，我的瀏海變長然後轉成赤褐色。我眼睜睜看著、感受著自己發生的變化，卻無力阻止它。

我緊緊閉上眼睛，拒絕相信鏡中所見。為什麼停不下來？波動、撕扯、延展，然後結束。我看著鏡中的影像，那已經不再是我已經習慣的、應該出現的模樣。

雀斑鼻、赤褐色頭髮、松石綠的眼睛。玫迪森消失了。

我顫抖著，身上和頭髮上淌下來的水已經在腳邊聚成一灘。我比剛跑完一場馬拉松更筋疲力竭。就算我的身體現在已經服從我的控制，我也不知道自己還有沒有力氣變回玫迪森。

我聽見有腳步聲走上樓來，不得不蹣跚走到門邊，把門鎖上。

「玫迪？妳沒事吧？」

我克制住恐慌，打開水龍頭，迫切希望嘩啦啦的水聲能讓琳達快點走開。我退到最裡面的馬桶邊上，緊靠著牆，只想離門越遠越好。

「玫迪？」

如果我回她話，她一定會發現這不是玫迪森的聲音。我該怎麼辦？

她的腳步聲在門前停下來。「玫迪？」她敲門說：「玫迪，親愛的，妳還好嗎？」除非她知道我沒事，否則不會走開。

我清了清喉嚨，盡力模仿玫迪森的聲音說：「我很好，只是想洗個澡再睡覺。」我學得不是很像，只能希望水聲能幫我掩飾。

「真的嗎？」我聽見她聲音裡的擔憂。她轉了轉門把，但是門鎖了。

「真的，就是洗個澡嘛。別擔心，媽。」

「媽」這個字如此輕易從我嘴裡溜出來，把我嚇到了。

「妳不是已經洗過澡了？」

快動腦，泰莎，快點。

「本來要洗，可是聽到手機響，所以我又去看是誰傳簡訊給我。」

門外一片安靜。「是誰？」

「安娜。」

快走開吧，我想，**拜託拜託。**

「好吧。妳如果想要什麼就叫醒我。」

她又等了片刻，我才聽見她的腳步聲從門前離開。我把蓮蓬頭的水關上，一直等到我確定屋裡沒人走動，大家都回房睡覺了，我才匆忙出了浴室奔回自己房間，上鎖。我自己的模樣從門上的鏡子裡瞪著我，兩隻眼睛底下是大大的黑眼圈。我伸手摸了摸完好無瑕的喉嚨，我已經習慣摸到那裡有疤了。

我需要變回玫迪森。我閉上眼睛，試著引發那股波動，卻什麼感覺也沒有，連最輕微的刺癢感都沒有。我冒出的汗跟頭髮滴下的水都被裹在身上的浴巾吸收了。

我筋疲力竭地跪倒在地，模樣仍是泰莎。時間已是午夜，我已經嘗試了將近一個小時。

我翻找出手機，用力按下快速鍵撥給艾列克。鈴響第二聲他就接起了電話。

「嗯？」他的聲音裡帶著濃濃的睡意，聽在耳裡讓我的背脊竄過一陣愉悅的顫動。「泰絲？」

我開口想說，但所有的話全卡在喉嚨裡。

「泰絲，怎麼了？」他的聲音一下充滿了擔憂。

「我失控了，艾列克，我變不回去了。我不知道該怎麼辦。」我深呼吸一口氣，試圖控制住自己。

「冷靜一下，再跟我說一次，這次說慢點。」

「我——我已經不是玫迪森的樣子了。我的身體變回原形，現在我變不回去，我不知道該怎麼辦。我是不是喪失我的超能力了？」

我聽見手機裡傳來一陣騷動聲，想像著艾列克下床的樣子。

「妳在哪？」

「我把自己鎖在房間裡。琳達起了疑，但現在大家都睡了。」

「別慌，我馬上過去。」更多窸窸窣窣的聲音，他大概在穿衣服。

「我可以從窗戶爬出去。」

「等我到了再說。我得確定妳不會摔斷自己的脖子。」

我還沒想出俏皮的反駁，他就掛了電話。我把電話握在胸前，要等上十分鐘他才會到這裡。

低頭看著瑟瑟發抖的身體，我突然意識到自己還裹著浴巾。我從衣櫥裡抓出兩件衣服套在身上，這些適合玫迪森嬌小骨架的衣服緊貼著我的身體。

我手機響了一聲——艾列克，這是叫我開窗的暗號。寒風吹在我潮濕的皮膚上，令我汗毛直豎。艾列克在窗下，穿了一身融進暗夜裡的黑。我七手八腳爬出窗戶，抓住窗框把身子往下降。

「放手。」他說，我照做。

他輕鬆接住我。我吸進他的氣息，容自己把臉貼住他胸口。他沒有馬上把我放下來，可我一點也不介意。我樂意永遠待在他懷裡。

「妳的頭髮是濕的。要是我們繼續待在寒風裡，妳一定會得肺炎。」他說著，抱著我的雙臂緊了緊，然後才把我放下。我敢發誓他嗅了我的頭髮。有時候，我不確定什麼是真的，什麼僅僅是我在痴心妄想。有時候我不想知道。

我們走在暗處，匆匆趕往他停在轉角處的車子。附近鄰居家的窗戶都是暗的，顯然利文斯頓的居民不太熬夜。我們悄悄關上車門，艾列克發動引擎，我整個人癱在座椅上。我只盼錢伯斯一家會一覺到天亮，沒注意到我半夜偷溜出去。不過，再怎麼樣也糟不過讓他們看到我變回泰莎。

艾列克看了我一眼，說：「再告訴我一遍發生的事。」

我重述整件事，每字每句都像要把我榨乾似的。他謹慎地思量我的話，然後才開口。

「為什麼會這樣？為什麼妳會失去控制？」

這問題可以有許多答案。情緒、壓力、分神。因為我無法把他逐出腦海。或者因為我用別人身體過的偽裝生活，使我感到前所未有的快樂。也或者是因為我們對凶手的身分仍舊毫無頭緒。這份理由清單可以一直沒完沒了地列下去。

「我不知道，也許是因為壓力。」我最後說。

「任何人都會發生這樣的事。」他答道：「別擔心，妳做得好極了。」聽起來就像他能看透我的心思一樣。

「才沒有。我一定是哪裡不對勁了。」

「妳只是需要放鬆。我們來做點什麼讓妳轉換一下心情。」我希望車裡的黑暗掩蓋了我發燙的臉頰，我不想讓艾列克知道我想做什麼，還有他的話讓我想到了什麼。「小鎮外有個汽車電影院。」

我在學校更衣室聽過其他女孩提起，從她們所講的故事聽起來，那地方真正的娛樂並不是電影。那可能會很尷尬。儘管如此，我仍聽見自己開口答應。

艾列克在售票亭前停下車子，亭子裡坐著個老頭靠在牆上打盹。他看起來老得像是參加過獨立戰爭，而且身上還有疤可以秀給你看，臉上的皺摺深到像是用耙子耙的，而且還耙過很多遍。他的下巴擱在胸口，我可以聽見鼾聲冒出他張開的嘴，又穿過亭子的四面牆傳出來。他每天晚上都這麼過嗎？

艾列克敲了兩次窗口，那老頭才醒過來，然後又花了更長的時間才清醒到足以為我們服務。艾列克付了票錢並買了一大桶爆米花——重新加熱過，已經不太新鮮了。艾列克繞著停車場找個好位置時，奶油味開始瀰漫在整台車子裡。隨著他把車開進空位，我感到那股繃緊的張力已經離開我的身體。

電影院幾乎是空的，我們佔了一個視野絕佳的位置，可以清楚看見整個銀幕。艾列克把爆米花放在我們中間擱手肘的地方。我不確定這是為了讓我們倆別靠太近，還是方便我拿著吃。我決定相信他是第二種意思。

放映的電影是《異形》。

這部電影我看過幾十遍了，我很高興我們不用看任何跟愛情有關的戲。整部電影我滾瓜爛熟，但每次看到異形逮住第一個受害者時，我仍是忍不住打顫。

「這片子我們好像永遠都看不膩。」艾列克輕聲笑道。

我們至少一起看過五遍。「真的，我每次重看都對它更有愛。有時候，某些東西你會需要一些時間來仔細品味。感覺就像你越看越喜歡它。」我說，瞥了他一眼。他兩眼非常專注，在黑暗的車子裡似在微微發光。

「這聽起來很蠢。」我窘迫地笑道。

他沒笑，甚至連嘴角都沒翹起來，只是緊盯著我。

「不蠢。妳說的完全正確。」他抓了一把爆米花，卻握在手裡沒吃。「妳還記得我們第一次一起看這部電影的時候嗎？」

我點頭，我當然記得。那時我已經在超能部住了幾個禮拜，試著給我媽打了上百通電話。我很擔心她是不是出了什麼事，但那天她接了電話。我非常高興，大鬆一口氣，熱切地告訴她我的新課程、新房間、新朋友荷莉，直到她半途打斷我的話，叫我以後別再打電話找她。那天，我心裡有個什麼被打碎了，那種感覺我沒法跟任何人說。我躲進游泳池邊的小屋裡，躲在堆著濕毛巾的大桶子後面，獨自在黑暗中嚎啕大哭。艾列克找到了我。

他在我身邊潮濕的地上坐下，讓我靠在他懷裡哭了個痛快。我幾乎不認識他，卻對他的陪伴感到非常舒服。後來，等我稍微平靜一點之後，他告訴我他父母如何在聖誕節時，把他遺棄在一間購物中心，那時他才五歲。他說，過一陣子之後這樣的痛會減輕一些，時間會模糊記憶，修復創傷。他說他瞭解我的感受，而且我的感受沒有什麼不對。隨後，我們一起依序看了全系列的《異形》電影，一直看到天亮。

「那是我第一次明白自己多想保護妳安全。」他說：「那也是我第一次碰到一個瞭解我的人。沒有人像妳這麼瞭解我。」

我停住呼吸，強迫自己嚥下最後一粒爆米花，它沒哽在我喉嚨裡真是奇蹟。他清澈明亮的眼睛轉向我，長久以來我第一次看見那雙眼睛如此脆弱、毫不設防。

他伸過手來，拇指撫過我的臉頰，有一縷潮濕的頭髮黏在那兒。他的指尖撩起一片熱流，擴散到我全身，又匯聚到我腹部。他的指尖頓住，猶疑不決。我舔了下嘴唇，他的雙眼隨著移動，下巴的肌肉也跟著收緊。我看見他臉上的掙扎，感覺到他撫摸中的遲疑。他會把手收回去嗎？空氣變得令人窒息，不過反正我也不能呼吸了。他的頭髮漆黑如包圍我們的夜色。

他的手仍貼在我臉頰上，但緩緩地開始往下滑，撫過我的咽喉，最後停在我的鎖骨，手指在我的皮膚上畫著小圈圈。

他臉上的神情起了變化，像是放棄了掙扎，他傾過身來，弄翻了整桶爆米花，灑得他車內到處都是。我們倆都沒費事去撿。忽然我們之間的空間消失了，他的雙眼盯住我的雙唇，然後就這樣，消弭了最後一點距離。他的唇貼住我的，一開始溫柔而帶著試探性，一等我不害羞了，則變成有力的需索。我的雙手滑過他的頭髮，落到他背上，手指感受著他起伏的背肌。擁有他的感覺真好，親吻他的感覺再對不過了。

他的手指撫過我的耳朵、脖頸和肋骨，點燃了串串火苗。隨著他的手掌探進我衣裡在我腹上游移，我的喉嚨深處冒出一聲奇怪的呻吟。他的手掌像熔岩般滾燙，但是撫過之處卻冒起了雞皮疙瘩。

艾列克在吻我。真正的我——不是冒牌貨，不是玫迪森，不是假扮的凱特。

「泰絲。」他貼著我的耳朵和咽喉低語。他的吻不再瘋狂，我的心跳也緩和下來。他把臉埋在我的頸窩裡。我聽著我們粗重刺耳的喘息，把我的手壓在他貼著我胸肋的手上。他的手掌碩大，幾乎覆蓋了我整個胸膛。我敢說他的手掌一定能感覺到我激烈的心跳。

「我想這麼做，已經想了好久。」他貼著我的咽喉喃喃說。

快樂像煙火一樣在我體內爆發。終於，這就是我長久以來想從他口裡聽到的話。我腦海中有個微小的聲音想問他：「天殺的你為什麼沒早點這麼做？」但我知道這問題會把我們導往我不樂見的方向。他在我鎖骨上又印下一吻，然後直起身回到他的座位上。我注意到他的頭髮已經被我揉得一團亂，他的嘴唇因為我們的吻而發腫，這個景象令我十分滿意。

一聲尖銳的鈴響令我的心臟差點跳出了胸口。艾列克笨拙地摸索著口袋找手機，當他看到螢幕，忍不住翻了下白眼。來電者的顯示名稱是「媽媽」。我以為艾列克來到超能部之後就沒再見過父母了。

「妳想幹嘛？」一聽到他的口氣，我立刻明白自己有多蠢。這當然不是他真正的媽媽。是這樁任務裡假裝成他媽媽的桑莫絲。「老天，桑莫絲，妳聽起來跟保姆似的。」我聽不見她的回覆，但那話一定同樣不中聽，因為艾列克咧嘴笑了。我想要伸手抓著他，好確定我不是在作夢，可是我又不確定我們的吻是否讓我有權利繼續撫摸他。

他的神情因為她說的什麼而繃緊了。「好，告訴他我很快就回來。」他結束了通話。

「我從來沒想過桑莫絲是媽媽型的人。」我說。

「相信我，她一點也不像。身邊沒有人讓她發號施令，讓她很不高興，她還擔心如果我不像個好學生乖乖待在家，會害我們的偽裝破功。還有，幾分鐘前少校出現了，顯然是想找我談談。」他對即將面對的情況顯得有些焦慮。

我撫摸他的臉，手指感覺到刺刺的鬍渣。「沒事的，別擔心。」我想也沒想就傾過身去吻他。在令人心臟停頓的一剎那裡，我以為他會退開，但接著他用手環抱住我。

一會兒之後艾列克說：「我得送妳回家去。妳能變回去嗎？」

我背靠著座椅，閉上眼睛，試著放鬆，卻敏銳地感覺到艾列克緊盯著我。我召喚我的超能力，試著哄它出來。

一無所獲。

「妳辦得到。」艾列克的聲音很冷靜，充滿了信心，我突然也有了同樣的感覺。冷靜與自信。那感覺就像他的話悄悄爬進我體內，沖刷掉了所有的懷疑和擔心。

波動從我腳趾開始，悄悄地爬上我的身體，幾秒鐘後宣告結束。

「怎麼樣？」我問。

他露出微笑，「妳辦到了。」

我抗拒不住又傾過身去吻他。我永遠不想停下來。

第十六章

第二天早晨，開車往學校的路上戴文都一言不發。我累得要命，昨晚一整夜我都不敢睡著，生怕自己會再變回原本的身體。他看起來像是也沒睡多少，像有什麼事在困擾他。

「有什麼不對嗎？」我問。我的聲音在安靜的車裡一下顯得很大聲，戴文驚得一縮，彷彿完全忘了我坐在他旁邊。

「妳幹嘛問？」

「你看起來很緊張。」我說，盯著他的臉要看他的反應。

「我沒怎麼睡。」接著，就像切換開關一樣，他給了我一個照亮周圍的笑容。「別擔心，玫迪。」

我們緩緩開進停車場，安娜正站在那兒等我。戴文在我開口詢問之前就匆忙下了車，他的舉動完全無助於遏止我的好奇心。肯定有什麼事不對。我下車時安娜走過來，而戴文已經立刻朝學校大樓走去，看起來就像有鬼在背後追他似的。

「發生什麼事？妳看起來開心得很可疑。」安娜說。

一想到又要跟艾列克見面，我立刻心頭如小鹿亂撞。

我聳聳肩說：「就是開心而已啊，我猜啦。」

「妳猜？妳是不是又跟艾列克約會了？妳甚至還沒告訴我上次約會的事。你們這些人是怎麼搞的，我是妳最好的朋友，妳得讓我知道！」

「我保證我會盡快告訴妳，可是我現在沒心情，待會的考試讓我怕得要命。」這話當然是騙人的。不過，或許我能把接吻的事告訴她。反正如果艾列克跟我在一起，學校裡每個人都會知道。我好奇他是不是已經跟凱特分手了。他會怎麼跟她說我們的事？

我的眼睛朝老師們的停車位望去，葉慈正在他的後車廂裡翻箱倒櫃。「等等。」我跟安娜說，伸長了脖子去看清楚一點。他的行李箱裡散放著一些東西——運動鞋、網球拍、幾本書——但我的眼睛停在一大桶清潔劑上。他要用它來湮滅證據嗎？

我轉身匆匆離開。我得告訴艾列克這件事。安娜快步跟上走在我旁邊，我們一起朝第一堂課的教室走去。艾列克不在座位上，但現在離上課還有幾分鐘時間。考樂門太太大步跨進教室，她身上那件洋裝的巨大衣領和鮮豔花色，大概會被某些國家視為犯罪。

「她的品味頗獨具一格。」安娜低聲說。我脫口笑出聲，但馬上被考樂門太太落在我身上的怒視給逼成咳嗽。我的思緒又轉到了葉慈身上。指向他的證據簡直排山倒海。他跟玫迪森有地下情，案發時間前後出現在湖邊，她的消失看起來對他最為有利。就這麼結案似乎太簡單了。我得弄明白他為什麼要殺其他的人。

鐘聲在艾列克踏進教室時響起。我坐直身子，想引他看見我。他走到自己的位子上坐下，沒朝我的方向瞥上一眼。

待考樂門太太在黑板上寫字時，我轉頭看他。他一直忙著翻書記筆記，但到最後他不得不抬起頭來看我。

無論昨天我們之間發生了什麼，都已經結束，被拋諸腦後了。他的臉像雕像一樣動也不動，眼中毫無感情。我的下唇開始顫抖。他臉上的神情變得柔和，看起來充滿懊悔，又混合了某種罪惡感和同情。我一點也不想接受這樣的反應。

我聽著考樂門太太講課，假裝充滿興趣，在恰當的時刻點頭，該笑的時候笑，該記筆記的時候記。但是，我的體內感覺一片空洞。一下課，我立刻從椅子上跳起來，把背包甩上肩衝出教室。也許我該等安娜，但我不能冒險碰上艾列克，我知道他的話會令我崩潰。

一股波動從我腳趾上傳來，恐慌一下淹沒了我。不能在這裡。更不能是現在。

我手一鬆，背包砰的一聲掉在地上，但我顧不得了。我開始全速狂奔，催逼兩腿前進時幾乎腳不沾地。隨著大家下課離開教室，走廊上越來越擠。有些人停下來瞪著我，我撞上他們，把他們用力推開，不顧他們的咒罵。

波動傳到了我的小腿。我聽見有人喊我的名字。

我衝出學校的前門，終於來到外面，我加快速度，直到我身側灼痛，肺部緊縮。波動悄悄爬上了我的大腿，蔓延到我的上半身。

很快我將在學校的大庭廣眾當中，變回自己的身體。

蕩漾漣漪轉變成震顫，差點讓我整個人飛出去摔在地上。我在最後一刻撲向一棵樹，讓自己沒摔倒。我把額頭頂住粗糙的樹幹，深呼吸，試圖重新控制住我的身體。我的手指死命抓住樹幹，粗糙的樹皮邊緣刺進我的皮肉，灼痛不已。波動在我胸口某處停下來，然後緩緩退去。我的呼吸平靜下來。我鬆開緊抓著的樹，站起身來。

粗糙的柏油路上傳來重重的腳步聲，不是安娜鞋跟的聲音，是大而穩定的步伐。他靠得很近，我可以感覺到他像影子出現在我正後方。

我振作站穩，等候那不可避免的話。

「我們需要談談。」艾列克低聲說：「我不知道昨天怎麼會昏了頭。我很抱歉。」

他知道最好別碰我，但他實在靠得太近，近到我能聞到他刮鬍水的味道。

「你很抱歉？」我輕聲道，說出來的每個字都是抖著的。不是因為想哭。這次我總算過了哭的階段。這次我是氣得發抖。氣他玩弄我，氣他忽視幾個月來我們之間的曖昧，吻了我之後又表現得不當一回事。我還氣少校明明知道我們之間有事，還強迫我們一起工作。但我最氣的是我自己，竟然這麼蠢又這麼脆弱。

我猛轉過身來面對他。「所以呢，你今天高興這樣，明天高興那樣，而我就只能乖乖接受是吧？」我打了個響指。他怎麼這樣對我？他明明說他想吻我想好久了。他說沒有人能像我一樣瞭解他。難道他說謊？

「我──」他搖搖頭，說：「我失控了，那樣的事不能再次發生。我跟少校談了──。」

「你告訴少校了？」我以為我跟他之間發生的是無比神聖的事，是非常特別的。

「沒有，他已經知道了。我半夜裡跑出來，要猜到我做什麼並不難。總之，那不重要。」他深吸口氣說：「妳必須忘掉昨天發生的事。那只會危及任務。」他的語調如此克制，如此不動感情，讓我好奇昨晚對他是不是毫無意義。在我覺得自己徹底失控的時候，他怎麼能夠像開關電燈一樣控制自己的情感？「實在不該發生那樣的事。那是個錯誤。」

妳是個錯誤。這才是他話裡的意思。在我們經歷過這麼多事情之後，我以為比起其他所有人，他是最不可能這樣傷害我的。

「對，」我苛刻地說：「你說的對。這是個錯誤。」我不再看他，閃過他身邊就走，但他伸手搭住我肩膀。我猛往後退。「永遠別再碰我。」我想要恨他，但即便是這一刻，他眼中的神情仍令我心中一陣翻騰。

他垂下了手。「我真的很遺憾。」在我走出聽力範圍以前，我聽見他說了句並不想讓我聽見的話：「遠遠超過你知道的程度。」

大樓內，走廊上已經空無一人。下一堂課快要開始了，而我還因情緒激動而顫抖著。我的背包不在遺落處，我不曉得要去哪裡找它。

我朝自己的儲物櫃走去，試著要緩和緊縮的喉嚨。我絕不能哭。不能在這裡哭，不能現在哭，特別是不能為了**他**哭。他不值得我掉眼淚。

我打開儲物櫃，把頭靠在門上。

「我把妳的背包撿起來了。」

很耳熟的聲音。我猛抬起頭來，不在乎自己的樣子有多沮喪。站在面前的是菲爾·福克納，手裡拿著我的背包。他一直跟著我嗎？他一直在偷看我跟艾列克？我接過背包，簡單說了聲「謝謝」。我知道我該多說點什麼，但此刻我毫無心情。

「發生了什麼事？」他的眼睛——那詭異的水藍色——太愛打探了，他的表情充滿太多的同情。他不太對勁。他總是盯著我，總是徘徊在我附近。他的手顫抖著靠近我的，但他隨即又讓手垂落到身側。我想要後退，卻一下撞在牆上。我從他身邊穿過，小心不碰到他。「我得去上課了，不過，再次謝謝你。」

第十七章

那天晚上我忙著上網搜尋，雖然沒指望要找到什麼。其他更有經驗的探員已經把這案子的檔案都翻爛了，要是有什麼重要的東西，肯定早就注意到了，但我需要有點事讓我分心，別去注意腹中那種空洞的感覺。

超能部的資料庫裡儲存了一些犯罪現場照片，著實噁心又駭人，讓人看了非常不舒服，也難怪之前沒人拿給我看。

有一張是工友陳先生頭部的照片，他是在自家後院被殺害的。照片有點模糊，但看起來好像有血從他鼻子和耳朵流出來，他雙眼圓睜暴凸，臉上神情痛苦又疲憊，讓我猜想他死前一定掙扎了很久。凶手沒有用鐵絲勒他，超能部也還沒找出他究竟是用什麼辦法把人弄死的。

電子郵件通知叮的一聲打斷了我的搜尋，我點開那個小信封，荷莉的來信大概是回覆我寫給她的有關艾列克的胡言亂語。

嗨甜心，

我真的、真的很難過。我真不敢相信竟然發生這種事。我想把他的脖子扭斷。媽的艾列克為啥就不能把腦袋從屁眼裡拔出來，認清你們倆才是完美的絕配？不過在他讓妳經歷這堆爛事之後，他現在已經不配得到妳了。我真不懂。他過去從來不是這麼遲鈍的混蛋。也許是幾個月前他跟凱特出任務時，凱特把他給洗腦了。這也解釋了他為什麼忍受得了她那麼賤。我真希望能在你身邊，讓妳別想這些事。

擁抱

荷莉

又，我把頭髮染成憤怒的火紅色，以示對妳的崇敬。

我關上電郵，擤了鼻子，這才回去看犯罪資料庫裡的檔案。有兩個受害者——玫迪森和克莉絲汀——是在湖邊找到的。有幾張凶手在受害者身上刻下A字的照片。它們跟玫迪森胸口的A字完全一模一樣。我摸了摸胸罩底下疤痕的位置。

資料裡一定有某種東西，某種凶手忘記掩蓋的細節。我到谷歌上搜尋更多有關謀殺案的報導，在地方報紙的網站上找到了幾篇文章。

第一篇是報導陳先生的。

「曼杜沙先生在夜裡慢跑的時候，濃霧迫使他抄捷徑，經過了受害者的後院……。」

濃霧？第一天晚上我發現有陌生人窺探我的窗戶時也有霧，後來我追他追進森林裡時也有霧。濃霧使艾列克追丟了那傢伙。葉慈是不是也說過，玫迪森遭到攻擊那天湖邊也籠罩著薄霧？

我打開報導克莉絲汀．辛其的文章，瀏覽內容，直到看見我要找的。

「濃霧籠罩了部分湖的北岸，以致於要打撈高中生克莉絲汀．辛其（十七歲）的屍體十分困難。」

我顫抖著手打開下一篇關於韓森醫生的報導。

「直到第二天早晨霧散了之後，鄰居才發現了屍體。」

有關玫迪森的幾篇報導也都提到了濃霧。利文斯頓老下雨是有名的，但不可能這麼巧，每次謀殺案發生時都伴隨著奇怪的濃霧。

濃霧。這就是我們一直在找的線索。萬一凶手是某種能控制天氣的異能者呢？我從書桌前的椅子上跳起來，關了燈，然後從窗戶溜出去，差點因為失手沒抓住牆緣而摔斷脖子。我開步跑，晚上的開會我已經遲到了。桑莫絲不會原諒我遲到的——就算我摔斷骨頭也不會。

我一路穿行過利文斯頓，平底芭蕾鞋悄無聲息地落在潮濕的柏油路面上。我拐了個彎，猛地停下來，不能動彈，在我眼前瀰漫著讓人伸手不見五指的乳白色濃霧，撲面而來擋住我，讓我忍不住發抖。濃霧繞著我的腿和手臂打轉，抓撓著我的皮膚和頭髮。這霧感覺像是活的、會呼吸的東西，不像自然的霧。

我躲開它。有股寒意像冰涼滑溜的觸手一樣纏上我的腳踝，它不想讓我走。我嗚咽了一聲，但濃霧吞沒了我的聲音。如果我喊叫，也不會有人聽見。我咬緊牙關邁開步伐。我的腳一下沒進了濃密的一層霧裡，但腳踝被攫住的感覺消失了。我衝進濃霧中，不呼吸不停頓，頭也不回往前直奔，絕不往後瞥一眼看是不是有什麼人——或什麼東西——在後面跟著我。冰冷的濕氣掃過我暴露在外的每一吋肌膚，滲入我每一個毛孔，緊攫住我，讓我凍到了骨子裡。

我顫抖著跨上桑莫絲和艾列克家的門廊，這才回頭看了一眼我奔來的方向，街道上一片清明，**它**已經消失了。

我顫抖著雙手打開前門。我已經遲到了好幾分鐘，但在發生過剛才的事後，我根本顧不得遲到的事。說話的聲音從客廳裡傳來。我脫了鞋——這是桑莫絲堅定要求的——才朝聲音的來源走去。餐桌前坐著少校、桑莫絲和艾列克。所以少校又回到鎮上來了。他們看見我時，全停止了談話。

艾列克從椅子上跳起來，一臉驚慌地朝我奔來。「發生了什麼事？」他的雙手扶住我肩膀，我無力甩開。我的身體整個麻木了，甚至感覺不到自己的雙腿還在。周圍的牆壁在我眼前翻倒，我突然落進了艾列克的懷裡。

「妳整個凍僵了。」他說。我的頭往後垂落，臉頰貼著他的胸膛，我朝上看著他。雖然我想說話，卻沒有聲音從我口裡出來。另一個頭出現在艾列克的腦袋旁邊。桑莫絲把粗糙長繭的手按在我額頭上，我貼向她的撫摸。他們都好溫暖。

「快放一盆熱水。」桑莫絲下令道，少校毫不遲疑照著去做。艾列克把我抱進浴室。當他動手把我放到浴缸邊上，我一把抓住他，一聲抗議的哽咽顫抖著衝出我的口。

「別走。」

我們四目相對。他看起來像是有人捅了他一刀，並且扭轉著刀子。我的手指緊揪住他的衣領。「我需要你。」我低聲說，聲音薄弱如霧。

桑莫絲拉開我的手，我差點忘了她也在場。她接過我的身子，費力喘著氣。艾列克抱我時彷彿我毫無重量。

「艾列克。」少校的聲音在我頭頂隆隆作響。艾列克轉開了視線，慢慢退出浴室，把門在背後關上。

桑莫絲把我放在馬桶座上。我像個木偶脫離了操偶師一般癱坐著，桑莫絲不發一語，扶住我開始脫掉我身上的衣服。她慢慢把我放進浴缸裡，流動的水熨燙著我的肌膚。她在浴缸邊緣坐下。我往水下再沉了沉，試著要抬起手臂遮胸，卻試了三次才終於辦到。

桑莫絲交叉著腿，腿上的皮褲摩擦著發出吱吱聲。她繃著臉說：「今天開會的目的，是要妳和艾列克回到正軌上，別讓你們倆的私人問題妨礙到這項任務。」我不理會她的話，而是專心看著自己的皮膚在滾燙的水中變得像煮熟的龍蝦一樣紅。我想她並不期待我開口，而我也不確定自己是否做得到。

「我們知道這項任務在許多方面對妳而言都很困難。我們知道讓妳成為一個家庭的一份子可能讓妳很不舒服，但這是我們必須要冒的險。」我不曉得這麼往下會說到哪兒去，我的腦子裡還一片混沌，而且我需要告訴他們我的發現。「我需要妳好好聽我說。待會兒等我們加入少校和艾列克之後，妳可以告訴我們發生了什麼事。但我現在要說一些話，因為短時間內我大概不會有別的機會跟妳單獨談話了。」

我的雙腿慢慢恢復知覺，開始感到刺癢。

「我見過妳看艾列克的神情。」

我閉上眼睛，彷彿這樣就能阻止她繼續往下說。

「想要得到一樣妳無法擁有的東西，或人，不是什麼好事。這會帶來自我毀滅，相信我，我知道自己在說什麼。」我看見她的方下巴上，那些堅毅的線條底下所藏的傷痛。如果她真的知道我的感受，那麼，她同樣也知道我無法關閉我的感情。桑莫絲嘆口氣說：「妳知道嗎，妳現在還是玫迪森的身體，妳都沒發現嗎？」

我確實沒發現。那陣漣漪般的波動從我腳趾開始，一路爬上我的身體。這次變身花了我整整一分鐘才變回自己的身體。我還很虛弱。

我癱在浴缸裡。一陣波動再次沖刷過我——這次完全不是我願意的。扭轉、彎曲、拉長。水潑出了浴缸，桑莫絲驚得倒抽一口氣。我不需要看鏡子也知道自己變回了玫迪森。

見鬼的這是發生了什麼事？先是我變不回玫迪森的模樣，現在我又變不回我自己的身體。但最糟糕的是，我一點也不在乎。玫迪森讓我過了一段我只能夢想的人生：有個家，而且家中每個人都愛她。

桑莫絲面無表情地遞給我一條浴巾，說：「妳迷失在玫迪森的身分裡了。妳必須接受這點：她的人生永遠不會變成妳的。這點很重要，妳不能忘記。人在某些時候都會想變成別人，但能夠繼續前進是很重要的。」

幾分鐘後，我們回到客廳。我仍是玫迪森的模樣，穿著桑莫絲給我的衣服。我們進來時少校和艾列克停止了交談。

「妳看起來好多了。」少校說：「現在告訴我們發生了什麼事。」

我跟他們說了濃霧，說了報紙上的幾篇報導，還有我的懷疑。我一口氣說完，毫無停頓。

「我需要喝一杯。」桑莫絲說著，起身走進廚房。她回來時拿著一杯外觀和氣味都像龍舌蘭酒的飲料，同時還端了一杯熱巧克力給我。也許桑莫絲在她冷硬的外表底下，隱藏的母性本能比我所想的更多。

少校和艾列克低聲談論著凶手具有超能力的可能性，要如何找到他，並如何更周全地保護我。我啜飲著熱巧克力。我報告的消息顯然出乎他們意料之外。桑莫絲又起身進了廚房，大概是需要更多的龍舌蘭酒。

最後，少校轉向我說：「艾列克會盡量在妳身邊保護妳。不過，記住，就算證據指向葉慈是凶手，戴文仍列在我們嫌犯名單的前幾位。妳要避免跟他單獨在家。」

這事說的比做的容易，但我不打算跟他們爭論。爭了也是白爭。我現在只想鑽進被窩，把今天發生的事全忘掉。我想看見戴文的酒窩，聽見琳達的笑聲，聆聽隆納德講的故事。有時候，我感覺自己渴望他們的陪伴遠勝過一切。

「艾列克報告說，後天有個派對。」少校說。我點點頭，安娜提過法蘭西絲卡家的派對，但我心裡有太多事要操煩，所以沒特別注意。「我要妳跟艾列克留意派對裡的事。你們要以情侶的身分參加。這樣你們可以一起說話、一起離開，而不會引人注目。」

這也太虛偽了吧？

「今天到此為止。接下來有什麼發展隨時跟我們報告。妳做得很好。」少校說。這是他給過我的最高讚譽。

「我送妳回家。」艾列克從椅子上站起來說。

「不要。」我立刻反對。

桑莫絲從旁邊的桌上拿起她的車鑰匙說：「我來送她。」

我看也不看艾列克，跟著桑莫絲走出門，上了車。一路上桑莫絲沒打算跟我說話，她在離家幾戶之外把我放下來。我偷溜進屋裡，沒驚動任何人。

＊

隔天，桑莫絲的話仍在我腦海中作祟。雖然那些話不是我首要思考的事，卻仍蜷伏在我意識的邊緣，等待我毫無防備的時機。

妳迷失在玫迪森的身分裡了。

為什麼不呢？玫迪森已經死了，永遠不會回來了。也許我可以讓琳達和隆納德免於承受發現她死亡後的心碎。我可以不再當泰莎，只做玫迪森。她的身體對我而言已經像家一樣，而她的家庭正是我夢寐以求的。

我能經年累月地活在這謊言中嗎？

但有個惱人的念頭仍纏著我不放：他們愛的不是我，是玫迪森。

這點很重要，妳不能忘記。

有太多事我想忘記，想從我記憶中永遠抹除。譬如忘掉有一天我媽的第三任丈夫喝醉了回到家，把我鎖在衣櫥裡，強迫我聽他把我媽打得半死。或忘掉有一天我媽說她真希望我從來沒出生。

我從床邊的小桌上拿起一面小鏡子，玫迪森的臉從鏡子裡看著我。這不是我與生俱來的臉，但感覺卻如此熟悉，簡直就像是我自己的。我的皮膚微微波動，我的模樣開始扭曲、變形、移位、破碎，直到鏡中呈現出我自己的臉，我自己松石綠的眼睛，總是顯得有點反常。變回自己的模樣，我該感到片刻的輕鬆，應該有回到家的感覺，可是我沒有。我什麼感覺也沒有。

漣漪般的波動又開始了。我的臉轉變成玫迪森的，又變回我的——接著又變成玫迪森的，再變回我的。忽而金色忽而赤褐色，一下子雀斑一下子疤痕，眨眼是碧藍、再眨眼又變成松石綠。我開始感到暈眩，但我停不下來。

如果我的外表可以輕易變成他人，為什麼我的內在不能也同樣改變？為什麼我不能輕鬆地下定決心讓自己**感覺**像某個人？

兩張臉在我眼前變換不止，直到我在鏡子裡看見的是它們合而為一的怪誕倒影。絕望將空氣全擠出了我的肺，讓我頭昏眼花。我緊握著把手，緊到手都痛了。我大叫一聲把鏡子扔了出去。它撞上衣櫥摔落在地，尖銳的碎片散得到處都是。

我走過房間，當我站在鏡子的殘骸前，低頭望去，只見我的臉——泰莎的臉——碎成了幾十片。頭一次，有一面鏡子照出了我心裡真正的感受，我內在真正的**模樣**。殘破、零碎、撕裂。

我顫抖著蹲下，開始撿拾那些玻璃碎片。一不留神，一塊尖利的碎片刺進我右手掌，弄出了一條血紅的涓涓細流。有人敲門，我站起來，兩條腿仍在顫抖，我讓一陣波動帶回玫迪森的身體。我變身剛完成，門就開了，戴文把頭伸進來。他緊皺著眉頭，當他看見我的手跟手中染血的玻璃，緊皺的眉頭立刻被關心的神情取代。他穿過房間來到我面前，雙手捧住我的手。

「怎麼回事？」他問。他看著我，彷彿以為我是故意的。我好想把額頭靠在他胸前，但我克制了自己。

「鏡子打破了。」我朝地上和垃圾桶裡的玻璃碎片點了點頭。我甚至沒感覺到痛，仍然魂不守舍，感覺自己怪異地游離在身體之外。

戴文搖搖頭，手指溫柔地輕觸著我的手。「我們得幫傷口消毒然後包紮起來。我去拿紗布，妳乖乖待在這裡，我不想讓媽看見，她最近已經為妳太操心了。」

「誰最近太操心了？」琳達站在門口說。當她雙眼落在我傷口上，臉上的血色一下褪盡。她捧住我的手，動作非常輕柔。

琳達臉上的神情實在太過憂慮，我低頭看手掌，傷口似乎比我記得的小多了，而且差不多止血了。也許我變回玫迪森的身體時幫助了傷口痊癒。

琳達幫我處理傷口時什麼也沒說，但我能感覺到從她身上滾滾湧出的疑問和擔憂。終於，她弄好了。她緊緊擁抱我，緊到我簡直無法呼吸。片刻之後，我同樣用力緊抱住她。我感覺到自己內在有些碎片也同樣癒合了。

我閉上眼睛，容許自己假裝琳達就是我真正的母親，她的愛和擔憂是為我而生，不是給我所戴的面具。我畏懼這一切都將結束的那一天。

「拜託妳，玫迪，妳得更小心一點。」

我從她懷中退開，說：「我會的，別擔心。」

第十八章

砸鏡子事件的隔天早晨，琳達陪我去羅斯萊傑警長的辦公室接受偵詢。我們進樓之前她停下來攬住我肩膀說：「沒事的，只要告訴他妳記得的事情就好。即使是妳覺得不重要的事，也可能對警察有幫助。每件事都可能引導他們找到……那個人。」她顫抖著手把一縷頭髮塞到耳後。「也許妳說的哪件事會給他們一點線索，然後，這一切就終於能夠結束了。」

羅斯萊傑警長矮壯結實，有一頭稀薄的紅髮，臉上長著痲子。他起身把手伸過桌子跟我握手，然後比了下桌前空著的木椅。我坐下。

琳達坐在一旁我看不見的地方，以免影響我，但她在場讓我安心。

「謝謝妳今天過來一趟。」警長開始說：「妳別擔心，我只問妳幾個問題。如果妳不記得，妳告訴我不記得就好，不用有非說什麼不可的壓力。」

我點點頭，放鬆靠在椅背上。羅斯萊傑警長那深沉冷靜的聲音，已經驅散了我餘下的緊張。

他先唸了我的名字、生日、居住地點，然後才開始真正的問題。「三月二號那天，妳去湖邊做什麼？」

我已經在超能部上過警察偵訊程序的課，所以我不覺得他會問出我沒料到的問題。

「我——我想我是去那裡跟人碰面。」

「妳想？還是妳記得？」

「我不記得，但我知道我常跟朋友約在湖邊見面。」

「譬如跟妳的朋友安娜？」

我頓了一下，才說：「對。」

「但妳不記得那天妳是去見誰了？妳確定？」他的眼神很銳利，但並非不友善。

我低頭看著自己的膝蓋，搖了搖頭。少校不想讓警察干擾我們的調查，所以我沒得選擇，只能說謊。

「沒關係。方歐卡醫生告訴我妳正為失憶症所苦。」過去幾天，桑莫絲一直忙著轉移警察的注意力。她有一回對我和荷莉施展她全部的威力，使得清楚總部大樓每個角落的我和荷莉，硬是迷惑到完全找不著自己的房間。我敢打賭，要是沒有桑莫絲的干預，我的偵詢過程會完全不同。

「妳記得在湖邊的時候發生了什麼事嗎？」

「不記得。我很努力去想，但是什麼也想不起來。」我讓自己顫抖著聲音答道，並緊張地絞扭著雙手。

警長在他的記事簿上寫了什麼。「妳在受到攻擊之前，有跟誰吵過架嗎？還是妳有跟誰處不好？」

「我想沒有。我知道我在遭受攻擊之前一陣子，跟萊恩分了手。安娜告訴我說，我們跟一群朋友吵了一架，然後就跟他們分開了。可是我不記得為什麼吵架。」

他點頭，顯得很滿意——安娜大概說了同樣的事。他又問了幾個我跟安娜、跟其他同學、跟戴文和我父母的關係的問題，我可以感覺到，這些問題背後沒什麼急迫性。桑莫絲說過，少校想要警察相信凶手不是鎮上的人。她已經開始把他們的懷疑轉往那個方向。接下來若無其他事情發生，情勢已經徹底明朗了，本地警方絕不會礙超能部的事。

＊

艾列克兩眼牢牢盯著擋風玻璃，手指在方向盤上敲打著不規則的節奏。「聽好，我也跟妳一樣不喜歡這場戲，但少校是對的。這樣比較不會讓人懷疑。安娜認為我們之前約過會，所以我們完全有道理一起出現。」他一點也不知道，我多麼盼望能跟他一起真正約個會，而不是在我們這個精心設計的騙局裡，再加一個謊言。

我們在法蘭西絲卡家門前停車，但車道上以及馬路上的停車位都已經停滿了，所以我們只能停到一個街區外的地方。但考慮到我們毫無熱戀喜色的陰鬱表情，這倒未必是件壞事。法蘭西絲卡的家比附近其他房子都大，寬敞的門廊上吊掛著許多點亮的小燈籠。我們一走到賓客目光能及之處，艾列克便牽起我的手。他的手一如往常般溫暖，他對我微笑時，我的心頭仍如小鹿亂撞。

屋裡，派對正開得火熱。一踏進門，各種味道撲面而來：啤酒味、煙味和某種更甜一點的味道——大麻？大部分客人顯然沒遵循「到戶外抽煙」的規定，法蘭西絲卡也沒阻止他們。令我驚訝的是，她邀請了所有的人，儘管她每天在學校裡還是對我白眼相向。

在客廳一角，法蘭西絲卡的手臂纏在戴文身上，戴文跟一小群人講著什麼，她聽了笑得前俯後仰。我以為戴文受不了她，但在派對上顯然大家都豁出去了。她皮膚泛紅，眼睛流光閃爍，像是已經喝得太多。

音樂的存在感奇強，低音在我體內震動，讓我想跟派對裡其他人一起搖擺扭動。客廳很大，有好幾組沙發、扶手椅，甚至還有幾張一般擺放在院子裡的木條涼椅，全混在一起。大部分家具都推靠到牆邊，空出中間的場地跳舞。

艾列克拉著我穿過擁擠舞動的身體，朝一張沙發走去，沙發上坐著安娜和她約會的對象傑森。我沒跟傑森講過話，但我知道他是戴文經常玩在一起的那群哥兒們之一。

沙發只剩一個位子。艾列克鬆開我的手朝那個空位點了下頭。

「妳可以坐在他的腿上！」安娜提議道，那個「的」說得口齒不清，看來她手裡拿的不是第一杯啤酒。

我看著艾列克，時間開始拉長。安娜和傑森都抬頭看著我們，還沒醉到看不出空氣中緊繃著奇怪的張力。突然，艾列克咧嘴笑了，接著流暢地一把抱起我，放到他腿上。這麼貼近他，讓一股熱流竄過了我的身體。我腦海中閃過幾天前的親吻，現在我只想再來一次。

「派對什麼時候開始的？看起來好像已經進行了好幾小時了。」我說。

安娜又舉起杯子灌了一大口。「沒，才開始沒多久。大部分人到的時候已經醉了。」她起身，我很驚訝她竟沒晃一下。她用嘴形說了句「洗手間」，然後從我眼前消失。

艾列克和傑森開始聊即將到來的足球賽，而我試著專心觀察其他客人。可是，在艾列克的大腿貼著我的屁股，溫暖的胸膛貼著我後背的情況下，要專心實在很難。

萊恩跟克蘿依坐在一張木條涼椅上，他正把舌頭貼著她脖子往下舔。彷彿感覺到我的注視，他轉開頭抬起來看我。被逮到在偷看的我一下脹紅了臉，趕緊把目光轉往別處。

突然一個杯子伸到我面前，把我嚇得半死，手肘往後猛撞進艾列克的肚子。當然，這傷不了他，但我還是道歉了。我從安娜伸來的手上接過杯子，嗅了一下，是啤酒。

「既然妳的約會對象忙到沒時間照顧妳，我就代勞了。」她笑著說。

我才把杯子舉到唇邊，艾列克便在我腿上捏了一下。這是在警告我，但我的身體卻有截然不同的解釋。艾列克緊盯著我雙眼。我舉杯喝了一大口，仍然跟他四目相對。這沒什麼大不了，不過味道足以令我打顫。

艾列克抿緊了嘴唇，眼中閃出怒火，這讓我更想要他。為什麼，不管他把我推開多少次，我都依然抗拒不了他呢？

我又吞了一大口。艾列克又捏了下我的腿，同時靠過來，嘴唇貼著我的耳朵說：「這是個壞主意。」他呼出的滾燙氣息貼著我肌膚，他的手貼在我腿上，他的胸膛壓著我的胸部。他的味道。他的溫暖。這一切超過了我能承受的程度。

我把杯子放到沙發旁的桌上，雙手攀上艾列克的肩膀，眼睛落到他唇上，我傾過身去索吻。我可以感覺到他的氣息落在我唇上，我的心跳劇烈撞擊著肋骨，期待使我的胃部緊縮，直到他把頭轉開，我的嘴唇從他臉頰上擦過。

我感覺體內的空氣一下子被抽光了。我踉蹌著起身，把桌上那杯啤酒也撞倒了。艾列克的眼神一陣慌，但除了慌，還有某種更糟糕的東西——憐憫。

我走進廚房，裡面有兩個男生正把伏特加跟果汁混倒在一個大塑膠碗裡。他們的談笑在我腦海中扭曲模糊，最後消失在一陣嗡嗡聲裡。我打開冰箱，裡面塞了滿滿的啤酒。我抓過一瓶，打開，開始大口大口往下灌。在狼吞虎嚥了幾大口之後，這啤酒的味道變得可以忍受了，但是酒精絲毫沒有幫我彌合心裡深深的裂隙。

安娜過來靠在我旁邊的流理台上。她看起來一點也不醉了。「想談談嗎？」

「不，我只想忘掉。」我說。

「如果他不想要妳，那是他蠢。有一大堆男生可是爭先恐後等著機會約妳出去呢。」

她伸手環住我，我靠到她身上。
嘔吐的臭味從敞開的窗戶飄進來。一定有人吐在花園裡了。
安娜遞給我一杯果汁混合飲料。「來，拿去。味道不錯。」
我很驚訝這居然比啤酒好喝，只是嚐起來有點像咳嗽藥水。不過，我喝了一口之後就停下來。讓艾列克惱火是一回事，但我不能冒失控的危險。萬一喝醉後我的超能力失效了怎麼辦？
安娜抬起手來在我面前晃了晃：「哈囉，妳有聽到我說話嗎？」
「對不起，我在想事情。」
「我是說，看來妳哥今晚走運啦。」她指指樓梯。
戴文和法蘭西絲卡摟著彼此，正走上樓梯。法蘭西絲卡一手插在戴文牛仔褲的後口袋裡，讓我看了反胃。他們走出了我的視線，幹什麼去了只有天曉得。至少派對的女主人玩得高興。按我的人生走向來看，好運永遠不會輪到我。
我又吞了一口伏特加水果酒，感覺一股熱流穿過喉嚨落到胃裡。
安娜瞥了一眼客廳，傑森正站在門口等她。
「妳想去的話就去吧，沒事的。」我說。
她看起來很矛盾，但我對她鼓勵地一笑，她便匆忙離開了，留下我對著手裡的酒。
逮到空檔，萊恩大步走進廚房，倚在流理台上。他啜著啤酒，眼睛始終盯著我。「那啥，妳跟那個艾列克，是在一起還是怎樣？」

「沒。我是說，沒真在一起。」

萊恩靠過來，直到我們的肩膀碰在一起。「那天的事我很抱歉。」他說：「我一看見妳，腦子就沒法好好思考。」

「我們幾個月前就分手了。」

他的臉一繃。「我知道。我痛恨分手後的分分秒秒。想到妳跟別人在一起我就受不了。我要妳回來，玫迪。我要一個嶄新的開始。」

「我認為不可能。我們都需要往前看。」

「但我沒辦法！」他眼中充滿挫折。「妳還不明白嗎？我無論對誰都不會再有同樣的感覺了。」他攫住我的手，但艾列克已經朝廚房走來。萊恩怒瞪著他，然後氣沖沖地走了出去。

「他要幹嘛？」

「老樣子。」

「妳喝的是伏特加嗎？」艾列克交抱著雙臂，一臉反對。

他伸手拿過我的杯子，嗅了嗅，嘴唇抽搐了一下說：「伏特加。」那樣子像是在對小孩子說話。

「別對我擺出高人一等的樣子，我不是小娃娃。」

「妳不該喝酒。」

我瞪著他另一隻手中的杯子。他竟敢對我說教？「你也不准喝酒，可是你還不是喝了。」

「不，我沒喝。我把啤酒倒掉換成了蘋果汁，因為我要保持頭腦清醒。我**假裝**喝酒，是為了做好我的工作、融入環境。妳還記得這是工作，對吧？我想妳有時候忘記了。」

雖然他沒直說，但我知道他這話也是指剛才在客廳發生的插曲。

「你聽起來就跟少校一樣。」我從他旁邊擠過，「我要去**假裝**找找樂子了。有時候，**我**想你根本忘了什麼叫作找樂子。」

我擠過他，加入那群醉得七葷八素、互相磨蹭的人。我看見安娜，她跟傑森兩個人交纏著身子，嘴唇黏在一起，不停隨著音樂前後擺動。萊恩不在客廳裡，他大概需要時間冷靜冷靜。

有人拍了拍我肩膀，我立刻沉下了臉。是菲爾。法蘭西絲卡真的連他也邀了？或者他就是不請自來到處參加派對？他把手插進口袋裡，低頭看著自己的腳。「嗨，妳想跳舞嗎？」

我的雙眼越過人群，找尋艾列克。如果我跟別人跳舞，他會怎麼說？音樂震動的低音穿過我身體，跟伏特加一塊兒起作用。一團迷霧在我腦中擴散。菲爾後退一步，一臉困窘難堪。「別介意。算了，我不該問的。」他轉身要走，我一把抓住他手臂，卻立刻鬆手，我指尖感受到一種怪異的刺痛。我們四目對望，他瞪大了眼睛。我們站得太近了，但我無法挪動分毫。

「別來纏她。」一個高大的身影突然出現在我面前，使菲爾倒退了好幾步。是艾列克。我上前一步攔住他。菲爾一臉震驚，有那麼一會兒似乎考慮要反擊。「快走。」我說。他遲疑了一下，臉脹得更紅了，接著忿忿離去。

「他媽的那是怎麼回事？妳幹嘛那樣看著他？」艾列克怒道。

「他邀請我跳舞。」我沒提自己觸碰菲爾時產生的奇怪感覺。

「跳舞？」他氣得嘴都歪了，「他看著妳的樣子像要把妳給吞了。」

艾列克在吃**菲爾**的醋？「那又怎樣，艾列克？你幹嘛在乎？你已經表示得很清楚，你完全不在乎我。」

我從他身邊擠過，一路奮力擠出人群，走上樓梯。感謝老天洗手間裡沒人。我猛關上門靠在門上。想到艾列克我頭就痛。為什麼每件事都這麼複雜？

我潑了些水在臉上，抬起頭看鏡子，水珠還掛在睫毛上。暗金色的睫毛、暗金色的頭髮和藍眼睛。我發現看見這張臉時我已經毫不驚訝了。它已經變成我的一部分，就像玫迪森的父母、她古怪的伯父，還有她最好的朋友，都變成我世界裡的一部分了。

洗手間窄小的窗戶外，有個動靜引起了我的注意，我停下動作朝外看得更仔細些。後院很大，屋子裡流洩出去的燈光只照到半個院子。有個人影正穿過草坪，在黑暗吞沒那身影前的最後一刻，我認出了那個人，是戴文。

他在那裡幹嘛？

我以為他正在法蘭西絲卡的房間裡快活著呢。我看了下手錶，離我看見他跟她上樓已經過了一小時。他們大概早就完事了。

突然，一陣尖叫劃破了一直隆隆作響的音樂，穿透了醉酒的笑鬧和歌唱。尖叫聲越來越多，混在一起，越來越大聲。很明顯這些不是興奮的尖叫，而是恐懼。我猛拉開門奔下樓去，再奔出屋子跑進傳來吵雜聲的花園。越來越多的人聚到後院裡。

艾列克出現在我身旁。

「出了什麼事？」我問。

「我不知道。」他緩慢地說，伸長了脖子越過其他擠在我們四周的客人頭頂朝前望。但我的眼睛往下看，正有一縷薄霧纏繞在我腳踝上。

我雙腿失去了知覺。

擁擠的人群一下沒了聲音。

「她死了嗎？」

「她怎麼了？」

「她一動也不動。」各種低語朝我們傳來，接著，開始有人哭了。

草地上躺著一個人。一動也不動。我立刻知道她不是喝多了醉倒在地。

凶手來過這裡。他找到了他的下一個受害者。

第十九章

又一樁謀殺案。就發生在我們眼前。

「噢天啊，」有人低聲說：「她死了。」

艾列克擠過越來越多的圍觀人群。想到要更靠近就令我汗毛直豎，但我還是跟了上去。我們拼命擠過人群，來到包圍圈中央。艾列克在屍體旁蹲下，我在他背後停下來。他伸出兩根手指按住她咽喉，探尋脈搏。這時我才看到她的臉，是法蘭西絲卡。她在自己家被謀殺了。

她脖子上纏繞著一條鐵絲，血從她咽喉往下淌，流到了她的胸罩上。她的衣服被撕開，胸口上方刻了一個「A」字。她的衣服上散布著露水和白霜——霧氣殘餘的痕跡。法蘭西絲卡的臉朝著我，她了無生氣的眼睛看起來冰冷又空洞，那是一種控訴。如果我努力一點，她可能還活著。

四周排山倒海的聲音令我失了魂，我轉身就走，推擠過人群，許多手肘撞上我身側，許多肩膀撞上我的背。我聽見遠處傳來了警笛聲。

我多走幾步離開那些派對的來客，到了院子裡被黑暗籠罩的角落，靠在一棵老樹上，額頭緊緊抵住粗糙的樹幹。戴文消失在後院黑暗之處沒一會兒，尖叫聲就響起了。法蘭西絲卡被殺時，他正在戶外，而他是我見到最後跟她在一起的人。

「這不是妳的錯。妳已經盡力了。我們都盡力了。」

艾列克的聲音嚇了我一大跳。該死的，他能不能讓我清靜片刻就好？

「噢，現在你這麼想了？剛才你在廚房裡可不是這麼說的。」

他舉起雙手說：「哇啊，冷靜點。」然後壓低聲音說：「我只是擔心妳。」

一輛警車和一輛救護車在車道上停下來，艾列克轉身去看他們。我趁機溜掉。這時候我沒辦法跟他待在一起。

我往回朝屋子走去。警察和醫護人員直奔後院，法蘭西絲卡當場被宣告死亡。

安娜站在門廊前，她臉上污跡斑斑，眼眶通紅。她跌跌撞撞地朝我奔來。我不確定她是因為醉酒還是因為驚嚇而走不穩。她撞上我，差點把我撞倒。我抱住她，她癱在我身上。我自己腿軟得好像隨時要癱倒。

「噢天啊，玫迪，妳看到她了嗎？他就在這裡！他殺了她。殺了她。」她口齒不清地邊說邊哭。

我挪動了一下，雙眼開始搜索門廊上和門口的人群。到處都沒看見戴文。我猜他回來過，也許有人在謀殺發生前見過他。

「妳看到戴文了嗎？」

安娜揉了揉眼睛說：「沒有。好一會兒沒見到他了。怎麼？妳想他安全嗎？」

不安全，我想。他有可能正是凶手。

我親了親她的臉頰。「我只是想要他載我回家。我得去找他。有人送妳回家嗎？」

「我繼父會帶我回去。」她朝一輛警車點了下頭。對喔，我忘了他是警察。

「小心一點。」我提醒她，然後才穿過擠在門廊的人群。屋子裡一團混亂，地板上到處是空啤酒瓶、打破的玻璃杯、潑灑的酒和踩碎的薯片。吸飽了啤酒的地毯在我腳下唧唧響。我小心地爬上樓梯，發現二樓一個人也沒有。我窺探了幾個房間，直到找到法蘭西絲卡的。正如所料，床上的毯子一團亂，看來像有人在上面睡過——或做過其他的事。要是戴文計劃要殺她，為什麼他還當著大家的面把她帶上樓來親熱？這也太魯莽了吧。但是凶手的行為並不總是合情合理。

法蘭西絲卡房間的窗戶望出去正好是後院——眼前的謀殺現場。幾個警察和醫護人員，還有魯斯萊傑警長都聚在屍體旁。艾列克和這會兒穿得像一般民眾的少校，徘徊在幾步距離之外。來參加派對的客人已經被擠到院子邊上，但他們仍有許多人圍觀著現場的情景，就像在看電視上的犯罪節目一樣。

房門吱嘎一聲，我猛轉過身，差點跌倒。萊恩站在門口。焦慮爬上了我的背脊。我不該自己一個人上樓來的。

「你在這裡幹什麼？」我的聲音十分冷硬。

「冷靜點好嗎？我看到妳上樓來，只是想看妳一下。妳又在這裡幹什麼？」

「不關你的事。」我走過房間想從他身邊擠出去，但他伸出手臂擋住我，不讓我跑掉。

我握緊了拳頭說：「別擋我的路。」他的動作讓衣領翻開，露出左肩上一串小瘀青。

他順著我的目光朝下看，臉頰立刻脹紅。他拉上衣領說：「妳知道我爸脾氣有多暴躁——」

他沒說下去。但我的眼睛已經不在他的瘀青上了。他的右手上有血跡。「我割到自己了。」他馬上說，並把手翻過來給我看手掌上的傷口。

「怎麼弄的？」我問。

「打破了啤酒瓶。怎麼？難道妳以為——」他住了口，我們都聽到重重的腳步聲走上樓來。他放下手，讓出路來讓我離開。我遲疑了一下，他那傷口看起來不像酒瓶割的。

「玫迪森？」艾列克喊道，我過了片刻才醒悟他是在喊我。我跑出房間，發現艾列克上樓正上到一半。「妳跑哪去了？我一直找妳。」他說。他看見萊恩出現在走廊上時，瞇起了眼睛，萊恩的手插在口袋裡。

我需要到外面去，找個我能呼吸的地方。艾列克跟著我走，等到我們脫離眾人的聽力範圍，他才開口說：「妳要更小心一點，泰絲。獨自跟萊恩在一起絕不是好主意。」

我怒瞪著他，過一會兒才說：「我沒邀請他，是他跟著我上樓去的。」

艾列克沒理會我諷刺的語調。「妳身邊有戴文已經夠危險了，但只要我們還沒確定凶手是他，妳都要避免跟男生獨處。所有的男生。」

「你就是男生。」

「泰絲，我是說真的。」他的聲音裡有一絲惱怒。

「你教訓完了嗎？我不蠢，我有辦法自己處理。」接著我明白自己說的沒錯，我有辦法處理。我不需要艾列克或任何其他的人。如今，我已經扮演了玫迪森好幾個禮拜，完全沒人看出破綻，我面對了萊恩和葉慈，並且制止了他們，我還發現了霧是這些案件之間的共通點。我做得到。

他張開嘴想要說什麼，但沒說出來。

「算了，好嗎？」我說：「我想萊恩是凶手。」

艾列克皺起眉頭，「為什麼？出了什麼事？」

「我剛才看到他手掌上有個傷口，看起來像是鐵絲勒出來的。我想他在勒死法蘭西絲卡時，也弄傷了自己。」

「一個傷口。就這樣？」艾列克搖搖頭，「那戴文呢？」

「哦，就在他們發現法蘭西絲卡之前不久，我看到他在院子裡走動。」

「妳看見戴文在犯罪現場？」

「不能這樣說。我看見他離開了院子。但那時候他沒跟法蘭西絲卡在一起。」

「妳怎麼能為他辯解？妳知道自己在幹嘛嗎？妳一直拼命要證明戴文是清白的，這導致妳下了錯誤的結論。」

他朝街尾一輛黑色吉普車點了下頭，說：「少校要跟我們談談。」

「為什麼？難道你已經告訴他你認為我把事情搞得一團糟？」

他吐出一口氣，轉開了頭，留下我瞪著他的側臉，看見他喉部的筋腱繃得死緊。「妳表現得好像我是個叛徒。妳知道的，我沒有把所有事都跟少校說。我只是想做好我分內的事，並且保護好妳的安全。」

我們坐進車後座，少校一臉嚴厲地看著我們。艾列克跟我告訴少校我們所看見的，並且，儘管艾列克剛才駁回了我的推斷，我還是說出我對萊恩的懷疑。最後，少校開口。

「我同意艾列克的看法。我想，現在該是我們把力氣集中在主嫌犯身上的時候了。」

我知道那是指誰。

「在屍體被發現之前，妳看見戴文跟那個死了的女孩在一起，現在他不見了。我們終於可以對懷疑的對象採取行動了。我的直覺告訴我，他正是我們在找的那個異能者。」

他頓了頓，仔細掃視我的臉。我的指甲掐進了掌中。

「我要妳去搜索戴文的房間。很可能他藏著某些能證明他有罪的東西，或者，妳說不定能找出他的下一個受害者是誰。搜遍他的個人物品，把他逼入困境，觀察他不尋常的行為。必要的話，變成他的模樣去跟他的朋友談談。只要能阻止他，怎麼做都行。」

第二十章

隔天，我幾乎整個早上都在警察局裡，其餘時間則跟琳達在一起，她不讓我離開她的視線範圍。我還沒見到戴文。隆納德在去上班的路上將他送去警局，他一回到家就把自己關在房間裡。我感覺到他是故意躲著我。

廚房傳來一陣吭噹聲——鍋盤收進櫥櫃裡的聲音。我下樓順著聲音走，在廚房門口停下來。琳達的金髮束成一把高高的馬尾，露出她跟我戴著相同的玫瑰項鍊。她擦了手，對我一笑，那笑容讓我感覺我是她這輩子遇過最美好的事物。

我轉開視線。

她察看我的臉。「甜心，妳看起來好蒼白。」她藍色的眼睛裡泛起擔憂。

「我沒事，媽。就是有點累。」

「妳真的覺得不要緊嗎？也許我們該去讓方歇卡醫生看看。」

「真的沒事。」**只不過妳兒子是我們手上這件謀殺案的主嫌犯**。假使結果是真的，那會要了她的命。做父母的，若發現自己的女兒死了，而另一個孩子是凶手，怎麼可能承受得住？

琳達的雙眼在我臉上搜尋半天，終於勉強點頭，說：「我幫妳泡杯熱巧克力吧。」她的皮膚呈現病懨懨的蒼白。聽說法蘭西絲卡的事後，她崩潰大哭，知道我也去了那場派對只讓事情變得更糟糕。整個小鎮已經陷入恐慌中，有些家庭甚至撤離了這個地區。我們要是再不快點逮到凶手，大家會把警察局給拆了。

巧克力的香味飄滿整個廚房。琳達灑了點迷你棉花糖進杯子裡，這才遞給我。這是全世界最棒的熱巧克力。

一陣砰砰下樓的腳步聲傳來，戴文蹦進廚房。他眼睛底下有兩團黑眼圈。我的手開始發抖，令我不得不把杯子放下。

琳達親了親他的臉頰，把另一杯巧克力塞進他手裡，要他在桌前坐下，就在我對面。我瞪著桌子，不想望向他的眼睛。我很快就得跟他對質，但我不想當著琳達的面。

妳無法永遠保護她，我腦海裡有個微小的聲音說。但我想試試。琳達得知最新一起命案時，臉上那驚恐的神情到現在還糾纏著我。

我感覺戴文的目光落在我臉上，刺探、搜索，但我就是不抬眼跟他對望。我把杯子舉到嘴邊又喝了一大口，振作起來，強迫自己戴上一張毫無表情的面具。我抬起眼來。他皺起眉頭。他瞥了一眼琳達，見她正在洗熱巧克力壺，他不出聲用嘴形說：「有什麼不對嗎？」

「沒事。」我馬上用嘴形回覆。

他不信。

「好累。」我低聲說，聲音冷靜到我自己都吃一驚。

琳達擦乾碗盤，對廚房另一頭緊張的氣氛毫無所覺。當她忙完，她轉過來對我們說：「我有點不舒服，先上樓去睡了。」她從水槽上方的抽屜裡拿出一罐安眠藥，倒了兩顆，扔進嘴裡。她帶著歉意微笑說：「我最近老是睡不好。」

我放下杯子站起來，說：「我也應該去休息了。」晚上這時去睡還太早，但是即使我還不認為戴文有罪，我也不想跟他單獨待在一個房間裡。他瞪著他的熱巧克力，甚至沒抬起頭來看我一眼。

我離開廚房時，聽見戴文的椅子刮過地板。我不用回頭也知道他跟在我後面上了樓。

「妳怎麼回事啊妳？」

「你最近老是怪怪的。」我在房間門口停下來說。

「妳還說我怪。我才覺得自己有時候都不認識妳了。」他嗆回來。

「什麼鬼——」我住了口。「你明白我都經歷了什麼嗎？」我搖搖頭說：「算了吧。我累了。」我走進房間關上門，他沒攔我。

戴文是我們的頭號嫌疑犯。艾列克是這麼說的，少校也同意，可是，為什麼我總擺脫不掉那種哪裡不太對勁的感覺呢？

我聽著走廊上戴文的腳步聲，預期他會直接回房去。沒想到他下了樓，然後是前門關上的聲音。我的機會來了。

我躡手躡腳踏上走廊。屋裡一片寂靜。隆納德今晚要守著一隻胃絞扭的狗，不會回來。他們的臥室門半掩著，我偷瞄了一眼，琳達仰躺在床上，微張的嘴冒出輕微的鼾聲。我輕手輕腳地把門關上，然後朝戴文的房間走去。

以一個男生而言，戴文的房間整潔得令我驚訝，所有的東西看起來都擺在該擺的位置上。我看過超能部裡那些男生的房間，光是看上一眼就令我全身發癢。

我不知道戴文去哪兒，會去多久，所以我得動作快。我不曉得少校和艾列克指望我找到什麼。有許多連環殺手會保留受害者的紀念物，作為自己殺人成功的戰利品。這麼多個月之後，我還記得在課堂上所讀的案例和看過的照片，以及對不同連環殺手的描述。有些可怕到我現在還會做惡夢。有個傢伙會保存他殺害的女人身上某些部分，警察在他的冰箱裡找到好些舌頭、手指、甚至眼珠。

但我還是無法想像戴文會殺人——更不用說殺的是自己的雙胞胎妹妹。

我跪在床前抬起床墊，發現了……一本《花花公子》。我看了他牆上那些海報的背後，看了衣櫥，但都沒找到什麼值得注意的。

我的眼睛落在書桌上。那地方太明顯了，我若要藏什麼不讓人發現的東西，我絕不會放在那裡。不過，他也許認為沒有人會找。

我的手指放在書桌抽屜的把手上，遲疑著。**拉開它**，我想著，**你不大可能找到人體殘肢的。說不定裡面什麼也沒有。**

於是，我拉開抽屜。

最上面是一疊照片。是一些在派對上照的普通照片：戴文跟他的朋友，戴文跟萊恩——在分手風波前他們是朋友嗎？——戴文跟法蘭西絲卡，帶著微笑接吻。

他們不是正式的一對，但這顯然沒阻止他們在許多場合出雙入對。我放回照片，卻一下僵住了。抽屜裡，在照片的位置底下擺著一小疊剪報。它們全跟謀殺案有關——關於受害者的報導，列印出來的維基百科頁面上有關連環殺手的訊息，以及關於這案子的其他消息。他是刻意藏起這些東西嗎？工友陳先生、韓森醫生和克莉絲汀·辛其的資料都是戴文手寫的。有些地方潦草得無法辨認，但他確實蒐集了大量關於他們的訊息：他們的嗜好、家庭成員、朋友，和每日行程。

我小心翼翼地把證據放回抽屜裡，繼續掃視房間裡能藏東西的地方，但是看起來已經沒有可疑之處了。就在我穿過房間要出去時，我的鞋尖踏到一個不平的地方，有塊木地板似乎翹了起來。我壓了它一下，木板晃了晃——是鬆的。我把指甲伸進縫裡去撬它，一使力，木板就被撬了起來。我放下木板，顫抖著手去拿藏在底下的東西，但還沒碰到它我就住了手。

那是一條有玫瑰花墜子的項鍊，跟隆納德送給我的那條一模一樣。玫迪森的項鍊。項鍊上裹著某種黑黑的東西——是乾掉的血跡。我不敢動它。我倒抽一口氣一屁股坐在地上。戴文一定是在殺害玫迪森時取走了項鍊，把它當做戰利品。這是唯一的解釋。我看過這案子的報告，玫迪森在湖邊被發現時，沒戴項鍊。

我真不敢相信。戴文竟然是凶手。他一直那麼好，那麼體貼又周到，我甚至開始受他吸引，完全不是手足之情的那種吸引。但單單這一點也能證明他有問題。

我一直很確定戴文不是凶手，很確定艾列克的懷疑是建立在討厭或嫉妒他。為什麼我的直覺沒引導我發現真相？艾列克一點也不嫉妒戴文。艾列克沒把自己的感情扯進我們的任務裡。他是個比我好的探員，比我好的人，每件事都比我好。

聽到樓梯上傳來腳步聲時，我才想起自己忘了注意時間。

我環顧四周找尋躲藏的地方。要是戴文看見我在這裡，他就知道我在監看他，他也就有一切理由對付我。走廊上傳來嘎吱一響。

我跪倒，努力擠進床底下。沒一會兒，戴文的運動鞋就進入了我的視線。他在門口遲疑了一下。我屏住呼吸，心跳在耳中猶如雷響。

他走進房裡關上門，他平靜的呼吸是房裡唯一可聞的動靜。我屏住氣，並看著他的鞋子——黑色的鞋上有白色的耐吉商標。鞋上露珠閃爍，像是他吃力穿過了濃霧似的。那雙鞋經過我，朝衣櫥走去。

他蹲下來鬆動另一塊地板。如果他轉過身來，會把我看得一清二楚，就像我能清楚看見他一樣。當他伸手到地板底下拿出一把獵刀，我不禁咬緊了牙。這是他用來在受害者身上刻下「A」字的刀嗎？

他起身，朝床走來。我繃緊雙腿，準備好如果被他發現就踢他一腳。但他只在床邊的小桌上翻找什麼。我的肺尖叫著需要空氣，但他近在咫尺，我不敢冒險呼吸。他會聽見的。接著他轉身出門，消失在走廊上，連門都沒關。我深吸一口氣，等他的腳步聲下到樓下，我才扭動著出了躲藏的地方。我站起來時雙腿抖個不停。

我摸了摸戴在脖子上的玫瑰花墜子。

戴文出去了。難道他又要去殺人？我匆忙走到窗前，小心地貼著牆站，這樣外面的人才不會看見我。有個人影穿過院子繼續走上街去，他的身影很快就會消失在轉角處。

只要我動作夠快，就能趕上他。

我衝回玫迪森的房間，抓過手機和電擊槍，然後奔回走廊上。琳達和隆納德的房間傳來一聲咳嗽，我整個人一僵。即便如此，也沒時間耽誤。我跑下樓，直奔出房子，只花了幾秒鐘時間，正好看見戴文轉過街角。我的芭蕾鞋跑在水泥路上安靜無聲，我緊跟著他。戴文沒有跑步，但他走得飛快。我在保持不跟丟的情況下，盡量拉開我們之間的距離。

我摸索著手機，按下快速撥號鍵。我需要告訴艾列克，戴文是凶手。我撥通了艾列克的手機，但它直接跳到語音信箱。戴文回過頭來，我立刻貼住停靠在街邊的一輛休旅車。他繼續往前走。看來他很確定自己要去哪裡，我卻毫無頭緒。

我一邊盯著戴文，一邊飛快給艾列克發簡訊。

跟蹤戴文。他是凶手。正打算幹什麼。隨後報告。

艾列克會要我等候支援，但沒時間了。我能處理的。我把簡訊發出去，將手機轉成靜音，然後塞進牛仔褲口袋。

我們來到鎮上一處路燈稀疏的區域。長長的路有一大部分籠罩在黑暗裡。我的呼吸和腳步落在水泥地上的啪啪輕響，是四周僅有的聲音。我可以看見遠處偶爾有一扇亮著的窗戶或一盞街燈。戴文轉上一條碎石路。我跟上去，緊沿著路的邊緣走，以免那些吱嘎響的碎石子暴露我的行蹤。路兩邊是高大的樹木，遮住了僅存的一點月光。

第二十一章

這條路通到一棟夠格用來拍恐怖片的廢棄老屋，一定連希區考克都會同意。破窗子上飄盪著黃色的破窗簾，房屋正面牆上的灰磁磚掉了好多塊，大門用木板釘上了。

但這一切都沒有讓戴文停下來。他熟門熟路地從大門旁的窗戶爬了進去，像來過幾百次一樣。

他到這裡來幹嘛？

屋裡發出砰的一聲巨響。

我掏出電擊槍朝房子跑去。我把背貼靠在正面牆上，屏住呼吸。風在我耳邊呼嘯不停。我把電擊槍緊握在胸前，一吋吋朝窗戶挪去，我真希望自己還帶了別的武器。

我窺探屋裡，有燈光從很裡面的地方透出來，大概是客廳吧。我小心地爬進去，不碰到破碎成鋸齒狀的窗戶邊緣。迷霧包圍了我的腳，我忍不住瑟縮。整個地面都布滿了迷霧。

屋裡充滿了霉味，而且跟屋外一樣寒冷。屋裡僅有的裝飾是一張被蟲蛀了的沙發，一張小桌子和桌上一瓶積滿灰塵的人造花。我又朝裡面走了幾步，迷霧在我腳踝上盤旋，並朝走廊上那扇半開的門湧去。

腳下一塊地板發出嘎吱一響，我僵住了。

除了我的呼吸聲，整座屋子裡一片死寂。戴文哪裡去了？

迷霧變淡了些，好像隨著它的主人走到別的地方去了。我一邊小心不踏到鬆動的地板，一邊穿過了房間。

心臟在我胸腔裡怦怦直跳，我冒險朝門內望了一眼。唯一的燈光來自屋子後方，我的眼睛落在地上一個黑色的身影上，身影周圍似乎有聚積的液體在擴散。我的胃開始難受地翻攪。我小心翼翼地靠近，好看清楚一點，一股冰冷貫穿了我的背脊。

地上，是躺在自己血泊中的戴文。他仰躺著，一頭金髮凌亂糾結。幾縷霧氣像蛛絲一樣盤繞著他。我朝左右張望了一下，迅速奔到他身邊跪下，鮮血滲進了我的牛仔褲，令我戰慄不已。血還是溫熱的。

戴文的頭側凹陷了一塊，人的腦袋不該是這樣子。我伸出手，又馬上停下，我看到他頭髮中有白色的東西突出來。是腦組織還是頭骨，我不確定。我得極力控制自己不要嘔吐。

我顫抖不已的手指按上他頸子。毫無動靜。

我整隻手摸過他脖子，從上到下，從左到右，試圖用手指找出任何一點生命跡象。

依舊什麼也沒有。

我對著他的臉低下頭，把嘴貼在他溢血的嘴上，把空氣吹進去。嗤的一聲，有什麼從他胸口噴出來噴在我手臂上，嚇得我往後一退。我的手臂濺滿了鮮血。

我低頭瞪向他胸口。鮮血從好幾個洞裡冒出來，他的毛衣已經被血浸透。有人連續刺了他好幾刀。我顫抖著靠上去，朝他的口裡再吹一口氣。再次有東西噴中我。更多的血。

我坐回腿上，心裡模模糊糊地明白過來，他的肺已經被刺穿了。

我恐懼得抽咽，接著變成可悲的打嗝，同時眼淚紛紛滑落臉頰。戴文死了。

我把臉埋進戴文的頸窩，試圖最後一次捕捉他的氣味。我鼻子嗅到一絲肉桂的氣息，但很快就被鮮血的銅鹹味給蓋過了。

我握緊了電擊槍，搖晃著起身，我的手緊握到指甲都陷進了肉裡，疼痛給了我必要的專注力，讓我咬緊牙關止住不斷顫抖的下巴。

我背後的地板傳來嘎吱一聲，我及時轉身看到有東西朝我的頭揮來，但來不及擋開它。那東西砰地撞上我的頭骨，黑暗剎時吞噬了我。

*

我不知道自己昏過去多久，醒來時人躺在地上，手腳被綁著，身上肌肉痠痛。我呻吟一聲，強迫自己睜開眼睛。從敞開的窗戶我可以瞥見樹梢，漆黑的天空中有星星在閃爍。

外面仍是黑夜，所以時間沒過去太久。

我動了動，身上的手機和電擊槍已經不見了。我甚至不知道自己在哪個房間裡，四周太黑，看不清楚。

房間對面有個影子移動，我僵住了。從一團如雲的濃霧中有幾縷霧氣朝我爬來。我扭動著直到坐起身子。坐著並不能保護我，但感覺至少比躺著安全也更警惕些。一個身影動了動，慢慢地變得可以辨認。濃霧散開，出現了一個人，但仍被黑暗掩藏著。他離開門口，一絲光線透進來，我終於認出被燈光照亮的臉。

「萊恩？」

「萊恩？」他捏起嗓子尖聲模仿，我兩條手臂立刻起了一層雞皮疙瘩。陰影扭曲了他的臉，看起來簡直像魔鬼一樣。他朝我跨了一步，得意一笑。

「沒想到是我幹的，對吧？」他聲音中充滿了勝利感。

「我想過可能是你。」我低聲說。

他在我面前蹲下，臉湊了過來，湊得太近，近到我可以看見他眼中冷酷的盤算。我真希望看見他眼中有瘋狂，那樣對付起來會容易多了。

他冷笑一聲說：「妳以為是因為妳跟我分手，還跟葉慈那個混蛋上床，我才殺妳，對嗎？」

我嚥了口口水，震驚得說不出話。難道不是這原因？

「那不是我殺妳的原因，但那會讓我在殺葉慈時更愉快。」他露出大大的笑容。「妳真的什麼都不記得了，對嗎？過去幾個禮拜以來，每次看到妳這張毫無猜疑的小臉，我就覺得有趣。」

他樂得嘴都歪了。他手裡握著一把染滿了鮮血的長刀。銀光上閃著血紅。

我試著集中心神，召喚變形能力。如果我可以變成像艾列克那般強壯的男人，我就可以痛扁萊恩一頓。

他一直看著我，心不在焉地轉著手裡的刀。

「我想知道，」我半是哀求地說：「你為什麼要這麼做？」

我試著再次召喚我的力量，但皮膚上的波動非常微弱，而且一下就停了。

他湊得更近，呼出的熱氣噴在我臉上，聞起來像洋蔥混合了酒的氣味，可怕極了。

我開始努力鬆動手腕上的繩子，試著把拇指塞進去。它綁得實在太緊了。

「妳，」他說得像詛咒一樣：「我展現了我的**天賦**給妳看，我如此信任妳，讓妳知道我有什麼本事，而妳卻嚇得要死，把我當作怪物。」

他展現超能力給玫迪森看？

我明白過來，也許，要贏得他信任的唯一機會，是讓他知道我也有超能力，但是這可能也會剝奪我唯一的優勢。

「妳知道嗎，玫迪森，我曾經一度以為自己是真的愛妳。我會為妳做任何事。任何事。我甚至為妳殺了那個沒用的賤人克莉絲汀，因為她不肯閉嘴。我討厭她那樣對你。但是妳，妳竟然不懂，妳嚇得要死，還嫌我噁心！妳會去報警，妳會背叛我——一次又一次地背叛我。所以，玫迪，是妳讓我沒得選擇。」

我嚥了口口水，他的手指撫過刀刃，再將刀輕輕抵住我的咽喉。我瞪著他，由於極度的恐懼，心跳在我耳中聽來宛如擂鼓，使我幾乎聽不見他在說什麼。

「我很抱歉。」這話未經大腦脫口而出，就像聽見有人打噴嚏時大家會說「老天保佑」一樣。我甚至不確定自己是在抱歉什麼事。

「妳真笨得可以。」他的嘴角翹了起來。

我內在有什麼崩斷了。「也許那是因為你要殺我的關係。」

他揚起刀來準備下手，我極盡全力專注在我的力量上，但是依舊毫無動靜，就像我不曾有過超能力一樣。

屋裡某處響起吱嘎一聲，萊恩僵住了，刀子幾乎已落到我咽喉上。

他跳起來，悄悄走出了房間，讓門大開著。走廊上流洩進來的燈光讓我勉強辨認出周圍的景物。房間裡有個帶著爪型底座的老式浴缸，地上有個洞，大概是以前馬桶的位置。浴缸另一邊有個小架子，上面擺著戴文的獵刀和我的電擊槍。

我閉上眼睛，嘗試變身。一股波動從我腳趾開始，緩緩往上蔓延到了我的小腿。一聲慘叫粉碎了我的專注，波動平息了。我猛睜開眼。萊恩出現在門口，手裡扭著一把金髮，一道迷霧像隻迷路的小狗般緊追在他身後。他把一個女人拖行進來，將她甩在離我最遠的浴缸旁邊。她臉朝下貼在磁磚地上，但她看起來有點眼熟。萊恩用膠帶纏住她的手腕和腳踝，把她翻成側臥，而我終於看見了她的臉。

我倒抽一口氣。

萊恩的目光立刻朝我射來。「怎麼？妳認識她？」

我搖搖頭，努力抹掉臉上的震驚。

他抿緊了嘴，一臉懷疑。「妳確定？那她為什麼要跟蹤妳來到這裡，玫迪？」

凱特瞪著我，她有一隻眼睛已經腫得睜不開，太陽穴上也有個嚴重的傷口。難道少校要求她參與這項任務卻沒告訴我？

「我從來沒見過她。」我說。

「妳說謊。」他指控道，握著刀走過來。

「我沒騙你！我不認識她。也許她是跟蹤戴文到這裡來的。」

萊恩頓住，綠色的眼睛裡開始盤算。「戴文。」他連嘴都扭曲了，「那就會跟那個混蛋一樣下場。」

「你為什麼要殺他？」

凱特拼命想用眼神探進我的腦海，但我不朝她看。我不能冒險讓萊恩更加起疑。

「因為他打探太多，老要多管那些跟他不相干的事。我必須阻止他。是我把他引到這裡來的。他以為自己聰明絕頂，可是要不是我引他跟蹤我，他一輩子也找不到我。真可惜他死了。我打算把謀殺案推到他身上，所以我才殺了法蘭西絲卡那個賤人。」

萊恩嘻嘻笑著，緩緩朝我走來，分分秒秒享受著他這噁心的小遊戲。我強迫自己的身體放鬆，即便他來到我身旁跪下，手指玩弄著我一綹頭髮，我仍要自己放鬆。

「你為什麼要把戴文引到這裡來？」我問，恐懼使我喉嚨嘶啞。

他頓住，手指歇在我的鎖骨上。「因為這是我的地盤。從來沒有人會來這裡。我用這個地方來練習我的天賦已經好幾個月了。」

「那些霧。」我脫口而出，來不及收回了。

他收回手，雙眼掃視著我的臉。「所以妳記得？」

我遲疑了一下，說：「某些事。你能控制霧。」

「不只是控制。我可以創造迷霧。它是我的一部分。」他說，驕傲使他的表情亮了起來。

「可是這跟殺人有什麼關係？」

我能感覺到凱特一直盯著我不放。當然，這時她已經知道我們對付的是個異能者。也許她始終都知道。

萊恩往後坐在後腳跟上，刀子平擺在腿上。「我為什麼要告訴你？」

「我只是想瞭解。」我的聲音嘶啞，甚至不是裝的。我心裡毫不懷疑，今晚過完之前，凱特跟我都會沒命。

迷霧在地面上聚攏，像貓一樣繞著萊恩打轉，包圍他的腿。

「我一輩子都在隱藏我的天賦，覺得非常羞恥。我爸總是告訴我要保密，說這是件很壞的事，說我是個怪胎。但是，這世界上有別的人跟我一樣。那些人也有**天賦**。」他用一種恭敬的語調說，雙眼因為驕傲而閃閃發光。

是真的喔，我諷刺地想，**光這房間裡就有兩個陪著你呢**。

要不是他有病態人格，我大概會很同情他。我百分之百瞭解他的感受。

「而我會加入他們。」他繼續說：「他們找到了我。他們告訴我，加入之前必須跟過去的生活做個了斷。我必須確定自己擺脫了所有會懷疑我、可能知道我的天賦的人。」

這聽起來不像超能部啊。他們絕不鼓勵殺戮。也許那就是荷莉在電郵中提到的那群流氓異能者組成的團體。但我要怎麼在不暴露自己的情況下問他呢？

「所有的受害者都知道你的天賦嗎？」

他聳聳肩。「沒有其他人知道。韓森醫生關心我的驗血結果，那個笨蛋工友看見我創造迷霧。我不能冒任何的險。亞伯軍團對我太重要了。」

「亞伯軍團？」我說。凱特看來像是知道他在講什麼。當她察覺到我在看她，她低下了頭。

萊恩輕聲笑道：「問夠啦，玫迪。」他伸出一根手指壓住我的嘴唇。我想咬他，但他的手指往下滑，滑過我咽喉上的疤痕，橫過我的胸骨，在項鍊墜上停頓了一下，然後輕輕撫過我胸口上的那個「A」字。「我很高興在妳身上留下了我的記號，玫迪。真難過它竟然差不多痊癒了。」他的親密撫觸令我戰慄。

「你這廢物，我才不信亞伯軍團會看中你的天賦。他們有更多更嚇人的才能，你想都想不到。他們幹嘛要一個會玩噴霧機器的小男孩？」

凱特竟會為我解圍，我作夢都沒想到會有這種事。

「妳他媽的為什麼知道亞伯軍團？」他用低沉的聲音命令似地問道。

凱特緊閉著雙唇。

他微笑著朝浴缸走去。當他站在凱特面前時，她整個人都繃緊了，但他只是伸手開了水龍頭，讓水注滿浴缸。他的沉默比他發怒或大吼大叫更令我害怕。我的胃部緊縮，他走到洗臉台前，從架子上取了電擊槍。

「妳會說的。」他說：「因為我要妳說。」

他拿著電擊槍在凱特面前蹲下。「所以，妳真的不肯告訴我，妳為什麼知道亞伯軍團？」她還沒開口，甚至還來不及搖頭，他就用電擊槍頂住她身側。一串藍色的火花爆閃，凱特尖聲慘叫。

「住手！」我吼道。

電流再次啪啪作響，凱特的慘叫充滿了整間浴室。我掙扎著要脫開手上的束縛，雙眼怒火中燒。他不理會我，繼續電擊她。我嘗試變身，卻毫無動靜。

「別碰她！」我尖叫，這次他聽了。他搖搖晃晃站起來，步履笨重地朝我走來。微小的閃電在電擊槍的兩極之間劈啪閃動著。

每一口呼吸都像我胸腔裡燃起一把熊熊火焰。當他在我身邊蹲下，我閉上眼睛，撐住自己面對即將臨到的疼痛。有個東西碰上我的嘴唇，一聲幾乎衝出的尖叫在嘴邊被擋住，我才明白他用膠帶封住了我的嘴。「我愛妳，我為妳殺人，妳卻一點也不在乎。」

他先微笑著看了我片刻，接著疼痛在我身上爆開。烈火在我身側流竄，衝進我的胸腔和手臂。我的喘息被膠帶封住，我的咽喉緊縮。膽汁在我口中匯聚，也許我會被自己的嘔吐物嗆死，真是個英勇的死法。他再次電擊我，那觸碰就像火焰舔噬過我的肌膚。我無聲尖叫著，但他毫不歇手，直到我的世界裡只有火焰、藍色的閃光，以及滾燙的淚水。

終於，他住了手。

「不准說話。」他說，然後走了出去。

第二十二章

我不斷用鼻子深呼吸，掙扎著抵禦疼痛。凱特蜷縮在房間另一頭，在我對面。我試著要透過貼在嘴上的膠帶說話，但發出來的全是支離破碎的聲音。不過，這些聲音至少引起了她的注意。她約略把頭抬高一吋，半睜的眼裡都是淚水。她緩慢地用手肘撐起上半身。我扭動著身子，直到自己直視著她的雙眼。過去兩年來，我像躲避瘟疫一樣避免對上她的眼睛，堅決不給她機會窺探我的腦袋，然而，現在我卻邀請她來閱覽我的心思。

如果一切按照萊恩所願，我們大概很快就會沒命了。不會有機會後悔，也不會有機會讓凱特氣到宰了我。

她雙眼裡閃現的怒火，表明了她此刻的心情。她掙扎著坐起來，眼中神情極其憤怒。儘管我迫切地想要轉開視線，我仍訓練有素地直視著她。她驚訝地看著我，汗水和鮮血不停從她蒼白的皮膚往下淌。

抱歉，凱特，我不會讀妳的心。妳究竟為什麼會到這裡來？

她舔掉嘴唇上的血，一下咳嗽，一下用力吞嚥，像是要找出聲音來說話。

是少校派妳來的嗎？

她搖搖頭，把眼睛閉上了一會兒，臉上血色褪盡。她看起來很慘，上衣被血浸透；太陽穴上的傷口流了好多血。「不是。」她終於開口，聲音很沙啞：「他不知道我在這裡。」

凱特竟然違背上校？哇噢。

「都是妳的錯。」她繼續道：「我想盯著妳跟艾列克。我知道發生了什麼事。荷莉的腦子就像一本敞開的書。」

妳是怎麼找到我的？

「我坐在車子裡，車子就停在妳家屋外。我想妳可能又會半夜跑出來跟艾列克約會。但我看到妳追著另一個人出來。」

妳為什麼跟著我進來？妳一定知道艾列克不在這裡啊。還有，妳剛才引開萊恩讓他沒對付我。為什麼？

「別以為是因為我喜歡妳。那是我欠少校的，我盡力而為而已。過去幾天以來，我太怠忽職守了。」一陣咳嗽讓她停下來，無法再多說。

浴缸裡的水滿了。萊恩回來之前我們沒多少時間了。

我們需要找到逃脫的辦法。

她點點頭，然後雙眼緩緩把我從頭掃到腳，再揚起一邊眉毛。

我變不了身。我的超能力失效了。

「專心。」凱特低聲說，臉上出現了恐慌之色。

我閉上眼睛。上一回我的超能力失靈時，我是怎麼突破的？

艾列克。但他不在這裡，至少本人不在。我讓我最愛的記憶，過去幾天以來一直想忘掉的記憶，籠罩住自己。艾列克的灰眸溫柔又滿是愛意，柔軟的嘴唇索求著，他的撫摸在我肌膚上低語著承諾。

漣漪般的波動起自我的手指，像野火席捲了我全身。我的皮膚開始顫抖、收縮，接著是我的骨骼跟肌肉，整個人縮小。

我睜開眼睛，頭一次看到凱特臉上流露出讚美，甚至可能是嫉妒，但那神情很快就變成了怒目相視。

繩索在我變成小孩的手腕上鬆垮垮的，我輕易脫出。我伸展一下，全身肌肉痠痛。我讓漣漪蕩漾的感覺再次沖刷過我，變回玫迪森的身體。

我走到凱特身邊，試著要解開她身上的束縛。問題是，繩索比膠帶容易。膠帶黏在一起，比繩索更難擺脫。走廊上傳來腳步聲。

凱特雙眼立時充滿驚慌。「快點！他回來了。」我的手指拼命撕著膠帶，但是沒有刀片或剪刀，根本沒法扯開它。

門被用力推開，幾乎撞上我的頭。我往後一仰，失去平衡撞上了後面的洗手台。下背登時傳來一陣劇痛，痛得我的臉都扭曲了。迷霧爬過地板，像飢餓的利爪朝我抓來。

萊恩蹣跚地朝我走來，我從來沒察覺他竟然這麼高。他一手握著刀子朝我撲來，我往旁一閃避過刺來的刀，就差幾吋而已。我用力一拳打在他手臂上，刀子吭噹落地，聲音被濃霧掩蓋不少。他一把抓住我頭髮，同時另一隻空著的手調動迷霧，它像繩子一樣開始繞著我的身子游動。我用力掙扎，但它束得更緊。它纏上我的咽喉，冰冷、潮濕，並逐漸縮緊。我大叫，但它毫不留情地扼住我，要勒死我。被霧勒死。那就是其中兩個受害者神祕的死因。我眼前開始出現跳躍的黑點。我感覺到纏著我的迷霧像脈搏般跳動，彷彿它也有心跳一樣。

還沒摔倒在地我就昏了過去。

＊

意識恢復後，我首先察覺的是口中的血腥。又過了好幾秒，我耳中的嗡嗡響才平靜下來，讓我足以聽見周遭有些什麼聲音。

喘息和尖叫。

我掙扎著抵禦睡意。

又一聲刺破耳膜的尖叫激怒了我。但下一聲卻陡然中斷，接著我聽見水花四濺的聲音。我強迫自己睜開眼睛。有一隻眼睛似乎被血糊住了，我拼命睜也只睜開了一條縫。浴室裡飄滿了迷霧，像一堵奶白色的牆。

我摸了下咽喉，痛得整個人一縮，那裡的皮膚很脆弱，但是還有一個地方更痛，我低下頭，看到T恤上有個洞，裡面露出一個不停滲血、刺目的紅「A」。萊恩把舊傷又重新刻了一次。

我集中精神朝濃霧中看去，想要弄清楚發生了什麼事。

萊恩把凱特的頭壓在水底下。她已經停止掙扎，手臂垂在身側一動也不動。我聚起所有的力氣爬起來。萊恩鬆手放開凱特，她整個上半身沉進了水裡。水波溢出了浴缸邊緣，流淌在整間浴室裡。

我眼前仍不斷有光點跳動。

我集中意志叫身體轉變，但什麼也沒發生。這不是真的。我到底怎麼了？萊恩朝我走來，邊走邊用刀劃開霧氣。他為什麼不用迷霧來勒死我？或許他也已經沒力氣了。

我像艾列克教我的那樣，繃緊雙腿，接著來個高踢。但我沒瞄準，還差點失去平衡摔倒。我深吸一口氣，再次出擊。這次我踢掉了他手中的刀，它吭噹一聲掉在地上。

萊恩撲上來，雙手像之前的迷霧一樣扼住我的咽喉，收緊到我無法呼吸。他的指甲刺進我的皮膚裡。我抓住他手臂，奮力想要扯開，但他實在太強壯了。我的手指掐進他的手臂，盡我所能地弄痛他。

他毫不留情地扼緊。我的肺緊縮，模糊的黑點又回到我眼前。他眼中橄欖綠的虹膜消失，直到只呈一片白。霧變濃了，開始發出嗡嗡聲，抓向我的頭髮和皮膚。它會殺了我的，我沒剩多少時間了。

我腿上起了微弱的漣漪波動，接著湧向全身。我集中所有的精力在變身上，同時眼前出現更多的黑點。波動增強，我感覺骨骼拉長，肌肉茁壯。隨著一聲短促的喊叫，萊恩鬆了手，房間裡的濃霧消退得乾乾淨淨。拉長、變形、重塑，接著，變身完成。我跟萊恩一樣高了，我變成了艾列克。

「妳——妳是我們的一分子？是亞伯軍團派妳來的嗎？」他的虹膜恢復了原來的綠色。

「我不是殺手，我也不在乎你那個什麼軍團。」我說。

他又伸出手臂蹣跚撲來。我擋住他同時抬起膝蓋猛撞他鼠蹊。他痛吼一聲踉蹌後退，跪倒在地。那把刀子就在他手邊。

他攫住刀子，緊到指關節發白，接著躍起，揮刀朝我撲來。他的步伐不像先前那樣穩定，也只有幾縷霧氣盤繞著他的腿。他揮刺的姿勢就像毒蛇進行最後致命的一擊。刀子劃破我手臂，痛楚如火般燃燒。我的衣袖立刻吸滿了溫熱的血液。

疼痛觸發了那股熟悉的波動。我的天賦竟在我最需要它的時候拋棄我，真是太不公平了。我必須在失去變形能力前趕快行動。我發出戰鬥的怒吼——一個混合了我自己和艾列克的聲音——朝前撲去。萊恩目瞪口呆，整個人僵在當場。但震驚只是片刻。他握著刀子揮出一道弧線，直接對準我的頭。我全身一震變回了女性的身體。我甚至不知道是玫迪森還是我自己。刀子貼著我頭頂擦過。要是我沒變身，萊恩就要削掉我的頭皮了。

他失去平衡，雙手連揮著朝前踉蹌撲來，整個人全力撞中我。撞擊擠出了我肺中的空氣，讓我急喘。我們往後仰跌，我的尾椎重重撞在堅硬的地板上，一股劇痛竄上我的背脊。萊恩沉重的身體壓在我身上，一個硬物戳進我肚子。

我嚇得全身僵硬。他刺中我了嗎？

他的雙眼因震驚而大張，接著他的嘴鬆開了。他垮塌在我身上，某種溫熱濕黏的東西浸透了我的衣服。我將他推開。他滾躺在地，刀柄從他上腹部突出來。鮮血從他口中湧出，他的雙眼失焦。他的身體發出一串咕嚕聲，一縷縷的迷霧盤繞著他的手臂，滲進他的皮膚裡。

他的胸口沉重起伏著，然後停了。最後一絲迷霧也跟著消失。

萊恩死了。

第二十三章

我浪費了太多時間。

我蹣跚地朝凱特走去，全身每一吋都痛。我雙手伸進粉紅色的水中，抓住她的肩膀，將她拉出來。她異常沉重，彷彿整個身體吸進了半缸的水。她的頭垂落一旁，整個臉是鬆弛的，我把她平放在地上。她額頭上的傷口已經不流血了。

我用手指使力壓著她的皮膚，試著想要找到脈搏。什麼也沒有。我的手在她脖子上又摸又戳，恐懼漲滿了我的胸口，幾乎令我無法呼吸。別再來一次。

我抹掉眼中的淚水。我從來沒想到會有為凱特哭的一天。我交疊手掌放在她胸口，開始做心肺復甦。按壓三次，一、二、三，再趴下去把空氣吹進她肺裡。好幾秒、又或好幾分鐘過去了，我的手臂疼痛不已，但我不能停。如果我停了，就是承認失敗。我不許這樣的事發生。他已經奪走了戴文，我不容許他再奪走另一條生命。

「讓我來。」一個男性的聲音說。

一聲驚叫衝出我沙啞的喉嚨。我猛轉過身，心跳肯定停了一拍。靠在門框上，衣服破爛，渾身是血，連頭髮都被血黏得糾成一團的，是戴文。他不可能還活著。絕不可能。

可是他就站在那裡。

他顫巍巍地朝前走來，每一步都極其勉強。他跪倒在我身邊。他離我如此之近，近到我看見他頭上那個洞正在癒合，一層薄薄的皮膚長出來蓋住傷口。

我眨眨眼。這完全不可能。

他兩手撐著大腿，拼命吸氣，彷彿要適應自己再次活過來。他大概必須這麼做，因為不久之前他才死過。他轉過頭來看我。「妳不是玫迪森。我早該發現的。但是相信謊言比較容易。」

沒等我開口，他已將手放到凱特身上。一手按住她胸口，一手貼住她臉頰。他瞇起雙眼集中注意力，臉色從蒼白轉變成病態的死灰。

「你在幹嘛？」

突然間，我聽到微弱的吸氣聲。起先我以為是自己在幻想，接著，我看見凱特的胸口開始在他手掌下起伏。我扶起她的頭放在我腿上。

「你是怎麼辦到的？」我粗啞著聲音說。

戴文癱靠著浴缸，顫抖喘息著，看起來像是隨時會昏過去。「治療別人和自己……是我的天賦——就像妳的顯然是欺騙。」

「為什麼——。」我住了口。

「我只能治好那些還沒離開的人。當時玫迪森的身體雖然還活著，但她已經離開了。我無法解釋，但我想這跟靈魂是否還依附身體有關。我想，玫迪因為萊恩想殺她而心碎了，不知怎地斷了活下去的念頭。」他劇烈顫抖著，汗水從額頭冒出來。「這……這就是為什麼當我在湖邊發現她之後，無法把她救回來。」一滴淚滑下了他的臉頰。「但我允許自己相信妳是她，相信有某種奇蹟讓我的天賦把她從冥間帶了回來。」

「可是你去湖邊做什麼？」

他瞪著自己依舊染滿鮮血的雙手。「我知道她經常在那裡跟葉慈會面。我想要——我其實並不知道自己發現他們之後，要怎麼辦。也許朝他臉上狠揍幾拳。」他雙手在牛仔褲上搓著，像是要把手搓乾淨，但是血已經乾涸在手上了。「拜託妳，起碼現在不要再裝成她了。」

我的身體顫抖。我幾乎沒感覺到那股波動，但看戴文臉上的神情，我知道自己已經不是玫迪森了。

他的胸口隨著吸氣而顫抖。「她仍然需要就醫。我治好自己之後還太虛弱，無法完全治好她。」

我撫著凱特的頭髮，一邊抬眼望向萊恩的身體。他大張的眼睛正朝著我看。

戴文隨著我的視線望去，搖了搖頭。「就算他還沒離開，我也不會把他救回來。我要他走。」我也不會要求戴文救萊恩。雖然這不是什麼值得驕傲的感受，但我很高興萊恩死了。

前門碰一聲被撞開，如雷的腳步聲充滿了整棟屋子。

「我們在這裡！」我喊道。

艾列克和少校一馬當先衝了進來，一隊身穿黑色防彈衣的人員緊隨在後。他們先望向地板上的屍體，然後望向凱特、戴文，然後是我。我顫抖著，抬起雙臂抱住自己。艾列克一個箭步來到我身邊。我們三人都渾身是血，但我除了感覺胸口像被挖開一個大洞之外，算是傷勢最輕的一個。「我沒事。」我在艾列克輕撫著我眉上的傷口時低聲說。

「發生了什麼事？」少校問道，聲音充滿了克制。

「萊恩是凶手。他是個異能者。他可以創造並控制霧。」

少校失望地抿緊了嘴唇，彷彿因為有個寶貴的異能者從他指間溜掉了而感到難過。少校瞥了戴文一眼，目光停在他頭上的凹痕與衣服的破洞。戴文是否想讓自己的天賦被人知道，不是我該多嘴的事。

「萊恩說要加入亞伯軍團。」

房裡一下沒了聲音。恐懼掠過少校的臉，但他隨即換回那副毫無表情的面具。艾列克跟少校交換了個眼色。他知道。除我之外，他們全都知道。

艾列克伸手撫過凱特的頭髮。「她為什麼會在這裡？她不該出現的。」

「我不知道。但她因為被壓在水裡，剛才呼吸停了一陣子。她需要立刻送醫。」

「那妳呢？」艾列克把凱特抱起來時問：「妳確定妳沒事？」

「我沒事。」謊言多容易就從我嘴裡溜出來啊。

他遲疑著，眼中充滿衝突矛盾。

「艾列克，我想你得動作快。」少校說。

艾列克扼要地點了下頭，再次迅速望我一眼，接著轉身離開。我看著他走出去。最後一刻，我的眼睛落向萊恩。其他幾個超能部的探員在查看他，只有少校，從頭到尾都看著戴文跟我。他大概已經知道戴文的本事了。少校似乎總是心裡有數。

「妳該讓醫生看看。」他說，眼睛看著我胸口。

「我沒事。」我橫起雙臂抱在胸前。「亞伯軍團是什麼？萊恩為什麼要殺人來加入他們？」

少校黑色的眼睛死盯住我，像是要從我腦子裡把什麼東西挖出去一樣。他遲疑著。少校從不遲疑。

「亞伯軍團是一群異能者。」

「他們為什麼不屬於超能部？」

「他們不喜歡服從規範，也不想要受制於政府。他們的領導人有自己的想法。」

「亞伯嗎？」我猜測道。

「妳要永遠記住這件事：亞伯軍團很危險。非常危險。他們什麼都不是，就是一幫罪犯。不管在什麼情況下，我們都不跟他們打交道。」他清了清喉嚨，說：「我讓史蒂文斯帶妳回總部，直昇機在外面等著。」鷹臉聽到自己的名字，朝前跨了一步。

「總部？那琳達和隆納德怎麼辦？他們會擔心的。」

戴文坐直了身子，一臂橫抱胸前。「我想最好不要再讓他們看見妳。」他說，聲音並不殘酷，也許並不是故意要傷我。

少校點頭。「這項任務結束了，泰莎。」

第二十四章

接下來兩天我都在床上躺著休養；到第三天，我不能再躲著了。

荷莉一屁股坐在我的床沿，伸手按住我肩膀。她的頭髮正如信裡宣稱的，紅豔如火。

「少校要妳到辦公室去見他。」

我從枕上抬起頭來。「他回來了？」

「艾列克和少校今天早上回來了。整個部隊都在講亞伯軍團的事。」

我坐起來，低聲說：「妳什麼都沒說，對吧？」我昨晚把所有的事都告訴了荷莉：在黑暗的安全籠罩下，那些話從我嘴裡滔滔湧出，我感覺彷彿肩頭重擔落地。但少校若認定八卦的來源是我，肯定會暴跳如雷。

「當然。」她眼裡閃現受傷的神色。

「對不起。我已經不知道該怎麼想事情了。我得再過一陣子才能回復以前的老樣子吧。」

我拉開毯子起身，換上牛仔褲和乾淨的T恤。

「妳竟然沒告訴我。」荷莉低聲說。

我套上牛仔褲，抬頭瞥她一眼說：「告訴妳什麼？」

「他也割傷了妳。」

我飛快摸了下胸口的「A」字。我一直設法隱藏著，這下她才看到。「他沒——他割的時候，我還是玫迪森的樣子。我以為等我變回來時就會不見了。沒想到——」萊恩在我身上留下了他的記號，永遠提醒我有一小部分屬於玫迪森，我將懷著它直到痛苦的終點。只有一個人能從我身上抹除這個印記，然而在發生這一切之後，我無法對他開口要求。

荷莉點點頭，但她臉上的悲傷讓人難以承受。

出了房間，整條走廊上到處有人在竊竊私語，公共休息室裡也滿是說說笑笑的人。我經過他們，從來不覺得在超能部的生活離我如此遙遠。身為玫迪森的那段日子讓我變了，而這改變是無法消除的。

坦納出現來陪我一起走。「嗨，泰莎，聽說妳在利文斯頓大展身手耶。幹得好。」

他的話驚得我一下停住了腳步，不能動彈，我瞪著他，不確定是不是他扯住了我的腿。他臉上的笑緩緩消失。「我說錯話了，是吧？」他抓了抓他的莫霍克頭。

「對不起，我只是沒心情接受恭喜。我一點也不覺得自己是贏家。」

他點頭說：「艾列克問起妳。這是他回來開口講的第一句話。」

我強迫自己露出笑容。「謝謝你告訴我。我得走了，少校在等我。」

少校辦公室的門開著。我帶點遲疑走了進去。艾列克和少校站在落地窗前朝外望，似乎在爭論著什麼。艾列克搖著頭，一臉前所未見的憤怒。我又走近一步，想偷聽一點他們的談話。他們突然同時閉嘴，轉過頭來看我。沒等少校說話，艾列克就舉步離開，經過我時手背擦過我的手。門關上，一室壓倒人的沉默包圍了我。

少校在他的椅子上坐下，片刻之後，我也走到他對面坐下。他指了指桌上一個杯子，說：「我讓瑪莎給妳泡杯茶。她說妳喜歡香料茶。」

我拿過杯子，吹了吹冒著熱氣的飲料，吸進著肉桂香和某種更辛辣的香料。有一點像艾列克的氣息。我啜了一口，曉得少校正看著我。我把杯子捧在胸前，說：「你跟戴文談了嗎？」

少校點頭。

「怎麼樣？」

「我告訴了他真相。反正大部分的事情他都已經猜到了。他也是異能者。」他停下來，過了好一會兒才說：「我邀請他加入我們。」

我驚跳了一下，熱飲灑出杯沿，弄濕我的T恤，燙到了我。我放下杯子。「他怎麼說？」

「他說好。」

我要怎麼再次面對他？

「戴文知道我們只是為了追緝凶手而採取必要手段。他接受了。」上校拉直了襯衫袖口。「還有另一個人也很快會加入我們。」

「另一個異能者？」在那瘋狂的一刻，我想一定是少校說服了戴文，把死去的萊恩給帶回來了。

「菲爾．福克納，我知道妳跟艾列克提過他一次。」

我點了下頭。所以我猜對了。菲爾是個異能者？「他有什麼超能力？」

「毒液。他的淚腺和手掌上的汗腺會分泌有毒物質，一種強力鎮靜劑。」

我回想幾次跟菲爾的接觸。我從來沒多注意他，但這時我想到了我當時發現的某件事。

「難怪他不時戴著無指手套？」

「對。情緒起伏時，他會難以控制腺體的分泌，但我們會幫助他的。」少校一臉興奮。得到一個新的異能者可是大事，現在他一下得到兩個。

「我們在萊恩攻擊妳的那棟屋子裡找到一些文件和信件。在二次世界大戰期間，有三個異能者家庭擔心政府會把他們當武器利用，於是搬到了利文斯頓，決定隱姓埋名過著摒除超能力的生活。」他抿緊雙唇，顯然十分不贊同。「他們是琳達．錢伯斯的父母、萊恩的祖父母，以及菲爾的祖母。」

「都沒有人知道？」

「由於超能力多半是隔代遺傳，所以萊恩和菲爾的父母都不是異能者，也都不知道這回事。菲爾的祖母告訴了他真相。艾列克跟我找老太太談了，並且說服她，讓菲爾加入超能部是最好的選擇。不幸的是，琳達．錢伯斯的父母死前沒告訴任何人，因此戴文完全不曉得自己是怎麼回事。」

「那玫迪森呢？她也有超能力嗎？」

「據我們所知並沒有。戴文說他是家裡唯一的異能者，我沒有理由懷疑他。」他頓了頓，又補充說：「我們決定暫時不告訴錢伯斯夫婦有關異能者的事，以免加重他們的負擔。至於整個小鎮，超能部讓桑莫絲和其他幾位探員去施展他們的超能力。地方警察和媒體只會知道萊恩是個有毒癮的反社會人格青少年。」

少校輪動手指敲著桌面，似乎在思索著還要告訴我多少。「很久以前，早在妳出生、加入我們之前，亞伯軍團是超能部的一部分。但大約在二十年前，他們脫離了，現在自行招募成員。我們十分樂意幫助政府進行大型反恐工作，但亞伯軍團只將他們的才能提供給出價最高的買主。」

「所以那些探員不是被綁架了？他們是自願加入了亞伯軍團？」怎麼可能會有人拋棄超能部、選擇亞伯軍團這種鼓勵殺戮的團體呢。

「我沒這麼說。我們不知道那些探員出了什麼事。我們只知道，亞伯軍團正在壯大。他們已經不再滿足於待在幕後，而且他們殘酷無情。」

我張開嘴，但少校舉起手來說：「我只能告訴你這麼多。」

「所以你不認為亞伯軍團強迫萊恩殺人？他們是不是把他洗腦了？」

「有些異能者不需要什麼誘因就會走上歧途，這是個悲哀的事實。超能力會給我們帶來非凡的才能，但不幸的是，有時候同樣會給人帶來精神不穩定的傾向。萊恩就是這種精神不穩定的變種人。亞伯軍團對這種人特別感興趣。」

「為什麼呢？」

少校低頭瞪著自己的手——不再跟我做目光接觸。「對於那些精神不穩定，會對公眾有危險的異能者，超能部向來都是囚禁他們，而亞伯一直認為這麼做是錯的。他認為有別的方式可以控制他們，或是利用他們的不穩定特質。我必須說，許多不定者都懷有極其非凡的超能力，如果誰能設法利用他們，必將佔有極大的優勢。」

「超能部拿這些不穩定的變種人怎麼辦？都把他們關起來嗎？」

「不。我們沒有確切的辦法來判定一個人穩定與否，但精神病史就是個危險信號。不過，我們若用正確的方式來引導，萊恩的情況是可以受到控制的。這是為什麼我們努力在異能者越小的時候找到他們越好。」

「我想萊恩是真的愛玫迪森。」我小聲的說。

「他可能愛過她，要是他們沒有分手，事情可能會完全不同。也許那是他的引爆點，從那時開始一切都失控了。但是我們永遠不會知道。事實是，他強大的超能力使他飄飄然，從而導致了他最大的失敗。」

我點頭。

少校尖銳地看了我一眼。「情緒是危險的東西，泰莎。最好隨時隨地加以控制。」

他做了個讓我退下的手勢，我費力把自己從椅子上拔起來。臨到門口，我轉過身說：「長官，我想你知道，過幾天是玫迪森的喪禮。我想去跟她道別。我覺得那能幫助我恢復。」

「很抱歉，我不能答應。」

「但是長官，我不會洩露形跡，我會小心不讓人看見。」

「我不是故意刁難你，泰莎。我瞭解妳的動機，但我不認為妳去那裡是明智的。那樣無濟於事，我認為妳該置身事外一陣子。」

他的神情表明我再怎麼求他也不會改變主意。

我咬著唇轉身，希望他沒看見他的拒絕對我造成多大的傷害。

「妳做得很好，泰莎。大家都這麼認為。我知道妳很沮喪和困惑，也許妳還有一些罪惡感，但是妳做了一件光榮可敬的事。超能部是在努力保護平民大眾，而妳也出了一份力。妳很快就會用這種方式來看事情了。」

我希望他是對的。

第二十五章

清晨五點，我在游泳池裡游完第一趟來回。謝天謝地，我在這裡是孤身一人。關門聲打破我的專注，我游到池邊看向聲音的來源。艾列克從遠處望著我，他身上穿著黑色的睡褲。我想他不會穿這樣來游泳。我朝梯子游去，然後爬出游泳池，小心用手臂遮住身體，不讓他看見那個醜陋的記號。「一大清早你來這裡幹什麼？」

「我睡不著。」他說：「我看見妳朝游泳池來。我一直想跟妳談談。」

一室寂靜中，只聽見池水輕拍著池邊的聲音。雖然我很想轉開眼睛，卻仍一直與他四目相對，雖然我很想拉開我們之間的距離，卻一步也動不了。我放下手臂低頭看著自己的赤腳，打破他彷彿有魔力的凝視。

艾列克倒抽一口氣。我抬起頭眨著眼，透過潮濕的眼睫毛看他，不明白怎麼回事，好一會兒，我才明白他在看什麼。刻在我胸口的那個紅「A」，正從我游泳衣底下往外探出頭來。我伸手按住它，轉身就走，憤怒和屈辱讓我全身猶如火灼。他上前伸手按住我肩膀讓我停下來。我閉上眼睛，痛恨自己的身體依舊如此渴望他的觸摸，痛恨自己每次他一靠近就無法招架，即使我再三試著要自己忘了他。他把我轉過來，輕輕推開我的手。

「妳不知道我多麼希望他沒死，我每天不知道想過多少次，希望能親手宰了他。」

他粗啞的聲音跟話中的惡意交織著沖刷過我，帶給我一種奇怪的放鬆感。

他的手指輕撫過那個記號。「還痛嗎？」

這問題來自艾列克，讓人感覺很怪。我抬起頭看他，不在乎他看見我眼中赤裸裸的情感。「沒有任何事比看見你和凱特在一起更令我感覺到痛。」

他後退一步，目光驚奇地打量我的臉。突然間，我感覺他像看穿了我為自己築起來的層層保護。「你為什麼會愛她？」自從他們假扮情侶出第一次任務回來後，我就常常問自己這個問題。

「我沒有——我不能——」他呼出一口氣，「我跟凱特的事太複雜了。」

對整件事他只有這麼一句話？「複雜。」我重複道，「好吧。」

他捧住我的臉，我貼向他的手掌。從他眼中的神情，從他手指撫過臉頰的方式，我知道他又想吻我，但我更知道我不能讓這種事發生。如果還有一個凱特橫在中間就不行。如果每個吻都只是空洞的承諾就不行。他眼中閃爍著遲疑，彷彿也在想著同樣的事。

我值得更好的。

我往後退開，儘管這令我痛不欲生。他的手指從我臉上滑落，「對不起，艾列克，我無法再來一次。不管我們之間有過什麼，都結束了。」我在改變主意之前快步離開。他沒跟上來。

＊

太陽升起。瑪莎正在預備早餐，金色的陽光照在她擺出的一疊疊烤麵包和許多雞蛋上。我吃著我第二盤法國土司，瑪莎和她的佳餚是我想念超能部的原因之一。她照顧我、為我做料理的方式，跟琳達一樣。超能部不是一個傳統認知上的家庭，但我逐漸明白它很接近了。或許這樣就夠了。

我把跟艾列克在游泳池邊的對話一股腦兒全告訴了瑪莎，她耐心聽著。她給我的建議一如過去我跟她說艾列克的事情時一樣：只要我耐心等候，每件事都會水到渠成的。但我的耐性老早就用完了。我必須找到一個沒有他仍繼續前進的方法。

我吃完最後一口覆盆子，放下叉子。即使是瑪莎最美妙的食物，也無法讓我的胃平靜下來。我將要做的，不只是稍稍破壞一下規則而已。

「今天是玫迪森的喪禮。東尼要我跟妳談談。」瑪莎突然說。

「為什麼？」我低聲道。難道瑪莎發現我的計畫了？難道凱特瞥見我的心思知道了？

「他很擔心妳。他注意到妳還沒放下利文斯頓的事。」她伸出手臂攬住我的肩膀，說：「妳必須學會放手。」

「我知道。」我嚴肅地點點頭。今天早上我已經學會這項功課。我始終沒跟她目光相對，怕她從我臉上看出破綻。

「有時候從遠處道再見就夠了。」她親了下我額角，「妳需要把痛苦釋放出來。我們想要從前那個泰莎回來。」

「我也想要從前那個泰莎回來。減去她對艾列克的迷戀就好。」我有氣無力地笑著說。瑪莎伸手按住心口，雙眼誇張地睜得好大。「我的小心臟跳慢點。我的小姑娘，妳剛剛是說了個笑話嗎？」

我把額頭抵在她肩上，對自己沒聽從她的要求有些罪惡感。但我已經下了決心，現在沒有任何事情能阻止我。

我匆忙回房，荷莉從桑莫絲的房裡偷來的衣服，已經擺在房間裡。我穿上衣服，搖身變成桑莫絲。荷莉為了確保我不會撞上真正的桑莫絲，已經找她私下指導一堂超能力的課。

雖然我很怕碰到少校，我仍強迫自己慢步穿過走廊。一旦出到戶外，朝機場走去，我感覺壓力已經減輕不少。坦納正在給他最愛的直昇機打蠟，看到我時立刻直起身來。

「我們需要有人駕機送泰莎到利文斯頓去。少校跟我決定讓她去參加喪禮。十分鐘內把事情準備好。」桑莫絲的聲音確鑿有力地從我口中說出。

坦納皺了皺眉，但點頭說：「沒問題。」

我轉身離開，以免讓自己露出馬腳，然後在十分鐘之後以真身回來。直到我們起飛，我的心臟都劇烈跳著，即便升空之後我也沒讓自己放鬆下來。一旦少校發現我幹了什麼事——毫無疑問他一定會知道的——我必會受到懲罰。不過這事我稍後再擔心吧。現在，我知道自己需要做什麼。

第二十六章

直昇機將我放在離利文斯頓不遠的一處草地上，然後掉頭返回總部。沒有人阻止我們。令我驚訝的是，飛行過程中坦納也沒有跟我說笑。也許他也感覺到，在去參加喪禮前我沒心情聽笑話。我打算到曼羅鎮找個汽車旅館住一夜，明天早上搭火車回超能部。我跟自己說，這樣坦納就不會遇上太多麻煩。

我沒直接走到墓地去等候喪禮舉行，相反的，我走去了錢伯斯家，偷偷潛進後院，從客廳的窗戶往裡窺探。

大家都在裡面。琳達和隆納德。玫迪森的姑姑阿姨和伯父舅父，她的祖父母，還有安娜跟戴文。戴文是唯一知道真相的人，只有他知道他妹妹不是在一週前過世，而是早已離開他們。不知道少校是怎麼說服他，讓他告訴家人超能部準備好的謊言，而不是說出真相。

戴文彷彿感覺到我的出現，轉頭朝外面花園望來。我趕緊躲避。我出現在這裡是不對的。這是他們私人悲悼的時刻，我是個不相干的外人。

門嘎吱一響——是後院的紗門，我記得很熟。我還來不及開溜，從頭到腳一身黑的戴文已經站在我面前。他的眼睛底下是黑眼圈。

我想後退離開，但他把我堵在跟森林接壤的後院盡頭。他握著我的手臂以防我溜掉。我沒嘗試甩開他。無論他要說什麼，我都會忍受。我完全活該。我把身上的外套拉緊裹住身體，抬起頭。他的眼角唇邊疲態盡露。「妳不該來的。」他的聲音平靜且溫和。以平靜給我致命一擊。

我往後縮，他的手往下滑，手指握住我裸露在外的手腕。這接觸使一股電流竄過我手臂。我驚跳了一下，但他仍穩穩握著。他掃視我雙眼，隨後溫柔地說：「妳受傷了。」

我抽回被他手指握著的手腕，雙臂環抱住自己，低聲說：「我沒受傷。」

「妳明白我的意思。」

我盯著那些樹看，它們乾枯的樹幹長滿了青苔。沉重又潮濕的空氣籠罩在我們四周。過去幾天雨幾乎都沒停。

「有時候，痛苦會強烈到某個地步，變成一種我能感覺到的實體。」

「你能夠像治療傷口一樣治好它嗎？」我的聲音極小，雨落在我們頭頂的樹葉上滴答作響，不知道他是否聽見。但他隨即搖了搖頭。我點頭，眨眼逼回威脅著要滴落的眼淚。我顫抖著吸口氣。「所以，你怎麼跟你父母說的？」好險，我差點說成了「我們的」父母。

戴文回頭看著屋子，彷彿能夠穿透牆壁看見他們似的。「是桑切斯少校告訴他們的。他說玫迪森跟著萊恩進了那棟房子，他殺了她。我試圖救她，但太遲了。」他聲音空洞地說出這些呆板的話。

「他們相信他？」

戴文哈地空洞一笑說：「這還要問嗎？」

我搖搖頭，當然不用。這故事很合邏輯，少校也非常有說服力。

他清了清喉嚨，說：「我得進去了。我們很快要出發了。」他盯住我的雙眼，但眼神充滿戒備：「泰莎，我很抱歉。但我認為妳不該來。這只會讓事情變得更糟糕。」說完他便朝後門走去，進屋消失。

＊

雖然戴文不要我參加喪禮，我卻無法離開。我不顧一切冒險離開總部一路來到這裡，只為了畫下句點。

喪禮上滿滿是人。看來每個人都出席了，都覺得必須來跟這樣一個早逝的少女道別。

我像個影子般跟在人群後面。眼淚滑落我的臉頰，這淚不單單是為玫迪森而流。我已經在好幾個禮拜之前就跟她說過再見了。這場道別是對所有的人。琳達和隆納德——我已經把他們當作自己的爸媽了——走在人群的最前面，緊跟在他們後面的哀悼者像一團悲傷的雲。但隊伍最前面，像燈塔的光一樣的，是玫迪森白色的棺材。儘管天色昏暗，它仍發著光。

眾人圍繞在地面已經挖好的墓穴四周。一片蒼白的面孔與黑衣構成的海洋。有那麼多我認識的臉。過去幾週以來我稱那些人為朋友。我熟悉他們的笑聲如同熟悉自己的。那些人不認識真正的我，也永遠不會認識。我站在一座能清楚俯瞰墳墓的小丘上，隱藏在林間。沒有人會注意到我在這裡。

安娜靠在她繼父身上，緊抓著他的外套。她臉上淚痕斑斑，我頭一次看到她沒有化妝。我突然醒悟過來，我跟她的友誼根本從來不存在，我們之間的溫暖情誼從來不是真的。我內心一陣絞痛。

我還不敢看琳達和隆納德，害怕看見他們臉上的神情後，會給我帶來怎樣的感覺。我把自己的身子藏在一棵樹後，害怕戴文看見我然後過來把我趕走。這時，有別的事引起了我的注意。在人群後方相當遠的地方，站著一個穿黑外套、戴太陽眼鏡的男人。他的注意力不在喪禮上；他正瞪著我看。我不認識他，事實上，我很肯定自己從來沒見過他。難道是我獨自站在高處而引人注目？難道我真的這麼明顯不屬於這裡？他大概很好奇我為什麼躲在林間呆呆看著他。我轉開視線，同時拉高了外套的衣領。

玫迪森家人所選的歌曲，第一個音符飄到了我站立之處。〈玫瑰〉。

我瞪著自己手中金色的項鍊墜子。當我抬起頭來，雙眼終於望向玫迪森的家人。琳達緊抓著隆納德的西裝上衣，蒼白淚濕的臉半埋在他懷裡。我好想過去張開雙臂環抱住他們，想告訴他們我很抱歉——為許多超過他們所知的事抱歉。我想說我有多麼關心他們。

我想告訴他們，為了擁有像他們這樣的父母，我願意做任何事。

琳達和隆納德走上前去到墓穴旁，將白色的玫瑰拋在棺木上，接著是戴文，幾行眼淚緩緩滑下了他的臉。其他人接著一一上前，直到一片純白的海洋覆蓋了玫迪森最後安息的棺木。琳達抬起頭來，有那麼一會兒，我們四目相對。我體內洶湧著竊取的記憶和情感，我心中漲滿了我知道不該感覺到的愛。她臉上沒顯出任何認得我的神情。對她而言，我從來不存在，也永遠不會存在。

我緊握著那個貼在胸口的玫瑰墜子，緊到它的邊緣戳進了我掌心，疼痛的感覺真好。這是個不屬於我的禮物，從來都不屬於我，就像玫迪森的父母對我表露的愛也從來都不屬於我。但有時候我放膽去想，如果他們愛我，那會是什麼樣子，如果有人像他們愛玫迪森那樣毫無條件地愛我，會是什麼樣子。

我離開自己的家已經超過兩年了，而我媽從未跟我聯絡，問我好不好，連一次也沒有。如今她對我的生活一無所知。我母親不瞭解什麼是無條件的愛。我的手緊握成拳，直到指甲刺進肉裡，但無論我握得多緊，我內心深處的疼痛，仍使我對所有其他事物的感受都黯然失色。

一隻溫柔的手牽起我，鬆開我的拳頭。那手與我的手指交握，我不需要抬頭，已經知道來的是誰。我認得這股揉合了春天與綠薄荷的香氣，以及隨時隱藏在他小心的撫觸背後那鋼鐵般的力量。他找到了我。他總是找得到我。

「你在這裡做什麼？」我柔聲問。

「荷莉告訴我了。我來找妳。我知道桑莫絲和少校不會允許妳來參加喪禮的，所以我找了架直昇機趕緊過來。」

「少校讓你開另一架直昇機？所以他知道了？」

「我沒請示，但他終歸會知道的。」他的聲音帶著冷硬，但接下來的話卻放軟了。他竟為了我公然反抗少校？「天啊，泰莎，我擔心得要命。妳不應該單獨跑到這裡來。妳完全不曉得跑來這裡有多危險。」

「危險？」

「我無意中聽見少校跟桑莫絲談話。亞伯軍團派了個密探在鎮上監視萊恩和我們所進行的調查。他們知道的比我們所瞭解的還多。妳以為他們會錯過綁架妳的機會？」

「可是，他們幹嘛注意我？」

「少校認為，亞伯軍團知道了超能部派妳扮成玫迪森，而現在，他們想要將妳據為己有。他討論過一些保護妳的方式。他們想要把妳關在總部裡，直到這整件事情煙消雲散為止。」

我震驚得反應不過來。「可是，亞伯軍團要我幹嘛？」

「妳比妳自己想的有價值得多。」有那麼一會兒，他似乎想要把話收回去。難道還有更多可說的？「妳的超能力會對他們非常有用。妳可以變成任何妳想變的人，任何他們想要妳變的人。亞伯那麼冷酷無情的人能幹出什麼事，妳只要想像一下就行。相信我，亞伯軍團要是不把妳當作目標，一定是瘋了。」

我感覺如墜冰窖，從頭冷到腳。我兩眼搜索人群，望向那個戴太陽眼鏡的男人站的地方，但是他已經不見了。他戴太陽眼鏡，不是為了遮住哭泣——是為了遮住他的眼睛。

「剛才有個戴太陽眼鏡的男人一直盯著我。」

艾列克抓住我肩膀。「他在哪裡？」

「我不知道。一分鐘前他還在那邊，但現在不見了。」

「妳確定他盯著妳的臉？看見了妳的眼睛？」他握緊了手，緊得我發痛。

「我想是。他的太陽眼鏡擋住了我的視線。可是，如果他們已經知道我這個人，那麼他看沒看到我的眼睛，並不重要，不是嗎？」

他鬆開手說：「是。」

聽起來不怎麼有說服力。

「聽著，我不知道那人是誰。也許他根本不是亞伯軍團的人。而我在總部也很安全。」我心裡的感覺沒自己所說的那麼篤定。

「妳說得對。他們不會得到妳的。我不許。我會盡我所能保護妳安全。」他語調兇猛，彷彿會為了我不顧一切。

我沒看他，為了避免他從我眼中看見一切。

「妳對我太重要了，泰絲。」

這話點燃了希望，但我想用超能部發給我的靴子踏滅它，搶先在任何人之前，在他能滅掉它之前。

「為什麼？」哽咽的聲音出賣了我，讓我赤身裸體，讓我脆弱無比，但我毫無辦法。我已經堅強了這麼久，我累了，對這一切感到太累了。

「妳知道原因。」

但這五個字已經不夠了。一個月前，甚至一個禮拜前，有這五個字就夠了，但今天我需要更多。我不要空泛的承諾，不管它們聽起來多美妙。

「不，我不知道原因。告訴我。」我低聲說。

他溫柔地捏了捏我的手，但我不敢看他，太怕他的眼睛會揭露傷人的真相。但他捧住我的臉，把我的頭抬高，直到他的唇離我只有幾吋。

「我跟凱特分手了。」他靜靜地說。我雙眼圓睜，有好一會兒不能呼吸。「我早該這麼做了。我們除了吵架，什麼也做不成。我們的關係始終是理性的，從來不是愛。當我待在利文斯頓跟少校一起處理善後時，我腦子裡除了妳無法想別的，每次我去醫院看凱特，妳總在我腦海裡。當我看見妳胸口那個記號，我無法形容它給我的感覺。我終於明白我差點失去了妳，當我發現妳來參加喪禮……。」他搖了搖頭，似乎光是想到就讓他嚇得要命。「我一直試著抗拒我對妳的感覺，因為我覺得妳年紀太小，也因為少校……。但現在我不在乎了。我厭煩了抗拒，厭煩了懼怕後果。」

他的拇指撫過我的臉頰，接著，他的唇壓住我的，溫暖又柔軟。我融化在這一吻中，軟軟地靠著他。片刻之後，他退開，呼出一口氣說：「我每天都想這麼做。」

我笑著貼著他的嘴說：「那就做吧。」

他退開，掃視了周圍地區，說：「現在我們該走了。我要帶妳回總部，越快越好。」

艾列克帶我下了山丘，經過悼喪的人，朝公墓的大門口走去。戴文抬起頭來。我們四目相接，我瞬間感覺心中一痛，我無法解釋。我內心有一部分很高興他會在成為亞伯軍團的目標之前，率先加入超能部，另一部分卻擔心我們要如何相處。情況會變得很彆扭嗎？或者，我們會試著幫助彼此面對往事？

「戴文怎麼辦？誰會保護他安全？」

「少校跟我離開利文斯頓之前，他派史蒂文斯保護戴文。我看到他的車停在墓園前。」

我心裡鬆了一口氣。我不希望戴文出任何事，想到再也看不見他的笑容，我就受不了。艾列克伸手攬住我的腰，我讓他這恰當的舉動帶走我所有的疑慮和擔憂。

當我們穿過公墓大門，我最後一次回頭瞥了一眼。我沒看見那個戴太陽眼鏡的男人，但我有一股難以言喻的感覺，我確定他正看著我——亞伯軍團正盯著我。

少校已經表明，亞伯會不擇手段達到目的。他已經綁走了兩個探員。如果艾列克擔心的沒錯的話，我將是他的下一個目標。

致謝

我要向下列眾人致上誠摯的謝意，是他們使本書得以成真：

首先感謝我超棒的經紀人吉兒・蓋林伯格（Jill Grinberg）為我和我的書找到了完美的家。整個書稿校訂的過程中有妳在身邊，是我人生最大的幸事。謝謝凱特琳・戴維樂（Katelyn Detweiler）總是隨時都在，幫我解決問題，回答我的電郵。謝謝雪瑞爾・平特卡（Cheryl Pienka）盡力讓《鏡幻少女》問世，並從不厭煩我沒完沒了的詢問！我真高興在紐約見到妳們三位！

感謝我絕佳的編輯卡洛琳・多諾佛瑞歐（Caroline Donofrio），不但愛上泰莎和她的故事，還被戴文和艾列克迷得發暈，並且將這本書調整得更好。

感謝Razorbill出版社的團隊願意簽下我的書稿，並出版我的書，且為書設計了如此漂亮的封面！

感謝我的朋友艾爾克（Elke）從一開始就很愛《鏡幻少女》，並將它拿來跟我們都喜愛的《吸血鬼學院》（*Vampire Academy*）系列做比較。她當時並不知道我的作品最後會與VA在同一間出版社出版！吾友，妳真是個先知！

感謝我挑剔的父母，凱希（Kathy）、沙瑞（Shari）和崔西（Tracy）幫我度過寫完此書後那段艱難的日子。你們知道我說的是什麼。若沒有你們，我不可能依舊身心平和健康。

感謝以下這些試讀者，是你們使這書變得更好：希維塔・沙克拉爾（Shveta Thakrar）、翠莎・伍爾芙（Trisha Wolfe）、海瑟・安納斯塔蘇（Heather Anastasiu）、妮基・羅夫汀（Nikki Loftin）、麥克科密克・坦波曼（McCormick Templeman）。你們超棒！

但絕對的、最大的感謝，要歸給我丈夫，他始終對我充滿信心，不只一次用談話帶領我脫離暗礁，並在許多我執迷於出版而失眠的夜裡陪伴我！感謝你總是在我身邊。我愛你。

Q小說 FY1024

鏡幻少女

Impostor

作　　者	蘇珊・溫納克 Susanne Winnacker
譯　　者	鄧嘉宛
書封設計	蕭旭芳
總 經 理	陳逸瑛
總 編 輯	劉麗真
業　　務	陳玫潾
行銷企畫	陳彩玉、朱紹瑄
發 行 人	凃玉雲
出　　版	臉譜出版
發　　行	英屬蓋曼群島商家庭傳媒股份有限公司城邦分公司 台北市民生東路二段141號2樓 讀者服務專線：02-25007718；02-25007719 服務時間：週一至週五9:30～12:00；13:30～17:30 24小時傳真服務：02-25001990；02-25001991 讀者服務信箱E-mail：service@readingclub.com.tw 劃撥帳號：19863813 書虫股份有限公司 城邦網址：http://www.cite.com.tw 臉譜推理星空網址：http://www.faces.com.tw
香港發行	城邦（香港）出版集團 香港灣仔駱克道193號東超商業中心1樓 電話：852-28778606／傳真：852-25789337 E-mail：hkcite@biznetvigator.com
馬新發行	城邦（馬新）出版集團 Cite (M) Sdn. Bhd. (458372 U) 11, Jalan 30D/146, Desa Tasik, Sungai Besi, 57000 Kuala Lumpur, Malaysia 電話：603-90563833／傳真：603-90562833 E-mail：cite@cite.com.my
初版一刷	2016年11月 版權所有，翻印必究（Printed in Taiwan）
I S B N	978-986-235-547-3 定價340元 （本書如有缺頁、破損、倒裝，請寄回本社更換）

城邦讀書花園
www.cite.com.tw

國家圖書館出版品預行編目資料

鏡幻少女／蘇珊・溫納克（Susanne Winnacker）
著；鄧嘉宛譯. -- 初版. -- 臺北市：臉譜出
版：家庭傳媒城邦分公司發行, 2016.11
　面；　公分
譯自：Impostor
ISBN 978-986-235-547-3（平裝）
873.57　　105019809